Stewardess Lulu ist sauer: Kurz vor ihrem dreißigsten Geburtstag macht eine Ohrenentzündung sie für Wochen fluguntauglich, und die seit Monaten geplante Party auf den Malediven fällt flach. Als Trost darf Lulu das luxuriöse Penthouse einer Freundin hüten und nebenher auch deren neu entworfenes Programmdesign zur Erstellung eines Blogs testen. Schnell erkennt Lulu, dass sie dabei endlich ihre geheime Leidenschaft für Mode, Styles und Trends ausleben kann. Aus dem Testlauf wird Ernst, und Lulus schlechte Laune ist mit einem Mal wie weggeblasen: Ihr Mode-Blog schlägt ein wie eine Bombe, die Modewelt steht kopf. Doch als plötzlich der attraktive, aber leider völlig überarbeitete Polizist Frank Stahl vor der Tür steht, weil er einen international gesuchten Betrüger auf Lulus Blog-Fotos entdeckt hat, bekommt sie es mit der Angst zu tun. Um ihr virtuelles Glamourleben aufrechtzuerhalten, verstrickt sie sich in immer wildere Lügengeschichten …

Jutta Profijt wurde 1967 in Ratingen geboren. Mit ihrem Roman ›Kühlfach 4‹ (dtv 21129) um den vorlauten Geist Pascha und den schüchternen Rechtsmediziner Dr. Gänsewein wurde sie für den Friedrich-Glauser-Preis 2010 nominiert. Jutta Profijt lebt in der niederrheinischen Provinz. Mehr über die Autorin: www.juttaprofijt.de

Prolog

Endlich! Wie lange habe ich darauf gewartet, und nun bin ich nur noch wenige Meter von meinem Ziel entfernt. Hinter dieser Tür, ach, was sage ich, hinter diesem Portal ist er und erhält in diesem Moment die Nachricht von meiner Ankunft. Er wird sich wundern, aber dann wird seine Neugier siegen. Jeder in der Branche weiß, wie neugierig er ist.

Aha, der Privatsekretär oder Assistent, oder wie immer sich der junge Mann, der die Reinkarnation eines olympisch gestählten antiken Griechen sein könnte, nennen mag, kehrt zurück. Mit einer einladenden Geste fordert er mich auf, ihn zu begleiten. Ich neige huldvoll den Kopf, lächle reserviert und folge ihm. Innerlich vollführe ich Luftsprünge, schreie vor Erwartung, zittere am ganzen Körper. Unsichtbar. Außenstehende sehen nur eine eher zu klein geratene Frau mit einem etwas zu dicken Hintern und einer viel zu großen Nase, die auf unglaublich hohen Absätzen erhobenen Hauptes direkt zum großen Meister geführt wird.

Und da ist er. Sein silbriger Zopf ist das Erste, was mir ins Auge fällt, dann dreht er sich um. Der hohe, steife Kragen lässt seine Kopfbewegungen ein wenig schildkrötenhaft und eckig wirken. Karl erblickt mich und kommt mit ausgestreckten Armen auf mich zu. Schnell drücke ich auf den Auslöser des Fotoapparates, der, in einem Kugelschreiber versteckt, diesen magischen Moment festhält und in kleine schwarz-weiße Pixelchen zerlegt. Mehr als Schwarz und Weiß benötigt man bei diesem Mann nicht.

Und dann geschieht es. Eine Bewegung im Hintergrund lenkt meine Aufmerksamkeit auf den Mann, mit dem Karl eben noch gesprochen hatte. Es ist, als würde mein Blut durch einen Eiswürfelbereiter fließen, um dann in den Adern leise zu klirren. Diesen Mann kenne ich besser, als mir lieb ist. Niemals hätte ich allerdings erwartet, ihn hier zu treffen, denn was zum Teufel hat das Düsseldorfer Landeskriminalamt auf einer Modenschau in Paris zu suchen? Woher wissen die überhaupt, dass ich heute hier bin? Ist der Kerl mir gefolgt? Nein, es muss eine andere Erklärung geben. Leider habe ich jetzt keine Zeit, mich mit dieser Frage zu beschäftigen, denn jetzt zählt nur die Flucht.

Dabei hatte alles ganz harmlos angefangen.

Eins

Ein letzter Blick zur Uhr bestätigte, was ich schon wusste: Es wurde Zeit, dass ich zum Flughafen kam, aber ich genehmigte mir selbst – und dem geradezu verboten gut aussehenden Typ am Tisch nebenan – noch zwei Minuten. Wenn er bis dahin nicht den Mut aufbrachte, mich anzusprechen, hatte er eben Pech gehabt.

»Entschuldigung, kennen Sie sich in der Stadt aus?«, fragte er prompt. Na bitte, geht doch!

Der Stadtplan, den er seit zehn Minuten studierte, lag falsch herum. Aber ich verzieh es ihm, denn sein Anzug war von Brioni und die Krawatte von Vitaliano Pancaldi. Der Dress hatte mindestens dreitausend Euro gekostet. Der Chronograf (vulgo: Armbanduhr) war einer, von dem hochglänzende Zeitungsanzeigen behaupten, er eigne sich zur Gründung einer eigenen Tradition. Seine Schuhe waren handgenäht. Nein, ich hatte mich nicht unter den Tisch bücken müssen, um das zu sehen, denn er hatte ein Bein über das andere geschlagen und wippte mit dem rechten Fuß genau in meinem Blickfeld auf und ab.

»Ja«, erwiderte ich mit einem kurzen Nicken und einem kühlen, eiligen Lächeln. Ich begann, mein Prada-Portemonnaie aus der Prada-Handtasche zu kramen. Ich ging selbstverständlich davon aus, dass mein Nachbar das dezent geprägte Label zur Kenntnis nahm, dafür hatte ich die Handtasche schließlich extra auf diese Seite des Tisches geholt.

»Können Sie mir vielleicht sagen, wie ich am besten zur Accademia komme?«

Anfänger, dachte ich, sagte es aber natürlich nicht. »Am besten nehmen Sie die Eins.«

Seine Augenbrauen zuckten hoch. Hübsche, schön geschwungene Augenbrauen, korrekt gestutzt und ordentlich gekämmt, nicht dieser Wildwuchs, den manche Menschen im Gesicht trugen, als gäbe es weder Scheren noch Pinzetten oder überhaupt den aufrechten Gang.

»Das Vaporetto. Linie Eins. Von San Marco zur Accademia. Schneller geht's nicht.«

Ich unterstrich das Gesagte mit einem Fingerzeig in Richtung Anleger. »Da herum.«

Bei der Geste rutschte der Ärmel meines Prada-Blazers hoch und enthüllte nun meine Armbanduhr, für die hochbezahlte Supermodels Werbung machen. Damenuhren wurden allerdings nie mit der Gründung einer Tradition beworben, denn die Hauptzielgruppe hatte keine Kinder und konnte sich keine leisten. Kinder versauen Karriere und Figur gleichermaßen. Das gilt übrigens trotz der Heidis und Ursulas, denn Ausnahmen widerlegen keine Regel – sie bestätigen sie.

Die braunen Augen meines Tischnachbarn schauten mich aufmerksam an. Ob das daran lag, dass er sich die Nummer der Vaporetto-Linie zu merken versuchte oder bei der Betrachtung meiner äußeren Erscheinung alle Details wahrnehmen wollte, konnte ich nicht erkennen, hoffte aber natürlich Letzteres. Es machte wenig Spaß, sich exquisit zu kleiden, wenn es niemand zur Kenntnis nahm.

»Und Sie, wohin sind Sie unterwegs?«, fragte er. Seine Stimme war angenehm tief, ein leichter norddeutscher Zungenschlag, der gar nicht zu seinen braunen Augen und dem dunklen Haar passte, machte die Aussprache interessant und ein bisschen exklusiv. Das Wort hanseatisch beschreibt eben nicht nur eine geografische Wahrheit, sondern auch einen gewissen Stil.

»Zum Flughafen.«

»Sind Sie öfter in der Stadt?«

»Regelmäßig.« Ich öffnete das Portemonnaie und nahm einen Fünf-Euro-Schein heraus.

»Geschäftlich?«

»Ja.«

»Entschuldigung, ich will Sie nicht aufhalten. Nicht, dass Sie Ihren Flieger verpassen.«

Bingo. Auf diesen Satz hatte ich gewartet. »Keine Sorge«, sagte ich, während ich den Geldschein neben die winzige Espressotasse legte. »Ohne mich startet er nicht.«

Ich sah das Wort FIRMENJET in seinen leicht geweiteten Augen aufleuchten, lächelte ihm noch einmal kurz zu und setzte die erst vor einigen Stunden erstandene Sonnenbrille auf, während ich auf meinen riskant hohen Absätzen mit kleinen Schritten, die durch die Saumweite des Prada-Bleistiftrocks begrenzt wurden, in Richtung Ausgang trippelte.

Touristen in bunten Hemden, hellen Shorts, weißen Socken und Turnschuhen, die sich vor dem kühlen Wetter in das berühmteste Café Venedigs geflüchtet hatten, starrten hinter mir her.

»Ist das die Schriftstellerin, die diese Krimis mit dem netten Commissario schreibt?«, fragte eine korpulente Deutsche gerade ihre jüngere Begleitung und zeigte auf eine Venezianerin mit grauem, halblangem Haar. Diese ließ nicht erkennen, dass sie sowohl die schrille Stimme als auch den weit ausgestreckten Zeigefinger bemerkt hatte, und trank in Ruhe ihre Schokolade, während sie die Zeitung las.

Ich hätte der Deutschen sagen können, dass sie es nicht war, denn ich kannte beide, wenn auch nur vom Sehen, und wusste, dass die hier Anwesende die Seniorchefin einer der ältesten Glasmanufakturen auf Murano war. Aber ich schwieg. Stammgäste im Caffè Florian kennen noch die Bedeutung des Wortes Diskretion.

Eilig schritt ich zum Ausgang und trat auf den Markusplatz, der ungewöhnlich leer war. Nur die Tauben ließen sich von dem leichten Nieselregen nicht verjagen. Inzwischen war ein kalter Wind aufgekommen, der mich bis auf die Knochen frieren ließ. Ich beeilte mich, so gut es in dem engen Rock und auf den hohen Schuhen eben möglich war, und ärgerte mich, dass ich den Mantel nicht mitgenommen hatte. Aber erstens hatte ich nicht mit diesem Kälteeinbruch Anfang Mai gerechnet, und außerdem passte der Mantel weder farblich noch von der Marke her zum Kostüm. Mit anderen Marken war ich nicht ganz so puristisch, aber wenn ich einen Prada-Tag einlegte, dann machte ich einfach keine Kompromisse, Punktum.

Es gibt nur eine einzige Stadt auf der Welt, in der ein Taxi das denkbar coolste Fortbewegungsmittel ist, und das ist Venedig. Die schnittigen Holzboote mit ihren meist ebenso coolen Fahrern adeln jeden Benutzer und lassen, sofern man einen Sinn für Stil und Eleganz hat, Erinnerungen an Grace Kelly und Cary Grant aufleben. Aber ein venezianisches Taxi ist nicht nur Kult, es ist auch das schnellste und bequemste Verkehrsmittel zum Flughafen. Die Fahrt durch die Lagune ist einfach der direkte Weg.

Leider ist es auch die teuerste Variante. Ich nahm daher die zweitschnellste: ein Vaporetto der Linie Zweiundfünfzig zur Piazzale Roma, auf dem ich im Fahrtwind stehen musste und erbärmlich fror, und von dort den Direktbus zu Venedigs Flughafen Marco Polo.

Maike und Jasmin erwarteten mich bereits.

»Mein Gott, warum kommst du nur immer auf den letzten Drücker?«, fragte Maike mit einem tadelnden Kopfschütteln.

Ich warf ihr ein entschuldigendes Kusshändchen zu, griff nach dem Trolley und verschwand in der Damentoilette. Dort galt es, in Windeseile das edle Kostüm aus Wolle und Seide auszuziehen, vorsichtig zusammenzulegen und im Trolley zu verstauen, ein Kleid aus Kunstfasern überzustreifen, den Reißverschluss im Rücken unter Verrenkungen zu schließen und ein Halstuch umzuknoten, das aus einem Grund, den niemand auch nur ansatzweise begreift, immer noch zur Uniform gehörte. Die farblich passende Jacke aus Kunstfasern war zwar genauso hässlich, wie sie billig war, kam mir in dem Moment aber gerade recht, weil sie etwas wärmte. Dann musste ich noch die Schuhe tauschen, denn mehr als sieben Zentimeter Absatzhöhe gehören laut Berufsgenossenschaft zu den vermeidbaren Gefährdungen am Arbeitsplatz. Im Laufschritt ging es wieder aus dem Waschraum heraus und mit Maike und Jasmin im Gleichschritt, mit wiegenden Hüften und hoch erhobenen Häuptern an den Touristen vorbei, durch die Halle, zur Sicherheitskontrolle und durch das noch geschlossene Gate zu unserem leeren Flieger, den wir für den Rückflug nach Deutschland übernahmen.

Die Cabin Crew war damit vollzählig an Bord.

Es folgten die üblichen Handgriffe vor dem Boarding, das freundliche Lächeln, mit dem die Gäste an Bord begrüßt werden, der prüfende Blick auf das, was in den folgenden fünfundsiebzig Minuten auf uns zukommen würde. Als endlich alle saßen, kam der erste Rundgang, Kontrollblick zum Sicherheitsgurt, die ersten anzüglichen Bemerkungen perlten an uns ab. Zwei Säuglinge an Bord, mindestens einer würde bald schreien. Wenige Reisende in Anzügen, die Mehrzahl in sogenannter Freizeitkleidung, die jeglichen Geschmack vermissen ließ. Seit selbst renommierte Fluggesellschaften Billigflüge verramschten, wurde es immer schwieriger, den Kegelclubs zu entkommen, die in Scharen den europäischen Luftraum bevölkerten.

Schon im Steigflug spürte ich dann das Kratzen im Hals, auf Reiseflughöhe war die Nase verstopft, und im Sinkflug zog und zwickte es in den Ohren. Gut, dass Bordapotheken vollständig ausgestattet sind: Schmerzmittel, Erkältungsmittel, Mittel gegen Fieber, Halspastillen, Nasenspray und eine Handvoll Vitaminbonbons schienen mir eine angemessene Reaktion auf den Beginn eines Infektes, der sich kaum zu einem unpassenderen Zeitpunkt hätte ankündigen können. Zur Sicherheit, um wirklich alles Menschenmögliche getan zu haben, warf ich noch zwei Allergietabletten ein. Einen Arzt ausrufen zu lassen, damit er mir das ebenfalls vorhandene Antibiotikum verschrieb, hielt ich dann doch für übertrieben.

Eine drastische Fehleinschätzung.

»Auf Wiedersehen und gute Heimfahrt. Auf Wiedersehen, gute Heimfahrt. Aufwiedersehen guteheimfahrtaufwiedersehenguteheimfahrtwiedersehen ...« Endlich hatte auch der letzte Passagier sein Handgepäck zusammengesucht und das Flugzeug verlassen.

»Na, freust du dich denn schon auf das nächste Wochenende?«, fragte Jasmin, während wir in unserer gewohnten Formation durch die Halle stöckelten: Maike vorneweg, Jasmin und ich jeweils einen Schritt hinter ihr, rechts und links leicht versetzt. Eine perfekte Formation, die sich ihren Weg auch durch größere Menschenmengen bahnen konnte. Das lag in erster Linie an Maikes imposanter Erscheinung. Sie ist die Personifizierung dessen, wovon Fluggesellschaften träumen, wenn sie Stellen für Flugbegleiterinnen ausschreiben. Ein skandinavischer, athletischer Typ, groß gewachsen, gut gebaut, das blonde Haar lang genug, um es in einem perfekten Knoten am Hinterkopf zu tragen. Ihr Gesicht ist nicht sehr fein geschnitten, aber durchaus schön, wenn man den etwas herben, nordischen Stil mag. Dazu passt ihre entschlossene Miene, die sie immer aufsetzt, wenn sie ihre kleine Schar treuer Gefährtinnen durch die Ankunftshalle schleust.

Maike ist immer perfekt geschminkt, denn sie hat sich vor Jahren für ein Permanent-Make-up entschieden, das sie nur noch durch ein Lipgloss ergänzen muss. Sie hätte Karriere als Model oder Schauspielerin machen können, aber sie zog eine frühe Hochzeit und zwei Kinder vor. Mit ihren mittlerweile fünfunddreißig Jahren gehört Maike zu eben jenen Heidis und Ursulas dieser Welt, die normale Menschen mit ihrer Zielstrebigkeit und Konsequenz das Fürchten lehren. Maikes zweiter Vorname müsste daher nicht Veronika, sondern Effizienz lauten, weshalb wir sie gelegentlich liebevoll Evi nennen. Sie erträgt diesen Spitznamen wie alles im Leben: mit unerschütterlicher Fassung.

Jasmin bildet rein äußerlich die Mitte zwischen Maike

und mir. Sie ist etwas kompakter als Maike und nur einen Meter zweiundsiebzig groß. Ihr Gesicht ist pausbäckig und offen, ihr eigentlich straßenköterblondes, schulterlanges Haar in einem warmen Dunkelrot gefärbt. Jasmin hat fünf Brüder und einen entsprechenden Wortschatz, den sie aber nur in ganz dringenden Fällen von Pöbelalarm zur Anwendung bringt. Aus Jasmins Augen lacht einem der Schalk vorwitzig ins Gesicht, und sie ist praktisch immer gut gelaunt. Offiziell wohnt sie mit ihren achtundzwanzig Jahren noch bei den Eltern, aber tatsächlich wechselt sie die Adresse mit den Männerbekanntschaften. Im Notfall findet sie bei einem ihrer älteren Brüder oder auf meiner Couch Asyl.

Die Dritte im Bunde bin ich. Maria Luisa Rigoberta Martin, genannt Lulu. Tochter einer deutschen Bäckereifachverkäuferin namens Hannelore Martin aus Dorsten-Wulfen und eines weit entfernten Verwandten der spanischen Königsfamilie mit dem schönen Namen Juan Diego de Todos los Santes y Borbón, der die blasshäutige Deutsche im zarten Alter von achtzehn Jahren am Strand von Mallorca zur werdenden Mutter machte. Sehr zu meinem Bedauern haben mir meine Eltern ihre jeweils ungünstigsten körperlichen Merkmale vererbt: meine Mutter den eher kleinen, dafür aber an den Hüften recht ausladenden Körperbau und die schmalen Lippen, mein Vater die riesige Nase. Erfreulicherweise war im Genpaket meines Vater aber auch noch die Anlage für die dunklen Augen und das pechschwarze, kräftige Haar enthalten, während meine Mutter mir ein Talent für Fremdsprachen und eine sehr ausgeprägte Fantasie mit auf den Lebensweg gab.

»Ich kann kaum noch schlafen vor Aufregung«, antwortete ich auf Jasmins Frage mit rauer Stimme.

Sie grinste breit. »Sonne satt, der feinste Sand der Welt, Palmen, Kokosmilch bis zum Platzen …«

»Und keine Männer«, warf ich ein.

Das Grinsen wurde breiter.

»Jasmin!«, ermahnte ich sie. Die zweite Silbe ihres Namens ging in einem Niesanfall unter.

»Ist ja schon gut.« Sie lachte.

Ich seufzte.

Ich wusste, dass es hoffnungslos war. Mein dreißigster Geburtstag, den ich mit sieben Kolleginnen auf den Malediven verbringen würde, sollte das größte Ereignis meines ganzen bisherigen Lebens werden. Ein ganzes Jahr lang hatte ich die Party geplant. Es hatte mich all meine Überredungskünste und ein Abendessen gekostet, den Kollegen von der Dienstplanung dazu zu bringen, alle meine Gäste für diese drei Tage auf *nicht verfügbar* zu setzen. All mein Charme kam zum Einsatz, um die Flüge mit meinen aufgesparten Meilen, Anwartschaften und extra Vergünstigungen für uns fest zu reservieren, und das Hotel konnte ich mir nur leisten, weil der Marketingleiter des Resorts einen Narren an Maike gefressen hatte und ich ihm ihre Anwesenheit zusagte. Mehr aber auch nicht. Ich bin schließlich keine Kupplerin.

Maikes Bilderbuchmann und ihre Bilderbuchkinder unterbrachen unser Geplänkel, denn die Kleinfamilie stand, pünktlich wie immer und mit strahlenden Gesichtern, aufgereiht vor dem Familien-Van, um die Heimgekehrte in Empfang zu nehmen. Thomas, der Mustergatte, als freischaffender Ingenieur sowohl für ein halbes Einkommen als auch den größten Teil der Haushaltsführung zuständig, nahm Maike den Trolley ab, damit sich die blonden Töchter in ihre Arme stürzen konnten.

Jasmin und ich standen schweigend dabei. Wenn diese Lebensform auch nicht unseren Idealvorstellungen entsprach, schien sie Maike doch glücklich zu machen. Bevor sie einstieg, drehte sie sich noch einmal zu uns um, warf uns eine Kusshand zu und sagte zu mir: »Du weißt ja, ich komme aus Miami, aber ich bin pünktlich am Freitagabend im Hotel. Fangt bloß nicht ohne mich an.«

Ich versprach es und sah dem Van hinterher, der sich in die endlose Schlange des Verkehrs einreihte.

»Na, wenn das keine Überraschung ist«, sagte Jasmin neben mir und winkte heftig.

Ein Typ von maximal zwanzig Jahren, dessen Baggy-Jeans oben ein breites Unterwäsche-Gummiband freiließ und unten im feuchten Dreck der Straße hing, kam lässig auf uns zugeschlendert. Er trug eine Mütze, die ihm bis fast in die Augen reichte, und ein schlabberiges T-Shirt. Er schien nicht zu frieren, während ich in dem eisigen Wind schlotterte.

»Wer ist das denn?«, fragte ich leise.

»Danny«, flüsterte Jasmin. »Oder Benny?« Sie überlegte. »Keine Ahnung, aber er ist echt süß.«

Inzwischen war Danny-Benny bei uns angekommen. »Hey, Süße. Ich dachte mir, ich hole dich ab. Hast du Lust auf Gesellschaft?«, nuschelte er um ein Kaugummi herum.

Jasmin drückte mir einen Kuss auf die Wange. »Bis Freitag, Süße.« Dabei zwinkerte sie mir verschwörerisch zu.

Allein wollte ich mir kein Taxi nehmen, also schleppte ich mich zum Bahnsteig, fuhr nach Hause und ging sofort ins Bett. Schlaf hilft am besten gegen eine Erkältung.

Als ich am nächsten Morgen aufwachte, schwante mir Schreckliches. Mein warmer Frotteeschlafanzug, den ich am Vorabend aus der hintersten Ecke des Schranks hervorgekramt hatte, war klatschnass, ebenso wie meine Haare und das gesamte Bettzeug. Fieber. Mein leises Stöhnen ging in einen Hustenanfall über, und das Husten erzeugte einen sehr unangenehmen dumpfen Druck im rechten Ohr. Im linken hingegen war der Schmerz spitz und ziehend. Nicht schon wieder!, dachte ich.

Meine Ohren waren schon immer sehr empfindlich. Als Kind hatte ich mehrere Mittelohrentzündungen und musste von Oktober bis März Mützen tragen, was ich meiner Mutter nie verziehen habe.

Ich stand auf und ging ins Bad meines Ein-Zimmer-Apartments in Düsseldorf-Oberkassel. Als Flugbegleiterin verdiente man keine Reichtümer, aber Oberkassel war angesagt, deshalb wohnte ich dort. Da ich kein Auto hatte, störte mich die Parkplatznot nicht, und da ich nicht oft zu Hause war, bot ein Zimmer mir Platz genug.

Den Rest meines Geldes gab ich für Kleidung und Accessoires aus. Auch wenn ich das, was mir gefiel, im Secondhandladen kaufen musste, damit ich mir die angesagten Labels überhaupt leisten konnte.

Es dauerte eine ganze Weile, bis ich mich präsentabel hergerichtet hatte, aber ich lehne es grundsätzlich ab, ungepflegt aus dem Haus zu gehen. Ein einfacher Hosenanzug mit einem Rollkragenpullover erschien mir angemessen, dazu trug ich flache Schuhe mit einer warmen Einlegesohle aus Wolle. So ausgerüstet schaffte ich es endlich zur Praxis meines Hausarztes.

Das Wartezimmer war voll, und die Patienten sahen praktisch alle aus, als wären sie Statisten in einem dieser Filme, in denen ein geheimnisvolles Virus das Überleben der Menschheit infrage stellt. Na super, das würde wohl ewig dauern.

Zum Glück hatte der Arzt eine sehr gute Auswahl an Illustrierten in seinem Wartezimmer. Woran sonst sollte man feststellen, ob ein Arzt gut ist oder nicht? Warten musste man überall, und ob er die richtige Diagnose stellte und das richtige Medikament verschrieb, wenn man krank war, ließ sich schlecht überprüfen. Die Qualität der Zeitschriften war dagegen ganz einfach festzustellen.

Hatte der Arzt nur die Blätter für die Frau über sechzig abonniert, in denen Dirndl tragende Volksmusikanten in ihren Vollholz-Blockhäusern vor dem heimeligen Kaminfeuer abgelichtet waren, kam er für mich nicht infrage. Auch eine einseitige Ausrichtung auf Autos oder abgefahrene Sportarten wie Paragliding, Fahrradtrekking oder Canyoning interessierten mich nicht. Ich griff nach einer Zeitschrift, die sich mit aktuellen Wohntrends beschäftigte und hatte danach noch Zeit für Fashion, Beauty, Garten, Wellness und Klatsch über Stars und Sternchen, bis mein Name aufgerufen wurde.

»Guten Tag, was kann ich für Sie tun?«

Mein Arzt sah aus wie jemand, der all seine guten Ratschläge selbst beherzigt. Er war schlank, braun gebrannt, sportlich, durch und durch gesund, wenn auch nicht mehr der Jüngste. Fünfzig war er sicher schon, aber das weiße Haar bildete einen sehr aparten Kontrast zu dem dunklen Teint. Er trug immer weiße Hosen und bunte Poloshirts, wie die Assistentinnen auch. Diese Woche war ein kräftiges Türkis dran, beim Besuch davor war es Schwarz gewesen. Zwar keine modischen Highlights (bunte, über der Hose getragene Poloshirts gehen eigentlich gar nicht), aber wenigstens keine Spur von weißen Kitteln oder anderen eindeutigen Begleiterscheinungen des kassenärztlichen Siechtums.

»Ich habe Halsschmerzen, Kopfschmerzen, Fieber – und Ohrenschmerzen.«

Er bemerkte mein Zögern sofort, hob die Augenbraue und schaute auf seinen Computerbildschirm. »Sie sind Stewardess. Hatten Sie die Ohrenschmerzen schon bei Ihrem letzten Flug?«

Ich nickte.

Ich gehöre nicht zu den Leuten, die sich einen Spaß daraus machen, stundenlang über Krankheiten und ärztliche Untersuchungen zu reden, also machte ich die Sache kurz: Ich hatte eine leichte Entzündung auf der rechten und eine Mittelohrentzündung mit Riss im Trommelfell auf der linken Seite. Da ich auf Befragen zugeben musste, im linken Ohr ein leises Pfeifen zu hören und bei schnellen Bewegungen Schwindel zu verspüren, nahm er mir Blut ab. Ein Virus, das langwierige Ohrenleiden verursache, mache gerade die Runde. Auf jeden Fall, verkündete der Arzt mit entschlossenem Blick, erfordere jede einzelne Diagnose eine totale Flugabstinenz.

»Für wie lange?«, fragte ich mit zitternder Stimme.

»Sie haben eine sehr lange Krankengeschichte mit Ihrem Ohr und, ehrlich gesagt, befürchte ich eine chronische Entzündung, die Sie berufsunfähig machen könnte. Warten wir mal den Bluttest ab, aber ich tippe so auf ungefähr zehn Wochen.«

Ich schnappte nach Luft. »Das geht nicht.« Ich hörte selbst, dass mein Tonfall leicht hysterisch klang.

»Warum?«

Ich erzählte dem Arzt von meiner riesigen Geburtstagsparty, von den Kolleginnen, die Urlaub genommen hatten und mühsam von der Rufbereitschaft ferngehalten werden konnten, von den langen Vorbereitungen, den Flügen, dem Hotel, dem Sandstrand … Der Arzt schnalzte mitleidig mit der Zunge und schüttelte den Kopf. »Wenn Sie diesen Flug antreten, werden Sie vielleicht auf einem Ohr taub. Ist es Ihnen das wert?«

Ich drängte die Tränen zurück und schluckte mehrmals. »Nein«, krächzte ich.

Er legte mir in einer väterlichen Geste die Hand auf die Schulter und drückte leicht zu. »Es tut mir wirklich leid, aber bitte seien Sie vernünftig. Sie bekommen vorn an der Rezeption ein Rezept und die Krankmeldung. Lassen Sie sich einen neuen Termin in zwei Wochen geben. Alles Gute.«

Ich fühlte mich nicht in der Lage, meine Gäste sofort anzurufen, sondern nahm mir das für den Abend vor. Stattdessen warf ich die verschriebenen Medikamente plus ein Schlafmittel ein und rollte mich unter der Bettdecke zusammen, um die nächsten Stunden im Halbschlaf und friedlichem Vergessen vor mich hin zu vegetieren.

Leider funktionierte das mit dem Vergessen deutlich besser als geplant. Zwar überkam mich bei jedem Aufwachen die Erinnerung an meine geplatzte Geburtstagsfeier, aber mehr auch nicht. Drei Tage verbrachte ich im Halbschlaf zwischen Pillenschlucken, Fieberschlaf und Heulkrampf. Entsprechend scheußlich sah ich aus, als ich an meinem Geburtstag in den Spiegel schaute. Ich war sicher, dass die Krähenfüße, die Tränensäcke, die scharfen Falten von der Nase zum Mund und das stumpfe Haar nicht nur mit der Grippe zu tun hatten, sondern mich ab sofort auf meinem weiteren Lebensweg begleiten würden.

Ich war dreißig.

Uralt.

Ab jetzt ging es bergab.

Ich sah, wie meine Augen bereits wieder anfingen zu

schimmern, als das Handy mich aus meinen Betrachtungen riss und den Anruf meiner Freundin Sabine ankündigte.

»Happy Birthday, meine Liebe, ach, wie ich dich beneide, du sitzt bestimmt gerade unter einer Palme oder schaukelst in einer Hängematte oder lässt dich von einem gut gebauten Eingeborenen massieren …«

Ich schluchzte los.

»Lulu? Lulu! Bist du das? Was ist denn los?«

Ich heulte lauter.

»Lulu?« Sabines Stimme wurde drängender. Sie machte sich Sorgen. Richtig so.

»Huuuuhhu«, jammerte ich ins Telefon. »Ich bin krank und liege zu Hause im Bett.«

Stille.

»Ich bin so uhuhuhunglücklich.«

Ein Weinkrampf machte jedes weitere Wort unmöglich.

»Ich komme«, sagte Sabine. »Halbe Stunde. Halte durch.«

Es dauerte eine Dreiviertelstunde, aber dann kam sie.

Sabine Winterberg ist die Freundin, mit der ich schon gespielt habe, als wir beide noch Windeln trugen. Damals waren Krabbelgruppen nicht so verbreitet, aber in Dorsten-Wulfen gab es eine. Es war eine Mischung aus privater Clique und Kindertagesstätte, in der fünf Kinder alleinerziehender Mütter von zwei Omas betreut wurden. Seitdem sind Sabine und ich befreundet, auch wenn sich unsere Lebenswege früh getrennt haben. Sabines Mutter heiratete wieder und zog nach Düsseldorf. Sabine und ich blieben befreundet. Sabine begann ihr Grafikdesignstudium, ich wurde Flugbegleiterin, aber wir hielten Kontakt. Sabine heiratete und ich war ihre Brautjungfer. Sie ließ sich scheiden, und ich organisierte eine Scheidungsfete mit allen Freundinnen auf Mallorca, bei der Sabine feststellte, dass sie lesbisch war. Die Feststellung hielt bis zur Rückkehr, dann wurde sie wieder nüchtern und hetero. Unser Kontakt war nicht so regelmäßig, wie es sich vielleicht für alte Sandkastenfreundinnen gehörte, aber im Zweifelsfall konnten wir uns aufeinander verlassen.

Dies war eindeutig ein solcher Fall.

»Willst du heulen, trinken oder reden?«, fragte Sabine, als sie hereinkam.

»Reden«, schluchzte ich an ihrem Hals.

»Dann hör auf zu heulen und stell den Schampus kalt, damit wir später zum Trinken übergehen können.« Sie drückte mir eine eisgekühlte Flasche Moët-et-Chandon Brut Impérial in die Hand. Sabine kümmerte sich eben auch um die Details.

Ich nahm ihr die Flasche aus der Hand und stellte sie in meinen Kühlschrank neben den Kirschjoghurt mit abgelaufenem Haltbarkeitsdatum. Ansonsten war der Kühlschrank leer.

»Schmeiß die Mikrowelle an, Kleines, hier kommt etwas zum Aufwärmen.«

Sabine reichte mir die Verkaufsverpackung eines Delikatessenhändlers, dessen Angebot weit über meinen finanziellen Möglichkeiten lag. Ich stellte die Schale in die Mikrowelle und drückte auf Start. Währenddessen packte Sabine den Korb aus, der voller Obst, Gemüse, Brot, Käse, Saft und Sprudeltabletten war. Magnesium und Kalzium, Zink, Multivitamin, Eisen, verschiedene einzelne Vitamine sowie Mineralien und Spurenelemente in Zitronen- oder Orangengeschmack.

Die Mikrowelle machte »Pling«.

»Putz dir die Nase, setz dich an den Tisch und entspann dich.«

Ich gehorchte. Sabine füllte die Suppe in einen tiefen Teller, gab mir einen Löffel und setzte sich mir gegenüber. Ich fing an zu essen. Himmlisch. Eine dicke, sämige, höllisch scharfe Gulaschsuppe, in der kein noch so kleines Fetzchen schwabbeliges Fett oder zähe Sehne zu finden waren, dafür aber viel dunkles, kräftiges Fleisch. Ich kratzte den letzten Rest aus dem Teller und lehnte mich zurück. Es ging mir schon etwas besser.

»Erzähl.«

Also berichtete ich. Von dem für Anfang Mai völlig untypischen, nasskalten Wind in Venedig, der beginnenden Erkältung, dem Riss im Trommelfell, dieser blöden Ohrenentzündung, mit der nicht zu spaßen war, und von den letzten drei Tagen, die ich kaum bewusst wahrgenommen hatte. Als mir einfiel, dass dies mein dreißigster Geburtstag war, fing ich wieder an zu heulen.

»Okay, dann gehen wir jetzt am besten zum Trinken über«, entschied Sabine und holte zwei Champagnerflöten aus dem Schrank. Ich besitze wenig Geschirr, aber die entscheidenden Dinge sind da.

»Alles Gute zum Geburtstag, Lulu-Maus«, sagte Sabine und zog mich auf die Beine. Dann umarmte sie mich fest. »Lass dich nicht hängen, es geht dir bald wieder gut, und dann holst du die Feier eben nach.«

Ich antwortete nicht, wusste aber genau, dass das nicht der Fall sein würde. Weder hatte ich das Geld für einen zweiten Anlauf, noch würde ich die Kolleginnen jemals wieder unter einen Hut bekommen. Wahrscheinlich saßen sie in diesem Moment auf einem winzigen Eiland im Indischen Ozean und warteten auf mich. Ich hatte ja niemandem Bescheid gegeben.

Um Himmels willen! Das wurde mir jetzt erst klar! Die sieben saßen am Strand und machten sich vielleicht die größten Sorgen. Sie konnten mich nicht einmal erreichen, weil die Insel einer der wenigen Orte dieser Welt ist, an dem es absichtlich keine Mobilfunk-Verbindung gibt. Ich hatte das für eine gute Idee gehalten, damit die Airline uns mit absoluter Sicherheit in Ruhe ließe. Jetzt sah die Sache gar nicht mehr so lustig aus.

»Ich muss unbedingt eine Mail an das Hotel schreiben«, sprudelte es aufgeregt aus mir heraus.

»Beruhige dich«, sagte Sabine. »Die Mail kann warten. Jetzt gibt es erst mal eine schöne Überraschung für die arme, kranke Lulu-Maus.«

Ich blickte sie überrascht und vielleicht ein bisschen alarmiert an. »Welche Überraschung?«

»Du ziehst um.«

Zwei

»Ich fliege für drei Monate mit Holger nach Patagonien.«

Ich starrte Sabine an. Patagonien war ein menschenleerer Landstrich in Chile und in jedem Fall weit weg vom Kunstmuseum, dem Louvre, der Tate oder dem Guggenheim, wo Sabine sonst gern ihre freie Zeit verbringt.

Die Sache mit Patagonien überforderte mich in meinem geschwächten Zustand, also suchte ich einen anderen Zugang zu Sabines Plänen. »Wer ist Holger?«

»Der Mann meines Lebens.«

Sabines Augen strahlten. Alles an Sabine strahlte, wie mir in diesem Moment auffiel. Sie trug wie immer Schwarz von Kopf bis Fuß, aber ihre Haut strahlte, ihr platinblondiertes Haar strahlte, und die vielen silbernen Ringe, Ketten und Ohrringe strahlten auch.

»Seit wann?«, fragte ich.

»Seit zwei Wochen«, sagte Sabine feierlich.

Das beruhigte mich ein bisschen, denn meine letzte Erinnerung an einen Mann an Sabines Seite war verschwommen mit dem Namen Andreas verbunden. Oder Thomas? Definitiv nicht Holger. Ich war also nicht altersdement, weil mir der Name nichts sagte. Sabine hatte einfach mal wieder innerhalb weniger Tage den Mann ihres Lebens gewechselt. Der Letzte hatte wie lange gehalten …?

»Diesmal ist es der Richtige«, sagte Sabine.

»Ich hoffe es für dich«, entgegnete ich matt. »Was wollt ihr in Patagonien?«

»Wir wollen die Natur mit allen Sinnen erleben.«

In meinem Kopf schrillten sämtliche Alarmglocken los. »Was heißt das?«

»Trekking. Mit Rucksack und Zelt und dann ab in die Pampa.«

Ich war unfähig, zu antworten. An Sabines Füßen sah man grundsätzlich High Heels, seit sie laufen konnte. Sie trug ausschließlich Markenklamotten, und zwar first hand. Sie wusch sich jeden Tag zweimal die Haare, färbte sie wöchentlich und ging alle acht Tage zur Maniküre, Pediküre und zur Kosmetikerin, die ihre ohnehin samtige Gesichtshaut mit feinst zermahlenem Muschelkalk aus den Sedimenten eines prähistorischen Meeres abschliff. Sie hatte seit der achten Klasse nichts mehr getragen, das schwerer als zwei Kilo war, denn immer fand sich ein Typ, der ihr den Tornister oder später im Studium die Tasche schleppte. Sie hatte seit dem Sportunterricht, dem sie meist mit fadenscheinigen Entschuldigungen fern blieb, keine körperliche Ertüchtigung mehr betrieben. Der Gang in die Sauna und das Abrubbeln des Körpers mit einer Massagebürste waren das Äußerste, das sie sich in dieser Hinsicht zumutete. Sie hatte niemals in einem Zelt übernachtet und öffnete selbst im Winter das Fenster ihres Innenstadt-Penthouses nur, wenn sie sich vorher davon überzeugt hatte, dass das Moskitonetz lückenlos und fest im Rahmen saß.

»Trekking«, murmelte ich fassungslos.

»Wir wollen unsere Zivilisationsfesseln ablegen und wieder ein Teil der Natur werden«, schwärmte Sabine.

»Den Wind und den Regen im Gesicht spüren, ein Gefühl für Dimensionen gewinnen, indem wir alle Distanzen aus eigener Kraft zurücklegen und uns ganz auf uns selbst und unseren Platz im Kosmos besinnen. Wir sind alle Kinder derselben Erde, Lulu. Wir können nur überleben, wenn wir uns dessen wieder bewusst werden. Diese Reise wird eine Offenbarung.«

Das fürchtete ich auch.

»Und jetzt verstehst du auch, warum es so ein glücklicher Zufall ist, dass du die nächsten Wochen nicht fliegen darfst. Du kannst meine Wohnung hüten und dich um Sergeant Pepper kümmern. Ich wüsste ja sonst gar nicht, wohin mit ihm.«

Sergeant Pepper war Sabines Hund.

»Sabine, meinst du nicht, dass diese Sache mit dem Naturerlebnis ein bisschen, äh, übertrieben ist? Fang doch erst mal hier in Deutschland mit einer Wanderung an, um zu sehen, ob dir das überhaupt liegt ...«

»In Deutschland wandern?« Sie sah mich an, als hätte ich ihr vorgeschlagen, in meinem Klo nach Lachs zu angeln. »Die Wege sind breit wie Straßen, an jedem Baum findest du eine Markierung, und ständig laufen dir Wandergruppen aus der Eifel in Kniebundhosen und karierten Hemden über den Weg.«

Diese Erkenntnisse musste sie von Holger haben, denn Sabine ist seit Jahren nicht mehr aus einer städtischen Agglomeration herausgekommen. Ein Spaziergang mit Sergeant Pepper am Rhein oder im Hofgarten war das Äußerste, das sie in Sachen Naturerlebnis zu bieten hatte.

»Und zelten? Versuch es doch erst mal hier ...«

»Ach, Lulu, das ist ja lächerlich«, sagte Sabine mit einem Gesichtsausdruck, als müsste sie demnächst auf der Verkehrsinsel am Mörsenbroicher Ei, Düsseldorfs vermutlich verkehrsreichster Kreuzung, in einem Kunstfaser-Iglu übernachten. »Hier gibt es ja nur Campingplätze mit eingeteilten Parzellen und Stromanschluss und einem Waschhaus mit heißer Dusche. Das ist doch kein echtes Camping. Wenn schon, dann soll es gleich richtig sein.«

Unsere Champagnerflöten waren inzwischen leer. Zusammen mit den Medikamenten, der Müdigkeit, die mich nach der heißen Suppe überkam, und meinem geschwächten Zustand hatte das eine Glas mir bereits einen leichten Schwips beschert, aber angesichts der Neuigkeiten fühlte ich das dringende Bedürfnis, weiterzutrinken. Wir leerten die Flasche, während Sabine mir von Holger, dem wunderbarsten Mann der Welt, erzählte, und schliefen irgendwann nebeneinander auf dem Sofa ein.

»Na bitte, du siehst doch schon viel besser aus«, sagte Sabine am nächsten Tag gegen Mittag. Ich musste ihr recht geben, auch wenn ich inständig hoffte, dass dieser Status der Wiederherstellung meines äußeren Erscheinungsbildes noch nicht das Ende der Fahnenstange war. Die Kosmetikerin, der Sabine sich regelmäßig anvertraute, hatte auch bei mir ein wahres Wunder bewirkt. Nach einem Peeling, einer Bedampfung, einer Gesichts- und Dekolleté-Massage und einer Maske war meine Haut deutlich feinporiger, die Augen wirkten frischer, die Falten um Mundwinkel und Nase hatten einiges an Tiefe verloren. Ich schöpfte wieder Hoffnung für die Zukunft.

»Los jetzt, Holger erwartet uns schon«, drängelte Sabine und schob mich aus der Tür. Die Rechnung hatte sie bereits mit einer ihrer zahlreichen Kreditkarten beglichen. Als Geburtstagsgeschenk, wie sie sagte. Ich hakte sie unter und ließ mich von ihr durch die belebten Straßen führen.

Die Brasserie am Belsenplatz war wie immer voller Leben. Ich hatte den Ort des Kennenlernens aussuchen dürfen und mich für das Lokal ganz in der Nähe meiner Wohnung entschieden. Mindestens einmal im Monat aß ich dort, und jetzt, da ich die nächsten Wochen notgedrungen in der Stadt verbringen würde, wollte ich erst einmal richtig ankommen. Wenn es einen Ort in Düsseldorf gab, der mir das Gefühl von Heimat vermittelte, dann dieser hier.

Sabine warf sich in Holgers Arme, als hätten sie sich wochenlang nicht gesehen, was mir die Zeit für eine flüchtige Betrachtung der beiden als Paar gab.

Das Ergebnis war frappierend. Holger und Sabine waren der fleischgewordene Beweis für das Sprichwort, nach dem sich Gegensätze anziehen sollen: sie eher mittelgroß, von der Natur mit einer hervorragend proportionierten Figur ausgestattet, sehr gepflegt, sehr modisch, sehr städtisch, er dagegen mit einer Optik wie eine Vogelscheuche, die morgens noch Krähen vom Feld gejagt hatte. Holger war ein langer Schlaks, dünn wie ein Strichmännchen, mit schmalen, hängenden Schultern, Haaren in undefinierbarer Farbe und einer Wischmoppfrisur. Seine Kleidung bestand aus einer alten hellblauen Jeans, einem grün-schwarz karierten Holzfällerhemd, unter dem ein orangefarbenes T-Shirt hervorlugte, und Wanderschuhen. Sein kleiner Kopf war an allen sichtbaren Stellen spitz: spitzes Kinn, spitze Nase, spitze Wangenknochen, spitze Eckzähne. Warum kann ich seine Eckzähne sehen?, fragte ich mich plötzlich und realisierte, dass Holger mich mit seinen strahlend blauen Augen anblickte und breit lächelte. Beide Hände waren weit vorgestreckt, im nächsten Moment griffen sie zu und zogen mich an sich. Er drückte mich herzlich und gab mir ein Küsschen links, eins rechts. Sein ungezügelter Haarschopf kitzelte mich.

»… schon viel von dir erzählt«, bekam ich endlich mit.

»Jaaa …«, murmelte ich und kam mir vollkommen bescheuert vor. »Wollen wir uns nicht setzen?«

»Holger ist Politikwissenschaftler und Erdsystemforscher. Wir können diese Reise jetzt noch machen, bevor er seinen Lehrstuhl an der Uni Hohenheim antritt.«

»Erdsystemforscher?«, wiederholte ich zweifelnd. Davon hatte ich noch nie etwas gehört.

»Ja«, antwortete Holger, während er mit der einen Hand die Menükarte und mit der anderen Sabines Hand hielt. »Die Erdsystemwissenschaft verknüpft Wissen aus Natur-, Agrar- und Wirtschaftswissenschaften und wird jetzt zu einem eigenen Studiengang. Dort lernen die Studierenden, technologische, ökonomische und soziale Veränderungen in ihrem komplexen Zusammenhang einzuschätzen. Mit Fachidiotentum kommen wir bei den Herausforderungen, vor denen unsere und die nächste Generation stehen, nicht mehr weiter.«

Sabine folgte seinen Worten mit strahlenden Augen.

Ich nickte. »Ach so.«

»Es ist aber natürlich alles sehr technologie- und wissenschaftslastig. Da kann es nicht schaden, sich vorher noch einmal ganz auf die ursprüngliche Kraft der Natur einzulassen.«

»Klar«, entgegnete ich.

»Was isst du denn?«, fragte Sabine.

»Den Salat, aber bitte ohne die Putenbrust«, antwortete Holger. »Und du?«

Ich sah, wie Sabine mit sich rang, und erwartete ihre Antwort mit hochgezogener Augenbraue und einem flauen Gefühl im Magen.

»Ich auch.«

Spätestens in diesem Moment war mir klar: Sabine war diesem Mann mit Haut und Haar verfallen. Sabine ist nämlich eine leidenschaftliche, überzeugte, genüssliche Fleischesserin.

»Du bist Vegetarier?«, vergewisserte ich mich eigentlich unnötigerweise, aber aus reiner Gehässigkeit. Ich wollte Sabine diese Eigenschaft noch einmal in aller Deutlichkeit unter die Nase reiben.

Holger nickte. »Nur die christlichen Religionen stellen den Menschen über die Umwelt. Die Aufforderung: *Mach dir die Erde untertan* ist eine der größten Katastrophen der Menschheitsgeschichte. Man kann sagen, dass das Klimaproblem aus der christlichen Religion entstanden ist, weil der Mensch sich nicht mehr als Teil der Welt, sondern als ihr unabhängiger Herrscher empfindet. Das zeigt sich auch darin, dass man seine Mitgeschöpfe tötet und aufisst.«

Ich bemühte mich um einen interessierten Gesichtsausdruck, während ich mich an einen Artikel über die Lebens- und Essgewohnheiten der Menschen in Patagonien erinnerte, den ich erst kürzlich gelesen hatte. Darin hatte etwas über eine sehr fleischlastige Ernährung gestanden.

»Kennst du Patagonien? Warst du schon mal dort?«, fragte ich also. »Oder hast du schon mal so einen längeren Aufenthalt in der Wildnis …« überlebt, hätte ich fast hinzugefügt.

Holger winkte lächelnd ab. »Zu Frage eins: Nein. Zu Frage zwei: Ebenfalls Nein und zu Frage drei: Auch Nein. Und genau das ist der springende Punkt. Es ist wichtig, dass man sich auch mal auf etwas ganz Neues einlässt. Nur in der Bereitschaft, Bekanntes hinter sich zu lassen und sich dem Unbekannten rückhaltlos auszuliefern, liegt die Chance auf einen Erkenntnisgewinn.«

»Nun schau doch nicht so skeptisch«, rügte mich Sabine.

Anscheinend hat mein Interesse heuchelnder Gesichtsausdruck doch nicht funktioniert. Schade, diese intelligente Frau war eindeutig gerade dabei, mit einem in jeglicher Hinsicht blauäugigen Typen in ihr Unglück zu rennen. Und zwar rückhaltlos, wie Holger so schön formuliert hatte.

Ich nahm mir vor, Sabine ab sofort und gnadenlos zu bearbeiten, um sie von diesem Irrsinn abzubringen.

Ich greife der Entwicklung vor, wenn ich verrate, dass es mir nicht gelang. Dabei hätte ein Erfolg meiner Überredungsbemühungen nicht nur Sabine, sondern auch mir eine ganze Menge Scherereien erspart. Aber dazu komme ich noch.

»Hier ist das Hundefutter. Er bekommt zweimal am Tag jeweils vierhundert Gramm. Sonst wird er zu dick, sagt der Tierarzt.«

Sergeant Pepper, eine Promenadenmischung mit einem nicht unerheblichen Anteil Bobtail in seinen Genen, sah mich mit seinem treuherzigsten Blick von unten an, während Sabine mich instruierte. Dieser Hund hatte es wirklich drauf, so zu tun, als verstünde er jedes Wort.

»Du bist sicher nicht so streng mit mir, oder?«, schien er mich zu fragen. »Vierhundert Gramm sind ganz schön wenig für einen Kerl wie mich.«

Ich zwinkerte ihm verschwörerisch zu. Sabine hatte unsere heimliche Verständigung natürlich gleich bemerkt.

»Kein Gramm mehr«, sagte sie in dem schneidenden Tonfall, der keinen Widerspruch zulässt.

Ich nickte. Sergeant Pepper und ich würden uns schon irgendwie einig werden.

»Die Espressomaschine kennst du ja.«

Ich nickte wieder.

»Wenn mit der Wohnung irgendetwas ist, wenn kein heißes Wasser da ist oder so, wende dich an Herrn Siebert im Erdgeschoss. Er ist so eine Art Hausmeister. Die anderen Leute sind auch nett, den neuen Typ aus der Wohnung unter meiner kenne ich nicht, der zieht gerade erst ein. Der wird dir keine große Hilfe bei Problemen am Haus sein.«

»Okay.« Ich versuchte, mir den Namen Siebert zu merken. Erdgeschoss. Hausmeister.

»Die Telefonanlage ist so eingestellt, dass eingehende Anrufe über meine Privat- und Geschäftsnummer auf eine Ansage umgestellt werden. Hinaustelefonieren ist kein Problem. Und wenn du dein Handy weiterleiten willst, kannst du das auf diese Nummer hier tun, die müsste ganz normal durchklingeln.«

Wir probierten es aus, und natürlich funktionierte es. Sabine ist eine Perfektionistin, in deren Leben alles funktioniert. Ihr Kühlschrank ist immer ordentlich gefüllt, wenn auch meist mit hochwertigen Convenience-Gerichten, ihr Gefrierfach immer eisfrei, alle elektrischen und elektronischen Geräte erfüllen die ihnen zugedachten Aufgaben absolut zuverlässig. Ich konnte es nicht fassen, dass sie all das für drei Monate mückenverseuchte Pampa aufgeben wollte.

»Was soll ich bloß zehn Wochen lang tun?«, fragte ich deprimiert, als Sabine an meinen Koffern vorbei zu ihrem Rucksack ging, ihn mit einem unglaublichen Kraftakt hochhob und auf die Schulter hievte.

Sie sah so fremd aus wie ein Marsmännchen, und das lag nicht nur an diesem unförmigen Ding auf ihrem Rücken, sondern auch daran, dass sie kein einziges schwarzes Kleidungsstück trug. Ihre Trekkinghose war moosgrün, das

Hemd lindgrün mit einem winzigen Karo und die Jacke oliv. Der Rucksack nahm alle diese Dschungeltöne auf und rundete sie mit einem dunklen Grau ab. Immerhin.

Sabine konnte sich kaum aufrecht halten mit dem Teil auf dem Rücken, wie wollte sie drei Monate damit durch die Wildnis wandern?

»Ach, gut, dass du fragst«, sagte sie, während sie mit dem Bauchgurt kämpfte. »Auf dem blauen Laptop auf dem Couchtisch ist meine neueste Arbeit in der Erprobungsphase installiert. Eine brandneue Blogging-Software, für die ich die grafische Gestaltung gemacht habe. Neues Konzept, das die Bedienbarkeit um Lichtjahre verbessert. Probier sie aus, ja? Nutze jede Funktion, auch die Veröffentlichung, und nachher erzählst du mir, ob dir Layout und Bedienung gefallen.«

»Aber ich kann doch nur den Wetterbericht googeln und E-Mails schreiben. Zu mehr Computerverständnis reicht es bei mir einfach nicht, das weißt du doch«, wandte ich fast empört ein.

»Dann bist du die ideale Testperson, meine Liebe. Und jetzt lass dich drücken, ich muss los.«

Sabine nahm mich in die Arme, während ich verzweifelt versuchte, entweder sie allein oder sie mitsamt dem Rucksack zu umfassen. Beides misslang, so konnte ich mich nur an sie lehnen und meine Tränen zurückdrängen.

»Bleib hier«, sagte ich zum tausendsten Mal. »Was hast du in der Wildnis verloren? Da gibt es Mücken, Stiere und Pumas, aber weder warmes Wasser noch ein Bett noch etwas Vernünftiges zu essen.«

»Pass auf dich auf«, sagte Sabine zu mir, dann drehte sie sich um und zog die Tür hinter sich zu.

Ich machte mir erst mal einen Cappuccino, ließ mich auf die Ledercouch fallen und starrte den blauen Laptop an. So ein Schwachsinn, dachte ich, und holte meinen Trolley. Meine Kolleginnen, die meine Modebegeisterung kannten, hatten vierundzwanzig neue Hochglanzmagazine aus der ganzen Welt am Flughafen für mich deponiert. Ich hatte sie auf dem Weg hierher abgeholt, um mir damit die Eingewöhnung in Sabines Wohnung zu erleichtern. Fashion, Lifestyle, Frisuren, Accessoires, Wohnen, Garten, Deko-Ideen. Auch zwei neue Magazine für Wellness und Luxusreisen waren dabei. Ich seufzte. Womit sollte ich bloß anfangen?

Zwei Stunden später klingelte es an der Tür. In der lächerlichen Hoffnung, dass Sabine es sich anders überlegt hatte, rannte ich zum Eingang und riss die Tür auf. Es war nicht Sabine, die davorstand, sondern ein Mann. Irgendwo zwischen fünfundzwanzig und vierzig. Er trug ausgebeulte, am Saum franselige Jeans, ein schlabberiges T-Shirt mit dem verwaschenen Schriftzug »Ich mach was mit Büchern« auf der Brust und einen von diesen schwarz-weißen Yin-Yang Anhängern am schwarzen Lederbändchen um den Hals. Sonst nichts. Also weder Strümpfe noch Schuhe oder wenigstens Latschen, nein, der Kerl stand barfuß vor meiner Tür. Nachdem die Klamotten also unter aller Menschenwürde waren, betrachtete ich sein Gesicht. Glatt rasiert, eher jugendlich als männlich, insgesamt recht ansehnlich, mit strahlend blauen Augen und von einer mittelblonden Frisur umrahmt, die diesen Namen definitiv nicht verdiente. Okay, längeres Haar ist bei Männern momentan angesagt, aber dann bitte gestylt, geföhnt, die Fransen kunstvoll in die Stirn drapiert. Hier stand ein Wash&go-Typ, der wohl im Umzugsstress seinen Kamm noch nicht wiedergefunden hatte. Sofern er überhaupt einen besaß. Er war bei mir unten durch, bevor er überhaupt den Mund aufmachte.

»Hi, ich bin Jake, der Neue im Haus. Genauer gesagt wohne ich direkt unter dir.«

Jake – du lieber Himmel! So hießen immer die Aufreißertypen in den amerikanischen B-Movies.

Jake ließ sich selbst herein, indem er mich einfach zur Seite drängte. Aufdringlich war er also auch noch.

»Sabine, richtig? Steht jedenfalls auf dem Klingelschild.«

»Lulu.« Mist, das war mir so rausgerutscht. Was ging den Typen mein Name an?

Er pfiff anzüglich durch die Zähne, drehte sich um und betrachtete mich abschätzend von oben bis unten. »Wow. Heißer Name.«

Ich hasse es, wenn sich jemand über meinen Namen lustig macht. »Ich bin nicht die Wohnungseigentümerin, und ich bin beschäftigt«, sagte ich mit eisiger Stimme. »Zwei gute Gründe dafür, dass Sie diese Wohnung genauso schnell wieder verlassen, wie Sie sich hier hereingedrängt haben.«

Meine Mutter hasst es, wenn ich schnippisch bin, Sabine hasst es, und Jasmin lacht sich schlapp. Ich war froh, dass keine der drei jetzt hier war und mich hören konnte.

»Nun sei doch nicht so zickig, Mädel. Das mögen die Männer nicht.«

Wie bitte? Da stand dieser Hippie in meiner (okay, Sabines) Wohnung und wollte mir Lektionen darin erteilen, was Männer (oder solche Wesen, wie er eins war) an Frauen mögen und was nicht? Mein Leben würde glücklicher verlaufen, wenn Typen wie er nichts an mir mögen und mir deshalb, und darauf kam es an, aus dem Weg gingen. »Raus!«

Er grinste mich an. Wippte auf den nackten Fußballen, die Hände in den Taschen vergraben, den Kopf schief gelegt. »Lange keinen Sex gehabt?«, fragte er.

Ich schnappte nach Luft.

»Ein Jahr? Oder sogar noch länger?« Er schüttelte den Kopf. »Ja, das kann einem echt die Stimmung vermiesen.«

»Raus, oder ich rufe die Polizei.«

Er grinste anzüglich. »Ich glaube nicht, dass der Notruf für diese Art von Bedürfnis gedacht ist.«

Ich spürte, wie ich rot wurde.

»Also, Lulu«, er hauchte den Namen in einem eindeutig zweideutig stöhnenden Tonfall, »ich habe gern eine leidenschaftliche Frau über mir. War nett, dich kennenzulernen. Bis bald.«

Ich hatte die Tür gerade fest zugeknallt, als mein Handy endlich klingelte.

»Wo zum Teufel bist du?«, fragte Jasmin ohne Einleitung.

»Ich habe eine Ohrenentzündung und einen Riss im Trommelfell und bin somit fluguntauglich«, erwiderte ich, von dem neuen Nachbarn immer noch schwer genervt.

»Oh, du bist schnippisch«, kicherte Jasmin. »Wer hat dich denn auf die Palme gebracht?«

Ich atmete tief aus. »Habt ihr schön gefeiert?«

Sie gluckste, räusperte sich. »Wenn du so krank bist, solltest du zu Hause sein und dich schonen.«

»Ich bin zu Hause und schone mich.«

»Dann mach die Tür auf.«

Ich wollte bereits aufstehen und den Türdrücker betätigen, als mir dämmerte, dass Jasmin nicht vor dieser Tür stand. Ich erklärte ihr meine Situation und konnte sie eine halbe Stunde später endlich hereinlassen.

»Wow, was für eine Bude«, rief sie aus, während sie sich im Kreis drehte.

Recht hatte sie.

Sabines Wohnung war ein hundertachtzig Quadratmeter großes Penthouse, das aus vier Räumen bestand: dem riesigen Wohnzimmer mit integrierter Küche, dem Schlafzimmer, einem Arbeits- und einem Gästezimmer mit eigenem Bad. Natürlich gab es noch ein zum Schlafzimmer gehörendes Duschbad, ein Wannenbad und drei Toiletten, außerdem einen Abstellraum und einen rundumlaufenden Balkon. Leider lag sie nicht direkt am Rhein, und die Aussicht ging vor allem über die Dächer der Stadt.

»Nun erzähl endlich von meiner Geburtstagsfeier«, drängte ich Jasmin, die noch ihre Uniform trug, aber aus den Schuhen gestiegen war, die nun mitten im Wohnzimmer neben ihrer Tasche lagen.

»Es war einfach himmlisch. Wir hatten einen Kellner, der …«

»Jasmin!«

»Okay.« Sie lachte mich fröhlich an. »Was willst du wissen?«

»Alles«, entgegnete ich aufgeregt. Dann seufzte ich. »Bis auf den Kellner. Zu dem kommen wir später.«

»Der Geschäftsführer hat sich an Maike herangemacht, und sie hat ihm ein blaues Auge verpasst. Gina hat sich in ihrem String-Bikini beim Schnorcheln einen gräßlichen Sonnenbrand auf den Pobacken zugezogen, sodass sie nicht mehr sitzen konnte. Zoe hat wegen einer blöden Diätempfehlung von morgens bis abends Ananas gegessen und dazu Obstsäfte getrunken. Leider hat sie die Fruchtsäure nicht vertragen und deshalb Bauchkrämpfe und Durchfall bekommen. Und Liliane ist nach zwei Tagen ohne Handyempfang verrückt geworden, weil sie ihrem Schatzi nicht gute Nacht und guten Morgen wünschen konnte. Sie wollte sich abwechselnd das Leben nehmen, den nächsten Flieger zurück oder einen Eingeborenen heiraten. Es fand sich aber keiner, den sie für geeignet gehalten hätte.«

Ich musste gegen meinen Willen lachen. Jasmin umarmte mich fest.

»Es war schön, aber du hast uns gefehlt. Wir haben uns Sorgen gemacht, und wir haben die ganze Zeit darüber geredet, wie sehr wir dich vermissen. An deinem Geburtstag haben wir uns zusammengesetzt und alles aufgeschrieben, was wir an dir mögen. Das ist dabei herausgekommen.«

Jasmin fischte in ihrer Tasche nach einem gefalteten Blatt Papier, das sie mir in die Hand drückte. Ich faltete es auseinander, drehte und wendete es, aber das Blatt blieb jungfräulich weiß und leer.

»Miststück«, rief ich und warf das zusammengeknüllte Papier nach Jasmin. Sie wich lachend aus.

»Oh, da muss ich mich wohl vertan haben«, sagte sie. »Dann ist das hier wohl das richtige Papier.«

Diesmal war es ein Briefumschlag. »Für Lulu«, stand darauf. Ich holte die Karte heraus, auf deren Vorderseite jemand ein Foto geklebt hatte. Prinz Felipe von Spanien mit seiner Frau Letizia vor dem Palast in Madrid. Ich kannte das Bild. Es war am 12. Oktober, dem spanischen Nationalfeiertag, aufgenommen worden. Jemand hatte mein Porträt über Letizias Gesicht geklebt. Unter dem Bild stand: »Wir wissen, wer die rechtmäßige Prinzessin ist.« Daneben hatten alle sieben Kolleginnen mit guten Wünschen zum Geburtstag unterschrieben. Ich war gerührt.

»Und außerdem habe ich dir ein Geschenk mitgebracht«, verriet Jasmin mit leuchtenden Augen. »Hier.«

Es war eine Muschel, wie ich sie noch nie im Leben gesehen hatte.

»Die Ausfuhr von Muscheln von den Malediven ist verboten«, sagte ich entsetzt. »Wie hast du die durch die Kontrolle geschmuggelt?«

Jasmin tat so, als hätte sie meinen Einwand gar nicht gehört. »Es ist eine ganz besondere Muschel«, flüsterte sie ergriffen. »Sie bringt Glück.« Jasmin, die mit fünf Brüdern aufgewachsen ist und definitiv mehr als einen Lover pro Woche hat, ist hoffnungslos romantisch und glaubt an solchen Quatsch wie Glücksbringer, schwarze Katzen, Vorsehung und Kartenlegen. »Und sie bringt Reichtum und Liebe.«

Ich schluckte. Mir war nicht wohl dabei, eine geschmuggelte Muschel zu Hause zu haben, aber Glück, Reichtum und Liebe waren genau die drei Dinge, die mir seit Jahren fehlten in meinem Leben.

»Wann?«, fragte ich, um Jasmin die Freude nicht zu verderben.

»Bald«, antwortete Jasmin mit einem Gesicht, als verrate sie mir ein großes Geheimnis. »Sehr bald.«

Vielleicht litt die Muschel am Jetlag, oder auch Glücksmuscheln müssen sich erst akklimatisieren, jedenfalls ließ die Entwicklung der nächsten Wochen nicht darauf schließen, dass sie ihrer Bestimmung nachkommen wollte …

Am späten Nachmittag, Jasmin war schon lange zu irgendeinem Mann unterwegs, fiel mir die Decke auf den Kopf. Ich konnte mich kaum daran erinnern, wann ich jemals mehrere Tage hintereinander zu Hause gewesen war und nichts zu tun hatte. Wenn ich von einem mehrtägigen Dienst nach Hause kam, machte ich die Wäsche, erledigte Papierkram und überspielte neue Fotos auf einen alten Laptop, den ich nur zu diesem Zweck besaß. Maike hatte mir das Ding zum Schnäppchenpreis überlassen, und mehr als Fotos archivieren konnte ich im Grunde auch gar nicht.

Hatte ich mehrere Tage hintereinander dienstfrei, verbrachte ich sie häufig an schöneren Orten. London, Paris, Rom, Venedig, Mailand und Barcelona waren die Klassiker, aber auch Kopenhagen, Stockholm, Oslo, Tallinn oder Prag sind immer eine Reise wert. Gerade in den aufstrebenden Metropolen Osteuropas bekommt man Designerklamotten zu einem Spottpreis. Ich kannte die günstigen Hotels, bekam die Flüge praktisch geschenkt und flanierte in High Heels über die Prachtstraßen Europas, als gehörte ich dazu. Zu einer Welt, die eigentlich meine sein müsste. Die Welt, zu der mein Vater gehörte.

Leider hatte seine Familie damals eine Verbindung mit der deutschen Bäckereifachverkäuferin rigoros abgelehnt und mit Enterbung gedroht. Ich fand seine Entscheidung gegen die Liebe und für das Familienerbe zwar zutiefst unromantisch, konnte sie aber in meinem tiefsten Innern verstehen. Wer tauscht schon einen Platz im europäischen Hochadel gegen eine Drei-Zimmer-Wohnung in Dorsten-Wulfen? Immerhin beruhigte er sein Gewissen damit, dass er uns die ersten achtzehn Jahre meines Lebens finanziell unter die Arme griff. Seine Zuwendungen führten nicht dazu, dass wir in Saus und Braus leben konnten, aber zusammen mit dem Einkommen meiner Mutter hatten wir einen akzeptablen Lebensstandard. Fand meine Mutter.

Ich hingegen fühlte mich betrogen um ein Leben in einem Stadtpalais mit schattigem Innenhof, in dem ein Springbrunnen plätschert, um ein Leben mit Kleidern von den angesagtesten Couturiers der Welt, mit Angestellten, die morgens das Frühstück bereiteten und natürlich auch nachher den Abwasch erledigten, die die Wäsche wuschen und bügelten, die mein Zimmer aufräumten und die mich respektvoll mit *Señorita Maria* anredeten. Um ein Leben mit einem Chauffeur, der meine Freundinnen und mich zu den nobelsten Clubs fuhr, die es in der vor Leben sprühenden Hauptstadt Kataloniens gab. Natürlich hätte meine Familie eine Yacht in der Marina direkt unterhalb der Ramblas oder im Olympiahafen, außerdem ein Haus in den Bergen, irgendwo in der Nähe von Vic. All das hätte mir von Rechts wegen zugestanden, denn mein Vater gehörte zum spanischen Hochadel, und so gehörte eigentlich auch ich in diese Kreise.

Stattdessen wohnte ich mit meiner Mutter in besagter Wohnung in Dorsten-Wulfen und musste mich wegen meines langen Namens und meiner großen Nase hänseln lassen.

Mein Selbstmitleid schien sich wie eine große Glocke über mich zu senken. Wie sollte ich das in den kommenden Wochen nur aushalten? Ich schüttelte mich, stand auf und lief unruhig in der Wohnung auf und ab. Sergeant Pepper sprang aus seinem Korb und lief begeistert neben mir her. Vielleicht ist das eine gute Idee, dachte ich, und griff nach Jacke und Mütze. Leider war das Wetter immer noch viel zu kalt für die Jahreszeit, aber zum Glück waren Mützen in diesem Frühjahr total angesagt. Natürlich sahen sie nicht mehr aus wie die Mützen meiner Kindheit. Die Mütze, die ich über meine kranken Ohren zog, war ein Designerstück aus Paris und passte sowohl farblich als auch vom Stil zu dem Kurzmantel, der mit der denimblauen, klassischen Jeans von *7 for all Mankind* harmonierte, die ich zwei Wochen zuvor in London erstanden hatte. Secondhand – aber der Gebraucht-Look war ja erfreulicherweise gerade total in. Ein paar Sneakers, die farblich zur Mütze passten, die Sonnenbrille auf die Nase, und schon konnte es losgehen. Immerhin quälte sich die Maisonne trotz arktischer Temperaturen ab und zu durch einen milchigen Wolkenschleier, und Sergeant Pepper tobte aufgeregt um mich herum. Mal sehen, was es Neues auf der Kö gab.

Okay, Sergeant Pepper war nicht glücklich. Die Kö ist nicht sein Revier. Ständig musste ich ihn ermahnen, die Leine hielt ich ganz kurz, damit er nicht hinter jedem winzigen Nacktpinscher herlief, der sich ängstlich an die Stilettos seines Frauchens schmiegte. Auf diese Weise konnte ich mich nicht auf die Schaufenster konzentrieren. So ging ich lediglich die Hälfte der Kö hinauf, an Armani war ich vorbei, ohne es überhaupt bemerkt zu haben, von Ermenegildo Zegna, den ich wegen des klingenden Namens liebe, sah ich nur einen Hosenaufschlag, Chanel, Gucci, Joop und Prada registrierte ich nur aus dem Augenwinkel. Dann gab ich auf. Niedergeschlagen machte ich kehrt, denn ich hatte feststellen müssen, dass der weite Fußweg mich auch körperlich erschöpft hatte. Ich war nass geschwitzt, als ich endlich wieder im Penthouse ankam. Die Erkältung, die Ohrenentzündung und die diversen Medikamente hatten mir doch nachhaltiger zugesetzt, als vermutet. Ich gab Sergeant Pepper sein abgemessenes Abendessen, hielt seinem treuen Blick, mit dem er um mehr bettelte, stand, schaute noch eine Stunde fern und ging früh schlafen. Mein Gott, was für eine grässliche Aussicht auf zehn Wochen Langeweile.

Die folgenden beiden Tage verbrachte ich mit meinen Zeitschriften und mit Sergeant Pepper auf der Couch. Langsam, aber sicher lernte ich ihn besser kennen und kapierte nun, was er von mir wollte, wenn er sich auf den Rücken warf oder an der Haustür kratzte oder an mir hochsprang. Ich maß sein Futter weiterhin sorgfältig ab, ging regelmäßig mit ihm Gassi und begann sogar, mit ihm zu reden.

Gott, wie peinlich. Trotzdem spürte ich die Langeweile jetzt, nachdem es mir gesundheitlich langsam besserging, immer stärker. So war es kein Wunder, dass ich immer häufiger einen kurzen Blick zu dem blauen Laptop warf und schließlich mit einem Seufzen nach dem Gerät griff. Ich schaltete es ein, stellte eine Internetverbindung her und gab, wie immer, wenn ich online gehe, als Erstes den Namen meines Vaters in die Suchmaschine ein.

Der erste Treffer zeigte ihn neben seiner neuen Yacht, die gerade von einer spanischen Schauspielerin getauft wurde. Aha, sein neues Spielzeug. Die Yacht. Eine Zwanzig-Meter-Yacht von North Wind, dem spanischen Nobel-Bootsbauer aus Sant Andreu de la Barca. Weitere Fotos zeigten meinen Vater an Bord des Bootes, hinter dem Steuerrad, an der Reling, am Mast und so weiter. Es hätte auch eine Werbeserie für das Boot oder für Segelbekleidung oder Sonnenbrillen oder Uhren sein können, denn mein Vater ist ein sehr gut aussehender Mann. Die große Nase, die in meinem Gesicht wie ein Fremdkörper wirkt, verleiht ihm ein interessantes Profil. Seine Zähne sind gleichmäßig und strahlend weiß, die Augen groß und dunkel und von langen Wimpern umsäumt. Seine Haut ist immer sonnengebräunt, und um seine Augen sind attraktive Lachfältchen zu sehen. Seine schwarzen und leicht gewellten Haare trägt er länger als normal. Ja, er ist ein beeindruckender Mann, den ich meinen Freundinnen gern vorstellen würde. Ganz anders als der neue Mann meiner Mutter, dessen fliehendes Kinn übergangslos in den asthmatischen Brustkorb und von dort in einen weichen, unförmigen Rumpf übergeht. Zum Glück hat sie ihn erst geheiratet, als ich schon aus dem Haus war, denn ich hätte mich in Grund und Boden geschämt, diesen Mann jemals als meinen Stiefvater präsentieren zu müssen. Obwohl er eigentlich ganz nett ist.

Der nächste Treffer im Internet über meinen Vater war die Nachricht, dass sein Unternehmen gerade einen Konkurrenten übernommen hatte. Das Unternehmen gehört ihm übrigens nur, was nicht bedeutet, dass er es leitet. Diese Tätigkeit würde regelmäßige Anwesenheit und Arbeit in einem Büro erfordern. Wie langweilig.

Mein Vater lässt andere für sich arbeiten. Er selbst segelt auf Weltklasseniveau, reitet auf Europameisterniveau und feiert. Und das vermutlich auf intergalaktischem Niveau, jedenfalls taucht sein Gesicht immer dort auf, wo gerade die Post abgeht. In diesem Fall war es die Geburtstagsfeier eines Enkels des spanischen Königs. Seufzend klickte ich mich durch die diversen Fotos, die ihn jeweils mit einer anderen Frau im Arm zeigten. Mal wieder keimte der Wunsch in mir auf, ihn endlich einmal kennenzulernen. Eines Tages einfach mal bei ihm aufzutauchen und zu sagen: »Hallo, ich bin deine Tochter.« Aber dazu müsste ich etwas mehr vorzuweisen haben als einen mittelmäßig bezahlten Job bei einer Fluggesellschaft, und das ist leider nicht in Sicht. Als arme Kirchenmaus wollte ich ihm aber nicht unter die Augen treten, daher schob ich den Gedanken wieder beiseite. Stattdessen sollte ich mich lieber Sabines Auftrag widmen.

»Easy Blogging« hieß das Programm. Ganz schön einfallslos. Ich klickte auf das Icon. Auf dem Bildschirm erschien eine schicke Oberfläche mit mehreren Auswahlmöglichkeiten. Blog erstellen, Blog bearbeiten, Blog aktualisieren, Bloggen. Mir erschlossen sich die Unterschiede der einzelnen Buttons nicht, aber das war zunächst egal, denn ich musste sowieso von vorn beginnen. Die grafische Oberfläche, die Sabine gestaltet hatte, leitete mich mit der hellsten Farbe zum ersten Schritt: Blog erstellen.

Der Anfang war kinderleicht, selbst für mich Technikmuffel. Das Programm bot mir einige Gestaltungsalternativen betreffend Farben und Schrifttypen, die ich aus dem Bauch heraus wählte, und fragte nach, ob ich Fotos einbinden wollte. Damit waren wir bei der ersten Hürde angelangt. Da ich keine Ahnung hatte, was ich bloggen sollte, wusste ich auch nicht, ob ich Fotos einbinden wollte. Genervt schloss ich das Programm, schaltete den Laptop aus, schnappte mir die Hundeleine und zog die Schuhe an. Sergeant Pepper stand bereits abmarschbereit an der Tür. Vielleicht würde mir an der frischen Luft etwas einfallen, was ich in Sabines Probe-Blog schreiben konnte.

Sergeant Pepper hatte einen derart ausgeprägten Bewegungsdrang entwickelt, dass ich ihn in der Stadt kaum bändigen konnte. Ich fragte mich, wie Sabine es geschafft hatte, ihn nur zweimal am Tag kurz Gassi zu führen, denn sobald er mit mir draußen war, tobte er herum wie ein Kind auf dem Abenteuerspielplatz. Um uns beiden einen Gefallen zu tun, lenkte ich unsere Schritte an den Rhein. Hier auf den Wiesen konnte er laufen bis zum Umfallen, und ich konnte gemächlich hinterherspazieren oder mich auf eine Bank setzen oder einfach mit den Händen in den Taschen auf dem Deich stehen und aufs Wasser starren.

Zum Sitzen war es zu kalt, also schlenderte ich auf dem Deich entlang und dachte über mein Problem nach. Die nächsten Wochen lagen öde und leer vor mir, was also sollte ich in den Blog schreiben? Jeden Tag über Langeweile klagen?

»Grässlich«, sagte ich laut.

Das Pärchen, das mir entgegenkam, warf mir abfällige Blicke zu. O Gott, wie peinlich. Jetzt redete ich schon mit mir selbst. Zum Glück kam Sergeant Pepper gerade angerast.

»Grässlich siehst du aus«, sagte ich etwas lauter als nötig zu ihm, als er an mir hochspringen wollte. »Du machst mich ganz dreckig!«

»Noch unpassender kann man sich aber auch nicht anziehen«, hörte ich, während das Pärchen an mir vorbeiging und abfällig meinen hellen Mantel musterte. Ein müder Beagle schlich hinter ihnen her, die Ohren über den Boden schleifend. Der machte bestimmt niemanden schmutzig.

Die Hunde-Nanni: Erfahrungen eines Hundesitters mit Zwei- und Vierbeinern. Tolles Thema für einen Blog. Erster Eintrag: Ich habe nichts Passendes anzuziehen, um mit dem mir anvertrauten Energiebündel am Rhein spazieren zu gehen. Zweiter Eintrag: Es gibt keine Kameradschaft unter Hundebesitzern. Dritter Eintrag: Dieser Blog wurde wegen Nichtigkeit abgeschaltet.

Ich seufzte. Eigentlich wäre ich jetzt in Vancouver. Die Vancouver Fashion Week war gerade vorbei, aber ich liebe diese Stadt zu jeder Gelegenheit und hatte mich deshalb bei der Disponentin für die lange Route gemeldet. In zwei Etappen hin, anschließend einige Flüge auf dem amerikanischen Kontinent und dann wieder retour. Shoppen in Vancouver, wo es die verrücktesten Designer wie Yumi Eto, Zonda Nellis oder Thomas Lynch gibt, dann Kulturschock mit Cowboyhut in Dallas, shoppen in New York … Stattdessen saugte mein Mantel rheinischen Nieselregen auf. Da träumte ich mich doch lieber gleich wieder weg. Deutlich und in Farbe sah ich Vancouvers Skyline unter mir verschwinden, sah die von weißen Segelbooten gesprenkelte Wasserfläche des Sunds, während ich selbst ins strahlende Blau des Himmels fliege …

Die Vision war so lebensecht, als sähe ich wirklich den

Himmel über einer der schönsten Ecken der Welt und nicht die tief hängende Wolkendecke über Oberkassel.

Abrupt blieb ich stehen.

Die Idee war gar nicht schlecht. Ich könnte einen Reiseblog schreiben und über die Städte berichten, die ich kannte. Das waren genug Destinationen für zehn Wochen. Genau genommen würden sie sogar für zehn Monate reichen. Ich könnte Shopping-Tipps vom Luxuskaufhaus bis zum Secondhand-Lädchen geben, über die Atmosphäre und den Stil der Stadt und ihrer Bewohner schreiben und ein paar Fotos einstellen. ›Into-the-blue‹ wäre ein schöner Titel.

Warum eigentlich nicht?

Im nächsten Moment lag ich mit dem Gesicht im Dreck. Sergeant Pepper hatte Anlauf genommen und mich in einem denkbar ungünstigen Moment von hinten angesprungen, als ich gerade die Hände in den Taschen und den Kopf in den Wolken hatte. Mein Knie war auf einem Stein gelandet und sandte Schmerzwellen in den Magen und das Hirn. Die Sonnenbrille hatte mir fast die Nase eingedrückt und lag nun verbogen im Dreck. Ich richtete mich stöhnend auf. Das mag jetzt übertrieben klingen, aber mir wird bei heftigem Schmerz immer schnell schlecht, und diesmal war es so schlimm, dass ich mich auch noch übergeben musste. So bekamen die sowieso schon schlammigen Sneaker, die Jeans und der Mantel die Reste meiner letzten Mahlzeit ab. Na, prima! Hinten voller Schlamm, vorne komplett zugekotzt lag ich am Boden, während der Hund mir den Dreck aus dem Gesicht leckte. Ich hielt diesen Moment (fälschlicherweise) für den absoluten Tiefpunkt meines Lebens, schämte mich zu Tode und kämpfte mit den Tränen.

Drei

Humpelnd und mit gesenktem Kopf schlich ich durch die Straßen. Mein linkes Knie blutete und tat höllisch weh. Der Knöchel pochte nur noch dumpf vor sich hin, dafür hatte der psychische Schmerz zugenommen. Hoffentlich sah mich niemand, den ich kannte, oder erkannte mich wenigstens nicht unter der tief in die Stirn gezogenen Mütze. Mit dem angetrockneten Schlamm sah ich vermutlich aus wie eine Kurtisane aus der Terrakotta-Armee.

»Hey, brauchst du Hilfe?«, fragte eine tiefe kratzige männliche Stimme in total entspanntem Tonfall direkt neben mir. Ich erschrak so heftig, dass ich einen Satz zur Seite machte. Blöderweise stand genau dort ein Abfalleimer, weshalb ich strauchelte und Sergeant Pepper auf die Vorderpfoten trat. Er jaulte und zog an seiner Leine, ich japste vor Schreck und versuchte hektisch, das Gewicht zu verlagern, und verlor dabei vollends das Gleichgewicht.

Zwei Hände in Klodeckelgröße fassten mich von hinten, fingen mich auf und stellten mich sanft wieder auf die Füße, als wäre ich ein mit Watte ausgestopftes Püppchen und nicht ein etwas übergewichtiger, verschlammter Tollpatsch.

»'tschuldigung, ich wollte dich nicht erschrecken. Und dich auch nicht«, sagte eine Stimme hinter mir. Eine sehr haarige Hand ließ meinen Arm los und tätschelte Sergeant Peppers Kopf. Der ließ sich das gefallen und hob den Kopf, sodass die Hand ihm nun das weiche Fell unter dem Kinn kraulen konnte. Genüsslich blinzelten die Hundeaugen an mir vorbei. Ich hatte inzwischen meine Beine und die Leine entwirrt und drehte mich langsam um.

Offenbar hatte es eine Sicherheitslücke im Neandertalermuseum gegeben, war mein erster Gedanke, denn eines der lebensgroßen Urmenschmodelle war ausgebüxt und zog Sergeant Pepper gerade an den Ohren. Der zottelige rote Bart verbarg den unteren Teil des Gesichts, wuchernde Augenbrauen den oberen. Als der Höhlenmensch sich aufrichtete, stellte ich fest, dass er deutlich größer war, als ich unsere Vorfahren in Erinnerung hatte. Ich schätzte ihn auf einen Meter neunzig. Seine Kleidung bestand aus einer schwarzen Lederhose mit Bändchen an den Seiten, einem roten Flanellhemd und einer schwarzen Lederweste. Er wog mindestens hundertfünfzig Kilo.

»Also, alles klar?«, fragte er Sergeant Pepper.

»Bei ihm schon, danke«, entgegnete ich spitz.

Er gab dem Hund noch einen Klaps, drehte den Kopf und hob den Blick. »Und bei dir?«

»Sie haben mich erschreckt.«

»War nicht meine Absicht, ehrlich. Du sahst nur so, hm, unter die Räder gekommen aus.«

Ich spürte, wie mir die Tränen in die Augen stiegen. »Sehr charmant«, zischte ich und nahm Sergeant Peppers Leine etwas straffer. Der schenkte mir keinerlei Beachtung, sondern stupste den Kerl an, damit er ihn weiter kraulte.

»Hast du Desinfektionsmittel zu Hause?«

Er zeigte auf mein aufgeschlagenes Knie, ich zuckte die Schultern. Keine Ahnung, was Sabine in ihrer Hausapotheke hatte.

»Tetanusimpfung?«

Ich nickte. Mit Impfungen war ich mehr als ausreichend versorgt.

»Ich kann dir die Wunde desinfizieren und verbinden. Ich bin Sani.«

Ich wollte schon ablehnen, wollte nur weg hier, weg von der Straße, in die schützende Anonymität der Wohnung, wo mich niemand in meinem Zustand sehen konnte, ab unter die Dusche, den Dreck und die Schmach abwaschen. Allerdings wusste ich genau, dass mir garantiert wieder schlecht werden würde, wenn ich die Wunde selbst versorgen müsste. Ich hatte es einfach überhaupt nicht mit Blut und Dreck und solchen Dingen. Auch wenn der Typ aussah wie ein Pferdemetzger, sein Angebot war nicht zu verachten. Dabei merkte ich, wie mir schon wieder ganz schwummerig zumute wurde.

»Hoppla!«

Die riesigen Hände griffen wieder zu, um mich vor dem Umkippen zu bewahren. »Komm.«

Die Hände drehten mich in Richtung einer offen stehenden Tür, die in eine Kneipe führte. »Eckkneipe« stand in grüner Schrift auf einem weißen Schild über dem Eingang. Ach, du lieber Himmel. Ich hasse deutsche Kneipen. Sie sind laut, dunkel, stinken nach Rauch und werden von seltsamen Menschen bevölkert. Im Moment allerdings war jeder Widerstand zwecklos, ich wurde einfach hineingeschoben.

Drinnen war es düster, still und leer.

»Setz dich hierher«, knarzte der Neandertaler, drückte mich auf einen Stuhl und stellte einen Napf mit Wasser für

Sergeant Pepper neben meine Füße. Dann warf er die Espressomaschine an und verschwand durch eine Schiebetür nach hinten.

Der Espresso war für mich und wurde mit einem Schuss Cognac und drei Löffeln Zucker serviert. »Ich mag keinen süßen …«

»Das ist Medizin, die muss nicht schmecken.«

Der Neandertaler hielt eine Schüssel mit heißem Wasser, ein blütenweißes Handtuch, eine Schere und einen Verbandskasten in der Hand. Er kniete sich vor mich und begann, das Hosenbein von unten aufzuschneiden. Auch egal, die Hose war sowieso hinüber. Dann säuberte er vorsichtig die Wunde, während ich mich bemühte, nicht hinzusehen. Der Espresso wärmte und entspannte mich, Sergeant Peppers Kopf auf meinem rechten Oberschenkel tröstete mich, und ich blickte mich zögernd um.

Es gab sechs kleine Tische aus hellem Holz und eine lange, ebenfalls helle Theke. Der Fußboden bestand aus dunklen Dielen, die Wände waren vermutlich in einem hellen Orange gestrichen, was aber kaum zu erkennen war, da praktisch überall Fotos hingen. Die meisten waren Schwarz-Weiß-Bilder aus einer Zeit, als die Zugmaschinen der öffentlichen Verkehrsmittel noch Hafer fraßen. Männer mit Zylindern auf dem Kopf und Frauen in langen Kleidern und mit Hütchen auf kunstvollen Frisuren bevölkerten die Straßen.

»So, fertig.«

»Was? Schon?« Ich blickte auf mein linkes Knie, das nun von einem dicken Pflaster bedeckt war.

»Danke sehr«, stammelte ich. »Es hat gar nicht wehgetan.«

Ich bildete mir ein, in dem zuckenden Haarwust ein Lächeln zu erkennen. »Bitte sehr.« Er packte seine Utensilien zusammen und tätschelte Sergeant Peppers Kopf. »Kommst du allein zurecht?«

»Natürlich, ich bin ja praktisch wie neu.«

Ich stand auf, belastete das linke Bein und nickte. »Nochmals danke.«

Er winkte ab und verschwand hinter der Bar. Ich stand etwas verloren herum, griff dann nach der Leine und machte mich auf den Heimweg. Und der war zum Glück nicht lang.

Allerdings stand zum Unglück Jake vor der Tür und brachte sein Klingelschild an. Er trug wieder Jeans und T-Shirt und war genauso ungekämmt wie bei unserer ersten Begegnung. Er warf mir einen oberflächlichen Blick zu, der dann aber interessiert an mir hängen blieb. Auch das noch.

»Lass mich raten: Jemand hat dir ein Kompliment gemacht, das dir nicht gefiel, und du hast dich mit ihm geprügelt.«

Ich suchte in der Tasche nach dem Haustürschlüssel. Jake hatte seinen in der Hand, bot mir aber nicht an, die Tür zu öffnen.

»Okay, zweiter Versuch: Du hast erkannt, dass ein Jahr keinen Sex zu haben, ungesund ist, und hast versucht, dir einen Mann zu angeln, der aber leider von seiner Verlobten begleitet wurde.«

Ich hatte endlich den Schlüssel gefunden und steckte ihn ins Schloss … Dabei stieg mir die holzige Duftnote von Jakes Rasierwasser in die Nase. Eindeutig Kenzo. Ich stutzte. Das musste ja wohl ein Geschenk gewesen sein. Dieser ungehobelte Klotz würde sich selbst doch höchstens ein Aftershave in der Literflasche für zwei Euro fuffzig kaufen.

»Dritter Versuch: Du hattest Tränen in den Augen vor

Frust über dein Sexleben und bist über deine eigenen Füße gestolpert.«

Selbst wenn er das Aftershave persönlich gekauft hatte, sagte doch ein guter Geschmack in puncto Rasierwasser absolut nichts über den Charakter eines Mannes aus. Ich drängte mich an Jake vorbei.

»Schönen Tag noch, Lulu. Und wenn du mich brauchst: Du weißt ja, ich bin der, der unter dir … wohnt.«

Ich duschte eine halbe Stunde mit abgespreiztem Knie und verwandte ebenso viel Aufmerksamkeit auf die Verwünschung meines Nachbarn wie auf die Körperpflege.

Unglaublich, wie schnell die Zeit verging, wenn man vor einem Computer saß und sich in ein Programm einarbeitete, von dem man keine Ahnung hatte. Als Grundfarbe für die Seite wählte ich ein helles Himmelblau, unterlegt mit kräftigeren Schattierungen. Die Typografie war schon schwieriger. Sollte es eine eher nüchterne oder eher verspielte Schrift sein? Nach etlichen Proben entschied ich mich für den Mittelweg und tröstete mich mit der Information, dass die Schrifttype sich auch nachträglich jederzeit ändern ließ. Ich wählte die Funktion »mit Fotos« und legte alle notwendigen Parameter fest. Bilderrahmen nein, Bildunterschrift ja, Alternativtext nein. Ich musste mich entscheiden, ob Gäste meines Blogs selbst Kommentare veröffentlichen dürfen, ob ich diese vor Veröffentlichung prüfen und freigeben will, und alle möglichen anderen technischen Details, von denen ich höchstens die Hälfte verstand. Dann war es endlich geschafft, und ich konnte meinen ersten Eintrag schreiben. Ich saß am Laptop, meine Finger schwebten über der Tastatur und – mir fiel nichts ein.

Ich ließ die Hände wieder sinken und dachte nach.

Womit beginnt man einen Blog, wenn man nicht den Eindruck erwecken will, dass man dieses Ding nur betreibt, weil man keine Freunde, aber jede Menge Langeweile hat?

Diese Fragen überforderten mich. Ich stellte fest, dass ich entsetzlich Hunger hatte, stand auf und durchstöberte nacheinander den Kühlschrank, das Gefrierfach und den Vorratsschrank. Überall gähnende Leere – bis auf eine Pizza mit Thunfisch.

Ich hasse Thunfisch.

Mist.

In den letzten Tagen hatte ich Sabines Vorräte bis auf den letzten Krümel vertilgt. Eingekauft hatte ich nicht. Das wollte ich heute nach dem Ausflug zum Rhein erledigen, aber dann kam mir die Exkursion in die schlammigen Niederungen der Flussaue dazwischen.

Mein Magen knurrte inzwischen so laut, dass Sergeant Pepper schon unruhig wurde und nach dem Rivalen in der Wohnung suchte. Es war zwanzig nach zehn, die Geschäfte somit geschlossen. Ich rief das Pizza-Taxi an, dessen Speisekarte Sabine mir an den Kühlschrank gepinnt hat.

»Hier ist die Pizza-Ambulanz, ich sage Ihnen gleich, dass wir im Moment Wartezeiten von ungefähr einer Stunde haben«, meldete sich eine eindeutig gestresste Stimme am Telefon.

»Bis dahin bin ich verhungert«, entgegnete ich und legte auf.

»Dann also Thunfisch«, erklärte ich Sergeant Pepper, der mich freundlich ansah. Ich musste unbedingt einkaufen gehen.

»Wenn du mit den Fingern schnippen und in einem ganz anderen Leben aufwachen könntest, wie sollte das aussehen?«, fragte ich Jasmin, die mich am nächsten Tag um sechs Uhr dreißig aus dem Bett geklingelt hatte. Sie kam aus Istanbul und hatte zwei Tage frei. Natürlich hatte sie mir einen ganzen Stapel Fashion-Magazine mitgebracht. Ich dachte darüber nach, mich mal wieder um einen Job zu bewerben. Immerhin hatte ich in den nächsten Wochen ausreichend Zeit dazu.

»Genau so«, sagte Jasmin.

»Genau wie?«, fragte ich zurück.

»So, wie mein Leben eben aussieht.«

Ich starrte sie an. »Aber es muss doch irgendetwas geben, das du ändern würdest«, drängte ich. Etwas anderes konnte ich mir nicht vorstellen. Ich selbst hatte mich in den letzten zwei Jahren bei mindestens zehn Hochglanzmagazinen beworben, um endlich aus dem Flieger herauszukommen. Redaktionsassistentin, Sekretärin, Sekretariatsassistentin, Büroassistentin, fast alles würde ich machen, um der bunten und schillernden Welt, die mir als treue Leserin so vertraut ist, ein bisschen näherzukommen. Aber ohne passende Ausbildung, einschlägige Erfahrung oder einer klitzekleinen Beziehung konnte man offenbar nicht einmal Klofrau in einer Redaktion werden.

Sie überlegte. Zuckte mit den Schultern. Grinste verlegen. »Na ja ... Es gibt da schon was.«

»Na, also.« Ich setzte mich gespannt auf. Jetzt würde sie mir ihren heimlichsten Wunsch verraten. Vielleicht bewarb sie sich auch schon lang in einer anderen Branche? Oder sie würde gern heiraten und zwölf Kinder bekommen? Oder ...

»Was denn nun?«, fragte ich ungeduldig, da sie sich offenbar immer noch genierte.

»Ich hätte gern kleinere Füße.«

Ich glaubte, mich verhört zu haben.

»In Schuhgröße zweiundvierzig gibt es einfach keine richtig schicken Schuhe ...«

Jetzt starrte ich sie mit offenem Mund an. »Und das ist das Einzige, was du in deinem Leben ändern möchtest?«

»Yep.«

»Und sonst bist du zufrieden? Mit deinem Aussehen, deinem Job, deinem Einkommen, deiner Wohnung, deiner Familie, deinen Arbeitszeiten, deinen Freunden ...«

»Meinen Lovern«, ergänzte sie grinsend. Sie rekelte sich auf Sabines Sofa und nippte an dem Eiskaffee, den sie mitgebracht hatte.

War das jetzt beneidens- oder bemitleidenswert? Wer nach nichts strebt, wird auch nichts erreichen, hatte meine Grundschullehrerin auf meine Erklärung, ich wolle später Königin von Spanien werden, geantwortet. Da sie mir, wie ich meinte, damit sowohl Verständnis als auch Einverständnis signalisierte, habe ich dieses Ziel auch beim Test für die weiterführende Schule genannt. Schulkameraden wollten Fußballspieler, Astronaut oder Ärztin werden, da war die Wahl der Schulform nicht so schwierig. Bei mir schaute die Dame, der ich meinen Berufswunsch darlegte, etwas verkniffen. Ich durfte trotzdem aufs Gymnasium.

Jasmin jedenfalls war Stewardess und glücklich. Wenn auch der Job nicht so toll war, die Zufriedenheit war durchaus beneidenswert. Und sie hatte sich viel Frust erspart. Ich hingegen konnte mich an fast jede Absage erinnern, die ich von hochnäsigen Redaktionssekretärinnen bekommen hatte. Die Absage eines Magazins aus Düsseldorf war besonders gemein. Da ich offenbar keine der in einer Redaktion benötigten Fähigkeiten besäße, würde man mir empfehlen, von weiteren Bewerbungen dieser Art abzusehen. Unterzeichnet von der stellvertretenden Redaktionsleiterin Susan Walker. Diesen Namen hatte ich mir gemerkt und mir vorgenommen, ihr, sollte sie jemals auf einem meiner Flüge sein, heißen Kaffee auf die Designerbluse zu schütten. Und zwar eine ganze Kanne voll.

Jasmin rief mich mit einem übertriebenen Seufzer zurück in die Gegenwart. »Auf dem Flug hierher war ein total süßer Typ an Bord. Mann, hat der mich angemacht. Ich habe ihm meine Visitenkarte in die Hemdtasche gesteckt. Ich bin sicher, er ruft mich an.«

Jasmins Visitenkarte war mit ihrem Foto, ihrem Vornamen und ihrer Handynummer bedruckt. Sie ließ davon etwa zweitausend Stück pro Jahr drucken und verteilte sie entsprechend großzügig. Ein einziges Mal hatte sie einen unerfreulichen Anruf von einer Ehefrau bekommen, ansonsten hatte sie immer Glück mit ihren Typen. Nie hat sie einer beschimpft, bedroht oder sich sonst wie ungebührlich verhalten. Allerdings waren ihre Ansprüche auch nicht besonders hoch. Süß stand ganz oben auf der Liste. Außerdem sollten sie locker sein, gern auch witzig und genauso bindungsscheu wie Jasmin. Geld, Status oder geistige Größe spielten bei der Eignung keine Rolle.

Langweiler erkannte Jasmin auf den ersten Blick, auch Problemiker, Schwafler oder Verklemmte. Mit dieser Gabe hätte sie vermutlich etliche hoch bezahlte Jobs haben können, aber offenbar – ich konnte es wirklich nicht glauben – mochte sie ihr Leben so, wie es war.

»Warum fragst du?«, nuschelte Jasmin um den Strohhalm herum. »Hast du das Geheimnis der Muschel gelüftet und bietest mir einen freien Wunsch an?«

Ich hatte Jasmin nie von meinen Bewerbungen erzählt und wollte es auch jetzt nicht tun, also schüttelte ich den Kopf. »War nur so eine Idee.«

Um zehn Uhr war Jasmin weg, denn der süße Typ hatte tatsächlich angerufen und sie abgeholt. In einem uralten Volvo, dessen letzte Autowäsche vermutlich noch fünf Mark gekostet hatte.

Sobald sie weg war, ging ich kurz mit Sergeant Pepper raus und dann wieder an Sabines Laptop. Ich begann mit einer Beschreibung von Vancouver, berichtete über einen Vorfall auf der letztjährigen Fashion Week, als ein Model vom Laufsteg fiel, weil es in den vier Tagen davor nichts gegessen und nur wenige Schlückchen getrunken hatte, und schwärmte über meine Lieblingsplätze: die kleine Kaffeebar in Downtown, ein Seafood-Imbiss am Sound, das kleine Kino, das sich in den letzten Jahren zu einem Geheimtipp entwickelt hat und in dem man gelegentlich Filmstars inkognito treffen kann. Dann noch ein paar Worte zum Whale Watching mit ein paar tollen Fotos. Das war doch eigentlich nicht schwer.

Himmel, konnte es wirklich schon zwei Uhr sein? Mein Magen war eindeutig der Meinung, dass die Mittagszeit lang überschritten war. Und ich hatte immer noch nicht eingekauft. Eine erneute Inspektion des Kühlschranks bestätigte, dass er nichts hergab, um den brüllenden Hunger wenigstens kurzzeitig zu besänftigen. Ich griff nach der Hundeleine, nach einer Jacke, blickte in den Spiegel neben der Garderobe und stellte fest, dass mein Outfit nicht gerade öffentlichkeitstauglich war. Aber ausnahmsweise war mir das heute egal. Die Haare versteckte ich unter der Mütze, ein schnelles Make-up musste ausreichen, denn inzwischen war mir fast schlecht vor Hunger.

Endlich war ich ausgehfertig und verließ mit Sergeant Pepper die Wohnung. Vor der Tür wusste ich nicht, ob ich mich nach rechts oder links wenden sollte. Wohin wollte ich überhaupt? In einen Supermarkt? Nein, denn bevor ich mit all den notwendigen Lebensmitteln wieder in der Wohnung wäre und mir etwas gekocht hätte, wäre ich verhungert. Mindestens komatös unterzuckert. Ich brauchte Futter, und zwar bald.

Ein köstlicher Duft umwehte meine Nase, und ich schloss die Augen. Knoblauch. Jede Menge. Und irgendwas mit Spinat. Bilder von einem absolut himmlischen Risotto auf einer Piazza in Florenz tauchten vor meinem geistigen Auge auf. Cremiger Reis mit Scampis und frischem Spinat mit Sauerrahm und Knoblauch. Wie von einem Magneten angezogen, lief ich in die Richtung, aus der der Duft kam, bog um die Ecke und – stand vor der Eckkneipe, in der ich am Tag zuvor verarztet worden war.

Reis mit Spinat, stand auf der Tafel neben dem Eingang. Und Frikadellen mit Kartoffelsalat.

Reis fünf Euro, Frikos vier.

Ich hasste Kneipen immer noch, vor allem tagsüber, wenn sie nach altem Rauch vom Vorabend stanken.

Mein Magen schlug Purzelbäume vor Verlangen.

Besonders hasste ich die Leute, die in Kneipen herumhingen. Meistens Männer, die Anschluss suchten. Ekelhaft, wie sie jede Frau taxierten, die sich in so einen Schuppen verirrte.

Sergeant Pepper schnupperte freundlich an der Tür.

Allerdings hatte der Wirt mich gestern nett verarztet, und ich war ihm noch das Geld für den Espresso schuldig. Ich stehe ungern in jemandes Schuld. Okay, das gab den Ausschlag. Ich öffnete die Tür.

Alle Tische waren besetzt, auch an der Theke hockten fünf Gäste, drei davon im dunklen Anzug. Na ja, das war wohl zu erwarten, wenn eine Kneipe einen billigen Mittagstisch anbot. Die Mitarbeiter der umliegenden Büros hatten hier sicher Stammplätze.

»Na, hast du dich erholt?«, knarzte es plötzlich hinter mir.

Ich drehte mich zum Wirt um, dessen Hemd heute grün leuchtete. »Ja, danke. Ich bin gekommen, um den Espresso zu bezahlen.«

»Ach was, der geht aufs Haus. Willst du was essen?«

»Ist ja kein Platz frei«, erwiderte ich und hoffte, dass er die Enttäuschung aus meiner Stimme nicht heraushörte.

»Der Ecktisch wird frei«, sagte der Wirt und zeigte hinüber. Die beiden Männer standen gerade auf.

Ich bestellte eine Apfelsaftschorle und den Reis, suchte mir einen Weg durch die eng stehenden Tische und ließ mich zufrieden auf einen Stuhl fallen. Während ich Sergeant Pepper dabei half, einen gemütlichen Platz unter dem Tisch, aber nicht auf meinen Füßen, zu finden, hörte ich plötzlich, was am Nebentisch gesprochen wurde.

»Heute ist sie ja wenigstens sauber. Gestern habe ich sie auf der Straße gesehen, da hatte sie sich anscheinend gerade im Schlamm gewälzt. Wie ein kleiner brauner fetter Klops.«

Dann wieherten zwei Frauenstimmen in mühsam unterdrückter Lautstärke. Ich spürte, wie ich rot wurde. Es war definitiv falsch gewesen, hierherzukommen. Jeder Mensch weiß, was für Volk in einer solchen Kneipe herumhängt. Ordinär, billig, primitiv. Am liebsten wollte ich aufstehen und diesen grässlichen Ort verlassen, aber da kam der Wirt und stellte die Schorle und einen Teller vor mich hin.

Es war tatsächlich ein Risotto. Zitronenrisotto, wie meine Nase mir meldete. Und es war umlegt mit einem Ring von Spinat, der einen verführerischen Duft nach Knoblauch verströmte. Mir lief das Wasser im Mund zusammen. Trotzdem beherrschte ich mich. Bevor ich mich ganz dem Essen widmen konnte, hatte ich noch etwas anderes zu tun.

Das Gespräch über mich hatte am Tisch hinter mir stattgefunden, wo der Wirt die beiden Teller ablieferte, die er auf seinem breiten Unterarm balanciert hatte: Frikadellen mit Kartoffelsalat. Ich nahm meinen Schminkspiegel aus der Tasche, klappte ihn vorsichtig auf und warf einen Blick über die Schulter. Zwei Frauen, beide über vierzig, die eine platinblond (gefärbt), die andere rothaarig (vermutlich ebenfalls gefärbt). Beide modisch auf dem neuesten Stand, zumindest, soweit mein kleiner Schminkspiegel reichte. Mohairpullover in trendigen Pastelltönen, Ketten aus riesigen Ringen im Siebzigerjahre-Stil. Die, die mir zugewandt war, trug ein Brillengestell aus der neuesten Kollektion. Nicht mehr ganz so eckig wie die letzten Jahre und in Violett. Erstaunlich. So viel modischen Chic hatte ich in dieser Kneipe nicht vermutet.

»Mops, bringst du mir noch eine Weinschorle?«, rief die mit der Brille in Richtung Theke.

Mops?

Ihr Blick schwenkte in meine Richtung, schnell nahm ich den Schminkspiegel herunter und ließ ihn in der Tasche verschwinden. Ich konnte ihr spöttisches Grinsen förmlich in meinem Rücken spüren.

Während ich das Risotto in Angriff nahm, herrschte auch am Nachbartisch gefräßiges Schweigen. Die Damen waren mit ihrer Frikadelle schneller fertig als ich.

»Ist dein Blog denn nun schon online? Und hast du einen Namen gefunden?«, fragte die eine. Ich schätzte, dass es die Blonde war, die mit dem Rücken zu mir saß.

Blog? Ich spitzte die Ohren.

»Ja, habe ich. Er heißt Walker-on-the-style-side und ist seit zwei Wochen online.«

Die satte Selbstzufriedenheit war deutlich herauszuhören.

»Oh, Susan, das ist genial!«, kreischte die Blonde. »Der Bezug zu dem alten Song und deinem Namen und alles in einem …«

Es dauerte einen Moment, bis ich den Zusammenhang kapiert hatte, aber dann stellten sich meine Nackenhaare auf. Susan Walker? Die Rothaarige war die Schnepfe, die mir die unverschämte Absage für meine Bewerbung geschrieben hatte? Und ihr Blog hieß Walker-on-the-style-side?

Verdammt, ich musste zugeben, dass der Name gut war. Die blöde Tussi, die mich nun schon zum zweiten Mal selbstherrlich abgewatscht hatte, war ab sofort meine Lieblingsfeindin.

Ich war neidisch. Sie hatte den Job, den ich seit Jahren haben wollte, und berichtete darüber brühwarm in ihrem eigenen Blog. Das war natürlich viel cooler als ein Blog von einer Stewardess, die über ihre Reisen …

»Hallo, meine Süßen, wie geht es denn meinen beiden liebsten Musen?«, fragte plötzlich eine Stimme, die ich überall auf der Welt wiedererkannt hätte. Sie gehörte Jake, meinem hormonell gestörten Nachbarn.

Die Weiber am Nachbartisch kicherten albern. »Hallo, Jake, Darling. Setz dich doch zu uns und gib uns ein paar heiße Tipps.«

Jakedarling?

»Gern, was wollt ihr hören?«

Erst mal hörte ich vier in die Luft geschmatzte Küsschen.

»Auf welche Unterwäsche Männer stehen«, schnurrte Susan Walker.

»Auf welche Männerunterwäsche oder auf welche Damenunterwäsche?«, fragte mein Nachbar Jakedarling in diesem anzüglichen Tonfall, den ich bereits selbst ertragen durfte.

»Männerunterwäsche«, hauchte Susan. »Ich möchte demnächst etwas zum Geburtstag schenken, und da suche ich noch das Richtige.«

»Nun, welche Unterwäsche du ihm schenken solltest, kommt darauf an, was du von ihm willst …«, begann Jake in konspirativem Flüsterton. »Wenn du ihn heißmachen willst …«

Ich hörte einfach weg. Was auch immer Jakedarling für Tipps über Herrenunterwäsche gab, ich wollte sie nicht hören. Nicht nur, dass der Kerl offenbar ein ernsthaftes Problem in seinem Verhältnis zu Frauen hatte, jetzt trat er auch noch als Kummerkastentante auf. Ich musste grinsen. Wie hatte doch gleich der medizinische Ratgeber in der ›Bravo‹ geheißen? Dr. Sommer? Wahrscheinlich war der längst in Rente, und Jakedarling hatte seinen Posten übernommen.

Kurzzeitig vergaß ich sogar den himmlischen Reis, als der Gedanke an den falschen Doktor Sommer mich auf eine Idee brachte. Genauer gesagt streifte mich die Idee wie eine Sternschnuppe, die direkt vor meine Füße klatschte und dort still vor sich hin leuchtete.

Wer sagte denn eigentlich, dass man einen Blog unter seiner wahren Identität führen musste? War es nicht praktisch üblich, im Internet als jemand anderer aufzutreten? Im Chat kann sich ein pensionierter Richter als Nutte ausgeben und die Nutte als Priester. Und eine Stewardess kann sich genauso gut als – tja, als was denn ausgeben?

Darüber würde ich nachdenken müssen.

Aber eins war mir in diesem Moment absolut klar: Ich würde Susan Walker Konkurrenz machen. Eigentlich bin ich nicht nachtragend, aber wenn ich zwei Mal völlig unnötig von jemandem beleidigt werde, dann ist selbst meine Geduld vorbei.

Sabine wollte, dass ich einen Blog entwerfe. Okay, ich würde den Gegenblog zu Susan Walker entwerfen.

Erstaunt stellte ich fest, dass mein Teller leer war. Nicht ein einziges Reiskorn, nicht ein winziges Spinatblatt waren übrig geblieben. Ich fühlte mich gestärkt und kampflustig. Dir werde ich es zeigen, dachte ich.

Wenn ich auch leider überhaupt noch nicht wusste, wie.

In Sabines Wohnung schaltete ich den Laptop ein, ging online und schaute mir Walker-on-the-style-side an. Erster Eindruck: ein Mädchenblog. Alle Farben irgendwie rosa. Hellrosa, dunkelrosa, altrosa. Igitt. Die Themen: Mode, Mode und Mode. Die aktuellen Trends, die kommenden Trends, IN and OUT. Accessoires und Make-up. Und Horoskope. Mein Gott, wie out war das denn? Es gab viel Blabla über Shootings, Models, die sie nur beim Vornamen nannte, darunter natürlich Doutzen, Gisèle, Sara und Eva und einige von den jüngeren Mädels mit den slawischen Namen wie Natasha und Natalia. Fotos, von denen die meisten aussahen wie Werbefotos von Herstellern. Ob sie die in ihrem Verlag bekam? Ob sie vielleicht sogar Geld dafür bekam, damit sie sie in ihrem Blog zeigte? Zwei Bilder zeigten da mit Setting eines Shootings, das war wenigstens ein winzig kleiner Blick hinter die Kulissen. Dumm nur, dass die Kulisse Düsseldorf war. Nicht sehr kosmopolitisch.

Ein Artikel behandelte eine neue Generation von Lippenstiften, die sie offenbar getestet hatte. Die Texte klangen wie die Werbebotschaften der Markenartikler. Cremig, pflegend, kussecht (»geprüft!«, schrieb sie – einfach nur peinlich).

Weitere Fotos zeigten auf Kleiderpuppen drapierte Markenklamotten. Ziemlich statisch. Die Texte dazu waren weder überraschend noch individuell, die konnte man in jedem beliebigen Magazin lesen. Ich war etwas beruhigt. Dieser Blog war provinziell. Das wird meiner mit Sicherheit nicht, dachte ich. Mein Blog würde dynamischer werden. Und vor allem: international. Ich hatte einen großen Vorteil: Ich kannte die Welt, war tausendmal an angesagten Orten gewesen, aber auch an Orten, an denen man nicht tot über dem Zaun hängen wollte. Ich kannte die großen europäischen Hauptstädte, die osteuropäischen Aufsteiger, die Ferienparadiese am Ende der Welt oder die Ziele, von denen man sich fragt, was zum Teufel die Passagiere tun werden, wenn sie dort ankommen, wie zum Beispiel Zürich. Na klar, die Stadt ist sauber und schön gelegen, aber so langweilig, dass ich jedes Mal Angst habe, augenblicklich nach der Landung ins Koma zu fallen und den Rückflug zu verpennen.

Der Blick auf die Konkurrenz hatte mir die Ziele meines Blogs etwas klarer gemacht: International und ungewöhnlich musste es sein. Ich wollte das zeigen und beschreiben, was man sonst nirgendwo sieht und liest.

Aber wer wollte ICH sein?

Definitiv keine Stewardess. Aber auch keine Redakteurin, denn in der Branche kannte ich mich nicht aus, das würde sicher auffallen.

Ein Society-Girl?

Die Tochter aus altem, spanischem Adel (was der Wahrheit entsprach), die gut aussieht und ein privilegiertes Leben im internationalen Jetset führt (was leider gelogen war).

Hm, darüber musste ich noch einmal nachdenken.

Wollte ich wirklich einen Blog schreiben über ein Partymäuschen, das zur Abwechslung schwarzhaarig statt blond war? Ein Partymäuschen wird von der breiten Öffentlichkeit gern für etwas doof gehalten. Jemand wie mein Vater, ein erfolgreicher Unternehmer mit entsprechendem familiärem Hintergrund kam dem Idealbild, das ich von mir zeichnen wollte, schon näher. Immerhin kann auch eine Frau eine erfolgreiche Unternehmerin sein. Oder zumindest erfolgreich berufstätig.

Es müsste natürlich ein sehr exklusiver Beruf sein. Und international. Mit häufigen Reisen verbunden. Und mit großer zeitlicher Unabhängigkeit. Ein Beruf, der ihr, also mir, zusätzlich zum familiären Hintergrund auch noch professionellen Ruhm brächte. Und natürlich ein entsprechendes Einkommen. Und Einfluss. Ja, Einfluss musste auch sein. Fraglich war nur, in welcher Hinsicht.

Der Beruf bringt also Ruhm, Geld, Einfluss und ... Zugang zu den exklusivsten Kreisen. Einladungen der wichtigsten Couturiers, Designer, Restaurants und Hotels.

Das Bild wurde langsam klarer: Die Frau, die ich in meinem Blog sein würde, war eine schöne, ständig umworbene, aber unabhängige Frau, die – ja, das war es: die die Trends der Zukunft fand und erfand. Die Koryphäe, die mit einem einzigen Fingerzeig entschied, ob die Grundfarbe der übernächsten Saison Violett oder Türkis hieß. Die Dekotrends kreierte, Lifestyle-Themen vorgab und schon mehr als einmal einen neuen Hype begründet oder auch abrupt beendet hatte. Sie war Trendscout für eins der angesagtesten Hochglanzmagazine der Welt. Sie unterstand direkt der Chefredakteurin und berichtete auch nur an sie. Sie war diejenige, die den direkten persönlichen Kontakt zu den Branchengrößen hielt. Zu den Couturiers, den Hairstylisten, den Architekten, Designern, Unternehmensvorständen und allen anderen, die in ihrem jeweiligen Geschäftsfeld die Nase vorn hatten. Und sie entdeckte die neuen, die noch unbekannten, die kommenden Größen. Sie ging in Szene-Boutiquen, beobachtete die Menschen auf der Straße, lauschte in Bars auf das, was die anderen sagten. Eine weltgewandte Frau, die nicht nur dazugehörte, sondern ganz vorn dabei war. Viel weiter vorn als Susan Walker. Ich würde die Frau sein, die als Erste wusste, was demnächst in ist. Die von jeder Frau beneidet würde. Von den einen bewundert, von vielen geliebt oder von manchen auch gehasst, aber immer beneidet. Die wollte ich sein. Und die würde ich bald sein. Die virtuelle Welt würde mir ein neues Ich bescheren. Ich brauchte nur noch einen Namen. Mein Spitzname Lulu klang irgendwie zu unseriös. Außerdem gab es ein Parfum mit diesem Namen, damit wollte ich nicht verwechselt werden. Also vielleicht Luisa? Aber mein zweiter Vorname klang altbacken, der erste, Maria, sogar noch mehr, vom dritten, Rigoberta, ganz zu schweigen. Aber wie wäre es mit Millie, dem Kosenamen, den meine Ersatzoma in der Krabbelgruppe mir gab? Der klang weder langweilig noch unseriös.

Millie's Magazine – 16. Mai
Sie kennen mich nicht. Mein Name steht nicht im Impressum des Magazins, für das ich arbeite, denn ich schreibe nicht über Trends – ich entdecke sie. Manche mache ich auch. Ich bin Trendscout. Mein richtiger Name tut nichts zur Sache. Für Sie bin ich Millie. Mein Job ist es, Trends dort aufzuspüren, wo sie entstehen. Das gelingt nicht durch akademische Überlegungen, sondern nur durch

den direkten Kontakt mit Menschen, die Bekanntes neu kombinieren oder Neues kreieren. Voyeurismus gehört zu meiner Arbeit, aber vor allem Intuition. Was wird zum Trend, was nicht? Worauf fliegen die Herzen der Menschen, was lässt sie kalt? In diesen Fragen herrscht in der Redaktion längst nicht immer Einigkeit. Dabei zählt weder die Kollegenmeinung noch meine – sondern IHRE. Wenn Sie also Lust haben, schreiben Sie mir.

Schreiben Sie mir? Wollte ich das wirklich? Der Satz war mir so herausgerutscht, er passte zu der Geschichte, die ich erfunden hatte. Aber was würde ich tun, wenn mir jemand auf meinen Blog antwortete? Ginge das überhaupt? Nur so rein theoretisch, dachte ich, denn bisher stand in diesem Eintrag nichts, worauf sich eine Antwort lohnen würde.

Ich checkte die Funktionen, die ich bisher eingestellt hatte, anhand des Buttons mit der Aufschrift »Einstellungen«. Ja, die Funktion »Kommentare zulassen« war eingestellt. Okay. Ach, was soll's, dachte ich, vermutlich kam sowieso nie eine Reaktion. Ich schloss dieses Fenster und ging zurück zu meinem Eintrag.

Ich fand, für den ersten Blogeintrag reichte das. Ehrlich gesagt wusste ich nicht, wie ich weitermachen sollte, daher wählte ich die Funktion »Vorschau«. Der Text erschien in der gewählten Schriftart vor dem Hintergrund in blauen Schattierungen, mit Datum versehen. Sah gut aus.

Und jetzt? Wie ging es weiter? Ich scrollte nach unten und fand den Button »Veröffentlichen«. Das wäre dann ja wohl der nächste logische Schritt, also klickte ich darauf. Es öffnete sich eine Maske, in der ich den vorgegebenen Menüpunkten folgte. Veröffentlichen im WWW, ich klickte auf »Ja«. Unter welcher Adresse? Das Menü schlug eine Internetadresse vor: www.new-bizz-on-the-blog.de. In Klammern erschien dahinter der Hinweis, dass es sich um eine Testplattform handele, die von winterberg-grafic-services betrieben wird. Aha, Sabine hatte an alles gedacht. Ich klickte auf »Ok«. Name des neuen Blogs? Hm, das war schon schwieriger. Hier gab mir das System keinen Vorschlag, dieses Feld musste ich selbst ausfüllen. Ich blickte aus dem Fenster, stand auf, reckte mich, setzte mich wieder. Wie sollte mein Blog heißen? Genauer gesagt: Millies Blog. Sollte ich einfach ihren Namen nehmen? Ich tippte Millie's Magazine und drückte »Enter«.

Himmel, das Fenster, das jetzt erschien, teilte mir mit, dass mein Blog eingerichtet und veröffentlicht war. Das durfte doch nicht wahr sein? So schnell? Damit hatte ich nicht gerechnet. Dies war doch eine Testversion, hatte Sabine mir erklärt.

Vermutlich war es genau das. Eine Testversion, die einfach so tat, als wäre der Blog veröffentlicht. Genau. So musste es sein.

Ich schloss das Programm, ging ins Internet und gab die Internetadresse ein, die das Programm mir gerade genannt hatte.

Mein Gott, da war es.

Als hätte ich mir die Finger verbrannt, nahm ich die Hände von der Tastatur, rückte auf dem Sessel ganz nach hinten und betrachtete aus dieser sicheren Entfernung den Blogeintrag, der für alle Welt sichtbar im Netz stand.

Ich verbrachte den Abend vor der Glotze, konnte mich aber nicht konzentrieren. Am Schluss des Krimis hatte ich keine Ahnung, wer der Mörder war und warum die Kommissarin heulte wie ein Schlosshund. Dann schlief ich schlecht, weil ich immer wieder über meine neue Identität und den Inhalt meines Blogs grübelte. Wie entstanden wohl Trends? Ich hatte mir diese Identität zugelegt, ohne wirklich viel davon zu verstehen. Natürlich hatte ich mehrere Artikel in Modezeitschriften darüber gelesen, was Trendscouts tun, aber jetzt, da es um ganz konkrete Erlebnisse und Erfahrungen ging, musste ich doch ziemlich improvisieren. Allerdings hatte sich die Grübelei gelohnt, denn sie bescherte mir außer den großen, dunklen Ringen unter den Augen auch eine ungefähre Vorstellung davon, welche Richtung die Einträge in meinem Blog nehmen würden. Und auch die unzähligen Fotos, die ich auf jeder Reise schoss, würden endlich sinnvoll zum Einsatz kommen.

Ich brachte mein Äußeres in eine akzeptable, wenn auch nicht perfekte Form, und rief Sergeant Pepper. Er jagte aufgeregt heran, brachte dabei seine Leine gleich mit, wartete ungeduldig, während ich Jacke und Mütze überzog, und folgte mir übermütig hinaus. Ich schlug den Weg zu meiner eigenen Wohnung ein.

Wie immer hatte die nette Nachbarin, die auf derselben Etage wohnte, meine Post aus dem Briefkasten im Hauseingang genommen und durch den Briefschlitz in meine Wohnung geworfen. Es war nichts Interessantes dabei. Werbebriefe, ein Modekatalog, eine Postkarte von meiner Mutter zum Geburtstag. Die Karte kam aus London, wo ihr Mann häufig beruflich zu tun hatte. London ist ein gutes Stichwort, dachte ich. Dann suchte ich den Foto-Laptop und meine Reisetagebücher zusammen und verließ die Wohnung mit Bild- und Infomaterial in Hülle und Fülle.

Millie's Magzine – 17. Mai
Trend des Tages:
Natürlichkeit

Ich lud das Foto hoch, das mir beim Stichwort London eingefallen war. Es zeigte ein kleines Mädchen, vier oder fünf Jahre alt, das auf einem roten Teppich stand. Es trug ein blaues Kleid mit weißen Blümchen darauf. Kleine Sträußchen echter Gänseblümchen, die auf Englisch *daisy* heißen, waren in ihre Schuhbänder und in ihr Haar geflochten … Das Mädchen blickte in die Kamera, schlug aber in dem Moment, in dem ich auf den Auslöser drückte, die Hände vor das Gesicht. Durch die gespreizten Finger konnte man die dunklen, weit aufgerissenen Augen gerade noch erahnen.

Ich erinnerte mich genau an diese Situation. Es war am 1. Mai, dem Namenstag für Daisy, ganz frühmorgens. Ich musste zum Rückflug. Die Straßen waren leer, es war still und etwas neblig, aber warm. Am Abend vorher hatte es am Leicester Square eine Hollywood-Film-Premiere gegeben, und der rote Teppich, über den die Hauptdarsteller gekommen waren, lag noch vor dem Kino. Das Mädchen, von dem ich einfach mal annahm, dass es Daisy hieß, ging etliche Meter vor mir an der Hand seines Vaters und wunderte sich über den roten Teppich, der plötzlich unter seinen Schuhen auftauchte. Da nahm der Vater die Kleine hoch, wirbelte sie durch die Luft und sagte, eines Tages werde sie auch ein Star sein und über diesen roten Teppich gehen. Er setzte sie auf den Stufen ab, die zum Eingang führten, und verneigte sich vor ihr, während sie kichernd Pirouetten drehte. Ich applaudierte ihr, sowohl Vater als auch Tochter verneigten sich lachend, und ich schoss das Foto mit meinem Handy, weil ich den Fotoapparat gerade nicht parat hatte. Im Hintergrund ist noch ein Plakat der Filmpremiere zu sehen.

Diese Fotos von kleinen Begebenheiten am Rand großer Events würden meinen Blog authentisch aussehen lassen. Als Trendscout würde ich meine Kamera nicht auf die Posen der Stars halten, sondern auf die Leute drum herum. Solche Fotos machte nur ein Insider, den die Anwesenheit des Megastars in direkter Nähe ungerührt ließ und der eigentlich schon wieder auf der Suche nach dem nächsten Star war. Davon hatte ich unzählige.

Natürlich hatte ich in den letzten Jahren auch jede Menge Fotos von Stars gemacht. Das ist gar nicht so schwer, wie viele Leute meinen, wenn man weiß, wo man suchen muss. Zum Beispiel in VIP-Lounges auf Flughäfen. Oder im Flieger selbst, wenn das Schicksal gnädig ist und einen Dienst in der First zuteilt. Viele dieser Fotos zeigten bekannte Persönlichkeiten aus direkter Nähe in eher privaten Situationen. Penelope beim Frühstück. Cameron beim Einsteigen in eine Limousine – fotografiert aus dem Inneren der Limousine (ich hatte unauffällig abgedrückt, als ich ihr Gepäck von rechts hineinlegte, während sie von links einstieg). Tiger, der sich die Schuhe zubindet. Diese Bildchen konnte ich einstreuen, wenn mir der Sinn danach stand, aber eigentlich würde der Fokus auf dem noch nie Gesehenen liegen. Ungewöhnliche Perspektiven, ungewöhnliche Szenen am Rand der großen Events, das Neue, noch Unentdeckte, das ein Trendscout bemerkte, während alle anderen daran vorbeisahen.

Ich konnte es kaum erwarten, dieses Leben zu beginnen. Vor Langeweile jedenfalls hatte ich keine Angst mehr.

Vier

Fünf Tage vergingen wie im Flug. Ich gewöhnte mich an das Programm, wurde geübter darin, Fotos hochzuladen, und schrieb über die Events, die zurzeit ohne mich in der Welt stattfanden, wie das Internationale Schwimmtreffen in Monaco, das Filmfestival in Cannes, das Festival Musicale Fiorentino, das Covent Garden May Fayre and Puppet Festival oder das Stierkampf-Festival in der Arena von Madrid, tat aber natürlich so, als sei ich dabei. Das war nicht so schwierig, weil ich tatsächlich schon oft dabei gewesen war. Ich checkte im Internet, welche Reden gehalten worden waren, ob es besondere Vorkommnisse gegeben hatte, und notierte ein paar kleinere Details, dann schrieb ich meinen eigenen, sehr kurzen Kommentar.

Ich lud Fotos aus früheren Jahren hoch, sofern sie nicht als veraltet erkennbar waren und womöglich verräterische Hinweise auf ihre Verjährung enthielten. Fotos wie das des Gänseblümchen-Mädchens sind zeitlos. Auch Nebel über dem Canal Grande, eine in öligem Wasser neben einer Gondel schwimmende gelbe Rose oder die triste Stimmung am Lido an einem verregneten Tag in der Vorsaison. Davon hatte ich etliche. Ich machte ein Foto von Sergeant Pepper mit Sonnenbrille, schrieb eine Ode an den

Frühling und erhielt den ersten Kommentar. »Süüüüß«, schrieb jemand mit dem Nickname Lollipop.

Ich war erschüttert.

Offenbar hatte tatsächlich jemand meinen Blog gelesen. Ab sofort überlegte ich zweimal, bevor ich auf den Veröffentlichungsbutton klickte. Trotzdem war ich nicht wirklich nervös, denn ich hielt Lollipop für eine einsame Zufallsleserin, die sicher bald die Lust an meinem Blog verlieren würde.

Hätte ich damals geahnt, welche Konsequenzen meine eklatante Fehleinschätzung haben würde, hätte ich Sabines blauen Laptop zugeklappt und niemals wieder angefasst. So aber nahm alles seinen Lauf.

Millie's Magazine – 18. Mai
Wenn ich etwas hasse, dann lauwarmen Kaffee.

Ich machte ein leicht unscharfes, schiefes Foto von Sabines Espressomaschine, aus der Kaffee in eine knallrote Tasse träufelt. Mit den Lichtreflexen vom Blitz und der angebrochenen Milchtüte, die man ganz unscharf gerade noch so neben der Maschine erkennen konnte, sah es tatsächlich so aus, als hätte ich das Bild in einer Bar gemacht. Aus purem Übermut setzte ich hinzu:

Was den schrecklichen Kaffee allerdings vollkommen wettmachte, war der Barista, der eine alte Armbanduhr ohne Armband an einem dünnen Lederbändchen um den Hals trug. Zwar kann er selbst die Uhrzeit nicht lesen, aber genau diese Sinnlosigkeit macht das Outfit einfach hinreißend.

Jasmin schickte, wie sie es immer zu solchen Gelegenheiten tat, eine MMS mit einem Foto von zwei Hollywoodstars, die sie in der ersten Klasse hatte. Die beiden waren auf Promotour für einen neuen Film, die weibliche Hauptrolle: Cameron.

Ich schickte Jasmin eine SMS zurück: Danke. Welche Strecke?

Jasmin schrieb: New York–Madrid. Warum?

Ich schrieb: Siehe Millie's Magazine auf www.newbizz-on-the-blog.com

Jasmin: Was ist das?

Ich: Meine Strategie gegen Langeweile. Inkognito!

Lange kam keine Antwort, dann schrieb Jasmin: Genial. Wir müssen reden. J.

Millie's Magazine – 19. Mai
Trend des Tages: Carsharing
Ich lud das Foto hoch, in dem Cameron in die Limousine steigt, und grinste bei dem Gedanken, dass es so aussah, als würden wir zwei uns gemütlich nebeneinander durch die Gegend chauffieren lassen.

Millie's Magazine – 20. Mai
London – Der Geschäftstermin hat viel zu lang gedauert, weil der neue Seniorpartner des Labels, über das ich in einer der nächsten Print-Ausgaben berichten wollte, ein selbstverliebter Idiot ist. Das Taxi blieb im Stau stecken, und Harrod's, Harvey Nicols und Liberty's sind von Touristen überschwemmt. Wie gut, dass es The General Trading Company gibt.

Höhepunkt des Tages
Hier fügte ich ein Foto von einem britischen Gentleman

im schwarzen Anzug und mit Aktentasche ein. Er steht im strömenden Regen an einer roten Ampel und hält seinen Schirm über die einzige andere Wartende: eine Punkerin, die ihn demonstrativ nicht beachtet. Sie trägt mindestens zwanzig Piercings im Gesicht und macht gerade eine riesige Kaugummiblase. Was der Betrachter des Fotos bereits sehen kann, die beiden Fotografierten jedoch noch nicht, ist das Taxi, das sich ihnen nähert und dabei eine riesige Wasserfontäne in ihre Richtung spritzt.

Tiefpunkt des Tages
Das britische Wetter
Das Wetter hatte ich im Internet gecheckt.

Trend des Tages
Höflichkeit

Millie's Magazine – 21. Mai
Ein exquisiter Duft gehört dazu, aber zu viel des Guten ist das Schlimmste, was man seinen Mitmenschen im Aufzug, im Flugzeug oder im Konferenzsaal antun kann. Das sollten auch Popstars verstehen.
Ich lud einen Schnappschuss von Robbie hoch, der sich ein Aftershave mit großem Schwung über den Kopf kippt. Die Aufnahme war entstanden, als er in New York zu einem Werbeshooting für den Duft auf dem Rollfeld posierte und zum Schluss mit diesem Gag die auf der Gangway stehenden und ihn anhimmelnden Stewardessen beglückte.

Millie's Magazine – 22. Mai
Eine spontane Einladung in die Oper ist immer eine schöne Sache. Wenn allerdings die halbe Welt zwischen

dem aktuellen Aufenthaltsort und der Opernloge liegt, gilt es, schnell zu klären, welchen Flieger man in New York erwischen muss, um pünktlich zum Opernbeginn in Sydney zu sein. Es war knapp, aber ich habe es geschafft.

Trend des Tages: lässige Eleganz vom anderen Ende der Welt

Ich hängte ein Foto des Opernhauses in Sydney an. Menschen in Operngala streben darauf zu. Ein Paar kommt direkt auf den Fotoapparat zu. Er im Smoking, sie in einer feuerroten Abendrobe aus verschwenderisch fließender Seide, ein Rubin-Diamant-Collier am Hals und – barfuß.

Millie's Magazine – 23. Mai
Trend des Tages: einfach mal abschalten
Dazu nahm ich ein Foto aus Barcelona, das ein Straßencafé an der Kathedrale zeigt. Ungefähr hundert Gäste sitzen an den kleinen Bistrotischen, die meisten mit Blick auf den großen Platz und die Kathedrale. Die Gesichter der Menschen auf den vorderen Plätzen kann man gut erkennen. Das Foto ist abends entstanden, die meisten Gäste sind ausnehmend gut gekleidet, als kämen sie von einer offiziellen Veranstaltung oder gingen gleich in die Oper. Die ansonsten allgegenwärtigen Turnschuhtouristen fehlen. In der Sonnenbrille des Mannes ganz rechts außen spiegelt sich die Fassade der Kathedrale vor der untergehenden Sonne, deshalb habe ich das Foto überhaupt gemacht. Auch der Mann am dritten Tisch von links, der sich galant zu der Dame in seiner Begleitung herüberbeugt, trägt einen schwarzen Anzug (Armani, schätzte ich, aber das ist im Sitzen bei aufgeknöpftem Jackett wirklich schwer zu erkennen), die Dame ist ganz in Prada.

Ich lud dieses Foto hoch, ohne auch nur im Geringsten zu ahnen, wer dieser Mann war und welchen Einfluss er auf mein Leben nehmen würde.

Sergeant Pepper hatte mich nun schon zum dritten Mal mit der Leine im Maul angestupst, also schaltete ich den Laptop aus und machte mich ausgehfertig. Die Chucks, die ich Anfang der Woche gekauft hatte, passten perfekt zur Replay-Jeans und hatten einen zusätzlichen Vorteil: Sie waren maschinenwaschbar. Nie hätte ich geglaubt, dass ich mich einmal für praktische Pflegeanleitungen interessieren würde, aber Sergeant Pepper und sein Bewegungsdrang brachten ganz neue Herausforderungen in mein Leben. Die Lederjacke war noch etwas kühl, musste aber trotzdem sein, denn an einem Freitagabend in Düsseldorf läuft man eben nicht in einem wattierten Mäntelchen herum. Nicht einmal, wenn man rekonvaleszent ist. Zweieinhalb Wochen nach dem unglückseligen Tag in Venedigs eisigem Wind fühlte ich mich eigentlich wieder ziemlich gut.

Ich hatte mir schon morgens die Haare gewaschen, jetzt musste ich nur noch die genau richtige Mischung aus perfekter Hochsteckfrisur und nachlässig heraushängenden Strähnen hinbekommen, das Make-up auffrischen, und schon sah ich aus, wie ich mir die erfolgreiche Trendsetterin vorstellte, wenn sie für einen kurzen Familienbesuch nach Düsseldorf käme. Ohne High Heels, in legerer Kleidung, schließlich war dies Düsseldorf, und sie machte sich einen Spaß daraus, mit dem einfachen Volk am Rhein spazieren zu gehen. Ein Kontrastprogramm zu ihren sonstigen Terminen mit den Promis und VIPs dieser Welt. Sie würde sich mit ihrem Outfit zurückhalten, damit die

Schwestern oder Cousinen, oder wen auch immer sie auf dem siebzigsten Geburtstag ihrer Oma traf, sich neben ihr nicht allzu klein und hässlich fühlten.

Ich grinste. Meine Story war wasserdicht. Ich war gerüstet. Für einen Freitagabend allein in Düsseldorf. Das war mir seit Jahren nicht passiert.

Das Wetter war inzwischen zwar für Ende Mai immer noch zu kühl, aber wenigstens regnete es nicht mehr, daher war es voll in der Stadt. Noch war es allerdings zu früh für die wirklich coolen Typen, daher ging ich ausgiebig mit Sergeant Pepper am Rheinufer entlang. Die Deiche waren trocken, Sergeant Pepper jagte den Stöckchen hinterher, die ich für ihn warf, und sprang mich nicht mehr an. Das hatte ich ihm abgewöhnt. Immerhin verbrachten wir beide vierundzwanzig Stunden täglich miteinander. Meist waren wir unter uns, es sei denn, Jasmin kam vorbei. Das hatte sie in den letzten sieben Tagen allerdings nicht getan, sie hatte sich auch nicht wieder gemeldet, obwohl wir doch unbedingt reden mussten, wie sie gesimst hatte. Nun, vermutlich steckte sie gerade wieder mit irgendeinem Mann unter einer Decke.

Abgesehen von Jasmin war ich praktisch ohne Kontakt zur Außenwelt. Außer Sabine kannte ich eigentlich niemanden in Düsseldorf. Das war mir noch nie so aufgefallen, aber es war auch nicht schlimm, weil ich ja jetzt meinen Blog hatte. Den größten Teil des Tages bemerkte ich ja noch nicht einmal, dass ich in Düsseldorf war. Im Gegenteil. Ich sichtete Fotos, suchte nach Aufhängern für einen Blogeintrag, ersann Storys dazu und recherchierte im Internet über Veranstaltungen oder Ereignisse, über die ich berichten könnte. Ich lebte wie selbstverständlich in meiner virtuellen Welt. Die Rolle als Trendsetterin war mir inzwischen vollkommen in Fleisch und Blut übergegangen. Sie war ja auch genau das, was ich mir immer erträumt hatte. Und jetzt wurde dieser Traum endlich Wirklichkeit. Zumindest in meiner Fantasie.

Im echten Leben, also an diesem Freitagabend, ging ich mit Sergeant Pepper spazieren, bis er müde wurde, dann reihte ich mich in die Menge am Rheinufer ein. Kurz überkam mich die Frage, wie ich mich wohl vorstellen würde, wenn mich gleich jemand nach meinem Namen fragte. Würde ich spontan Millie sagen? Das wäre nicht gut. Offiziell war Millie gerade in Asien unterwegs. Hongkong, Singapur und Kuala Lumpur hatte ich als nächste Ziele definiert und Fotos zusammengesucht. Die würde ich morgen und übermorgen abarbeiten. Denk dran, sagte ich mir also, dass dein Name Lulu ist. Nicht Millie. Nicht hier jedenfalls. Ich unterdrückte ein Lächeln. Hier nicht. Aber im Netz schon.

Ich flanierte an den Strandbars und Restaurants vorbei, aß einen Sylter Fischteller, trank einen Caipirinha, der für seinen Preis viel zu wässrig war, und haderte kurzzeitig mit meinem Schicksal, das mich für mindestens weitere acht Wochen in dieser Stadt festhielt, während überall auf der Welt mehr los war als hier. Ich verfiel ins Träumen, plante neue Beiträge für meinen Blog und stellte irgendwann fest, dass ich zitterte. Es war kalt geworden, und meine noch immer angegriffene Konstitution erlaubte kein langes Herumhängen in einem Liegestuhl. Mit steifen Gliedern kämpfte ich mich hoch, reckte und streckte mich, konnte aber keine Begeisterung mehr für eine ausgedehnte Abendunterhaltung aufbringen und schlich nach Hause. Verfroren und allein. An einem Freitagabend in Düsseldorf.

Am Samstagmorgen noch vor acht Uhr lud ich Partyfotos in meinen Blog. Das ging einfacher, als ich gedacht hatte. Ich hatte Szenen aus Clubs in New York, Singapur, London und Peking herausgesucht, nahm die wildesten, machte sie absichtlich ein bisschen unscharf und schrieb einen Blogeintrag über die heiße Freitagnacht, von der ich gerade erst zurückgekommen sei. Nun wollte ich aber ein paar Stunden schlafen.

Abgesehen von den Kassiererinnen in Supermärkten oder den Bedienungen gestern Abend am Rheinufer hatte ich seit sechs Tagen mit keiner Menschenseele gesprochen.

Das änderte sich um zehn Uhr. Jasmin rannte mich förmlich um, bevor ich die Tür auch nur richtig geöffnet hatte.

»Ich habe deine Blogadresse per SMS verschickt mit der Aufforderung, sie weiterzugeben. Natürlich, ohne deinen Namen zu nennen. Lass uns sehen, wie viele Klicks du inzwischen hast.«

Ich wunderte mich über Jasmins Begeisterung, wollte ihr aber auch nicht den Spaß verderben und schaltete den Laptop an. Ein paar Minuten später riss ich die Augen auf. Der Besucherzähler war inzwischen dreistellig, und es gab zweiundzwanzig Kommentare auf der Seite. Robbie lag bei der Anzahl der Kommentare knapp vor dem Gänseblümchen-Mädchen, einige hatten die barfüßige Opernbesucherin in Sydney kommentiert, und drei Beiträge bezogen sich allgemein auf den Blog. Alle waren positiv.

»Wem zum Teufel hast du diese Info geschickt?«, fragte ich fassungslos.

Jasmin grinste. »Allen Kolleginnen, allen Freundinnen und vor allem meiner Schwägerin Silke. Sie ist ein Social-Media-Junkie, hat zweitausend Freunde bei Facebook oder Twitter, keine Ahnung, ich kenne mich da nicht so aus. Jedenfalls verbreitet Silke eine Neuigkeit schneller als die Tagesschau und kann eine vermutlich repräsentative Bevölkerungsumfrage innerhalb von zwei Stunden durchführen.«

Ich ging Kaffee kochen, während der Besucherzähler des Laptops weiter rotierte, und war so in Gedanken versunken, dass ich gar nicht mitbekam, wie es an der Tür klingelte. Erst als ich Jakes Stimme hörte, schwante mir, dass es hier ein ernsthaftes Problem geben könnte. Zwei hormonell grandios überversorgte Sexmonster zusammen in meiner Wohnung, das konnte nicht gutgehen.

Sie standen sich gegenüber wie in der Schlüsselszene eines Liebesfilms. Ganz nah voreinander, die Köpfe leicht gesenkt, die Stirn aneinandergelehnt, die Hände berührten sich zart tastend. Es war der Moment, wo im Film die schmalzige Musik einsetzt und der lange Kuss beginnt, bei dem die Kamera um die beiden Liebenden fährt, sodass einem schon vom Hinsehen ganz schwindelig wird. Vom Neid mal abgesehen.

»Nicht in dieser Wohnung«, rief ich offenbar etwas schnippisch, denn Jasmin begann zu kichern.

»Warum lachst du?«, fragte Jake irritiert.

Jasmin prustete los.

»Lass uns gehen. In dieser Wohnung gibt es zu viele *bad vibrations*«, schlug er mit rauer Flüsterstimme vor.

Jasmin versuchte verzweifelt, ernst zu werden.

»Wenn du jetzt mit diesem Hippie ins Bett gehst, brauchst du nicht mehr wiederzukommen«, sagte ich.

»Hat sie Hippie gesagt?«, raunte Jake verschwörerisch in Jasmins Ohr, gerade so laut, dass ich es noch hören konnte. Wie würde er sich wohl selbst bezeichnen in seinen ausgefransten Jeans, dem schlotternden T-Shirt und barfuß. Ob er gar keine Schuhe besaß?

Jasmin nickte. Glucksend.

»Was glaubst du, wann sie den letzten Sex hatte? Vor einem Jahr?«

Jasmin zuckte die Achseln. »Ich tippe auf gestern«, hauchte sie.

Jasmin, du bist ein Schatz, dachte ich und unterdrückte ein breites Grinsen.

Jake machte einen Schritt zurück, betrachtete mich von oben bis unten und sagte laut und deutlich: »Nie im Leben.«

»Raus!«, sagte ich.

»Mehr kann sie nicht«, beschwerte er sich bei Jasmin. »Sie sagt immer nur das eine Wort zu mir.«

»Dann geh«, hauchte Jasmin. Sie klang so melodramatisch wie Julia, die Romeo wegschickt, damit die Familie ihn nicht tötet. »Sie ist gefährlich.«

»Gefährlich?«, echote Jakedarling zweifelnd.

»Besser gesagt, ihr Vater ist es. Juan Diego de Todos los Santes y Borbón. Ein Verwandter des spanischen Königshauses. Er achtet sehr auf ihren Umgang.«

Jakedarling starrte mich fassungslos an. »Echt?«

Ich nickte herablassend.

»Das erklärt einiges«, sagte Jake nachdenklich. »Macht es aber nicht besser«, fügte er schnell hinzu. Dann wandte er sich an Jasmin. »Sehe ich dich wieder?«

Sie gab ihm eine Visitenkarte. »*Adiós, mi amor.*«

Er ging. Es dauerte eine ganze Weile, bis wir uns so weit beruhigt hatten, dass Jasmin wieder in ganzen Sätzen sprechen konnte.

»Hast du seine Augen gesehen?«, fragte sie verträumt. »Der breite Brustkorb, die geraden, starken Schultern, lange, sehnige, muskulöse Arme, schmale Hüften … da ist alles, wie es sein soll. Einfach perfekt!«

»Du bist doch sonst nicht so wählerisch, was das Äußere angeht«, maulte ich. Dass sie es auch mit den inneren Werten nicht so genau nahm, wollte ich nicht extra betonen.

»Bin ich auch nicht. Aber wenn der Idealtyp eines gut aussehenden Mannes mir gegenübersteht, erfreue ich mich allein schon an seinem Anblick.«

»Er trägt nicht nur immer total schlabberige T-Shirts, sondern auch fast immer das gleiche«, sagte ich. »Und er hat sich seit Tagen nicht gekämmt.«

»Er roch nicht schlecht, und sein Haar ist nicht ungekämmt, sondern wuschelig. Das ist ein Unterschied.«

»Wirst du etwas mit ihm anfangen?«, fragte ich mürrisch.

»Wenn er anruft, natürlich.« Jasmin brach ab und betrachtete mich erschrocken. »Es sei denn, du machst ältere Ansprüche geltend ...«

Ich warf ein Sofakissen nach ihr, danach war das Thema erledigt, und wir widmeten uns einem gemütlichen Wellnessprogramm.

Millie's Magazine – 24. Mai
Es wird wärmer, die Füße wollen an die frische Luft. Gepflegte Füße sind selbstverständlich, Kunst am Zeh auch. Aber das geht zu weit ...

Ich lud ein Foto hoch, das ich Samstagnachmittag mit Jasmin gemacht hatte. Auf die Idee waren wir gekommen, als Jasmin nach einem ausgiebigen Bad über die schrumpelige Haut an ihren Füßen gelacht hatte. Sie hatte ihre Füße zur Verfügung gestellt und die Zehennägel mit künstlichen Fingernägeln beklebt. Da es die Kunstkrallen nicht in der für den dicken Zeh benötigten Größe gab, half sie sich mit einem dieser Kühlschrank-Magneten in Form eines Marienkäfers aus, den sie für das Foto vorsichtig auf dem Fuß balancierte. Das Ergebnis war absolut albern. Wir hatten einen Heidenspaß.

Am Sonntag zeigte der Besucherzähler meines Blogs über vierhundert Klicks, Montag waren es sechshundert, und Ende der Woche wurde die magische Grenze von tausend Besuchern überschritten. In der kommenden Woche schnellten die Klicks weiter in die Höhe, bis sie am Donnerstag sagenhafte zehntausend Klicks erreicht hatten. Mein Blog war seit zwei Wochen online und hatte sich, dank Jasmins Anschubwerbung und der Hilfe ihrer total vernetzten Schwägerin, zum Shooting-Star entwickelt.

Ich saß jeden Tag mehrere Stunden vor dem Computer, durchforstete meine Fotos nach brauchbaren Motiven und stellte täglich mindestens zwei neue Beiträge online. Dabei weitete ich mein Themenspektrum aus.

Millie's Magazine – 2. Juni
In amerikanischen Großstädten heißen sie Community Gardens, in Tokio züchten Sterne-Restaurants ihre Kräuter auf dem Hochhausdach, und weltweit setzt sich das Guerilla Gardening durch. Zurück zur Natur, heißt der Trend, allerdings findet die Bewegung diesmal mitten in der Stadt statt.

Millie's Magazine – 3. Juni
Manchmal kann man es mit der Natürlichkeit aber auch übertreiben! Ich lud das Foto einer Frau hoch, die ich in einer paradiesischen Bucht in Neuseeland fotografiert hatte. Ihr »Kleid« bestand aus Federn, Blättern, Muscheln, Treibholz und sonstigem Zeug, das sie sammelte und mit

kräftigem Bindfaden zu Kleidung verarbeitete. Sie hatte eine ganze Kollektion erstellt und verkaufte sie an amerikanische Touristen.

Millie's Magazine – 4. Juni
Ob es im Chinesischen überhaupt ein Wort für Privatsphäre gibt?

Ich lud ein Foto aus einer öffentlichen Toilette an einem selten von Touristen besuchten Flughafen im weitläufigen Hinterland Chinas hoch. Die Toilettenkabinen hatten keine Tür. Die Perspektive ist die aus einer Toilettenkabine in die gegenüberliegende. Die Chinesin gegenüber grinst freudestrahlend in die Kamera.

Der freundliche Gesichtsausdruck der Dame gegenüber verwandelt sich schnell in einen interessiert-überraschten, als sie westliche Hygieneartikel und deren Anwendung beobachtet. Das scheint ihr vollkommen unbekannt zu sein.

Ich kommentierte Dekotrends und Haarfarben, schrieb über Benehmen an öffentlichen Orten oder in Flugzeugen und gab Tipps für Restaurants oder Clubs in den Großstädten dieser Welt. Jasmin schickte mir Fotos und Themenvorschläge aus Dubai und Moskau, von denen ich einige übernahm und mit eigenen Fotos und Erlebnissen ergänzte. Wenn Sergeant Pepper Bewegung brauchte, liefen wir am Rhein entlang, gelegentlich streifte ich durch die Geschäfte auf der Kö oder durch den Medienhafen und beobachtete die Menschen in Cafés, Restaurants und auf dem Weg ins Theater. Das nasskalte Wetter war mit dem Ende des Wonnemonats zum Glück Geschichte und hatte einem strahlenden Junianfang Platz gemacht. Meine Ohrenschmerzen waren fast völlig verschwunden, aber das

Hörvermögen auf dem vom Virus geschädigten, rechten Ohr noch nicht wieder ganz hergestellt. Der Arzt schrieb mich weiter krank, was ich inzwischen gar nicht mehr so tragisch fand. Ich fühlte mich gut.

Bis zu dem Moment, in dem das Landeskriminalamt vor der Tür stand.

Fünf

»Polizei«, war alles, was der Mann durch die Gegensprechanlage sagte.

Ich erstarrte. Augenblicklich hatte ich Visionen von Sabine, die auf ihrem Himmelfahrtstrip in Patagonien von einer Raubkatze zerfleischt oder von umherstreifenden *bandidos* überfallen worden war. Vielleicht war sie auch verschollen. Nein, dann wüsste ja niemand etwas davon. Also doch tot. Kurz vor einem winzigen Dorf in einem abgelegenen Tal verhungert, und die Einwohner, die am nächsten Morgen ihr Vieh auf die Weide treiben wollten, haben sie gefunden. Nur noch dreißig Kilo schwer und zahnlos. Die Zähne fallen bei starker Unterernährung relativ schnell aus, hatte ich mal gelesen.

Die patagonischen Viehhirten würden ihren Dorfvorsteher zum nächsten Polizeirevier schicken, dann käme ein Spezialist aus der Stadt, der schließlich die deutsche Botschaft informiert. Die wiederum würde einen Polizisten schicken, der die traurige Nachricht überbringt. So ist das doch im Fernsehen, oder?

Ich unterdrückte die Tränen, so gut es ging, öffnete die Tür und blickte dem Mann entgegen, der aus dem Aufzug trat.

»Frau Winterberg?«, fragte er höflich.

Wie bitte?

»Entschuldigung, geht es Ihnen nicht gut?« Sein Gesichtsausdruck war eindeutig besorgt, er fasste ganz leicht meinen linken Ellbogen, als erwarte er, dass ich jeden Moment umfalle.

»Entschuldigung, nein, ich bin nicht Frau Winterberg.«

»Können wir vielleicht reingehen?«

»Natürlich, Entschuldigung.«

Ich drehte mich um und ging vor ihm her ins Wohnzimmer. Ich hörte seine Schritte hinter mir, hörte, dass er die Tür schloss, und dann war seine Stimme plötzlich ganz nah. »Mein Name ist Stahl. Ich komme vom Landeskriminalamt und suche Sabine Winterberg.«

Er war einen ganzen Kopf größer als ich, trug ein dunkelgraues Cordjackett, das sicher nicht mehr als hundertfünfzig Euro gekostet hatte und seit drei Jahren aus der Mode war. Darunter ein hellblaues Hemd ohne Krawatte, eine schwarze Jeans und schwarze Lederschuhe. Nichts, das einen zweiten Blick gelohnt hätte.

»Sie ist nicht hier«, murmelte ich.

Sein Haar war dunkelbraun und eigentlich kurz geschnitten, aber an den Ohren schon ein wenig zu lang nachgewachsen und ausgefranst. Die Augen braun, die Wangen glatt rasiert. Der Mund ein wenig zu breit für das Gesicht, aber mit schmalen, eigentlich sehr attraktiv geformten Lippen, die sich an den Enden leicht nach oben bogen. Wie bei einem Delfin.

»Und wer sind Sie, wenn ich fragen darf?«

Die Stimme war tiefer, als das Aussehen vermuten ließ.

»Lulu.«

Er zog eine Augenbraue hoch.

Verdammt, reiß dich zusammen, dachte ich. Sabine lebt.

Zumindest ist der Typ nicht hier, um die Todesnachricht zu überbringen.

»Bitte entschuldigen Sie. Mein vollständiger Name ist Maria Luisa Rigoberta Martin. Ich bin Sabines Freundin und passe auf die Wohnung und den Hund auf, solange Sabine verreist ist.«

»Oh«, sagte er leicht irritiert. Ob wegen meines langen Namens oder wegen Sabines Unerreichbarkeit, konnte ich nicht erkennen. »Wann kommt sie denn zurück?«

Ich rechnete kurz nach. »In zwei Monaten.« Hoffentlich, dachte ich.

»Und seit wann ist sie weg?«

»Seit vier Wochen.«

Er runzelte die Stirn und überlegte. Dann blickte er sich gründlich im Wohnzimmer um.

»Es geht um eine geschäftliche Angelegenheit. Kennen Sie sich damit aus?«, fragte er.

»Mit Frau Winterbergs Geschäften?«, fragte ich.

Stahl nickte.

»Himmel, nein! Ich verstehe absolut nichts von Computerprogrammierung.«

»Schade. Das, was mich interessiert, ist ein Blog von einer Frau, die sich Millie nennt. Sie ist Trendscout und jettet durch die Weltgeschichte, aber ihr Blog läuft auf dem Server von Frau Winterberg.«

Mir wurde erst heiß und dann kalt. Er suchte gar nicht Sabine, er suchte mich. Oder besser gesagt: Millie. Eine Frau, die durch die Welt jettet. Natürlich glaubte er das, was im Blog stand. Warum auch nicht. Aber aus irgendeinem Grund interessierte sich das Landeskriminalamt für diese Frau, die eigentlich ich war. Die Frage war, warum? Mir fiel beim besten Willen kein Anlass für eine Polizeiaktion ein. Hatte ich etwas geschrieben, das gegen irgendein Gesetz verstieß? Mit ziemlicher Sicherheit nicht. »Was ist denn mit dieser Frau?«, fragte ich vorsichtig.

»Es geht um ein Foto, das sie in ihrem Blog veröffentlicht hat. Ich muss wissen, wo es aufgenommen wurde.«

Na, wenn er sonst nichts wollte!

»Vielleicht kann ich Ihnen dabei helfen.«

Er blickte mich zweifelnd an.

»Ich bin Stewardess«, sagte ich automatisch. »Ich komme viel herum in der Welt.«

Die leise Enttäuschung, die eben auf seinem Gesicht erschienen war, machte einem Ausdruck vorsichtiger Hoffnung Platz.

Er griff in seine Jacketttasche (die Stoffkante war schon etwas abgestoßen) und zog einen stark vergrößerten Hochglanzabdruck eines Fotos hervor. Es war das Bild, das die Cafébesucher vor der Kathedrale in Barcelona zeigte.

»Barcelona«, sagte ich ohne das geringste Zögern.

Er runzelte die Augenbrauen. »Sind Sie ganz sicher?«

Mist, hatte ich mich etwa verraten? War die Antwort zu schnell, zu spontan für jemanden, der das Foto nicht kannte?

»Ganz sicher«, erwiderte ich möglichst lässig. »Ich kenne die Stadt gut.« Die Bemerkung, dass mein Vater dort wohnte, verkniff ich mir. Das ging ihn nichts an.

Er sah immer noch nicht überzeugt aus, zumindest interpretierte ich die asymmetrisch hochgezogene Augenbraue so. Zusammen mit den nach oben gebogenen Mundwinkeln hatte sein Gesicht fast etwas Spöttisches.

Ich deutete mit dem Finger auf das Foto. »Sehen Sie hier die Spiegelung in der Sonnenbrille? Das ist die Kathedrale. Eindeutig.«

»Ach so.«

Er schien mit dieser Erklärung zufrieden zu sein, seine Gesichtszüge entspannten sich wieder.

»Und wo genau ist das?«

Diesmal schloss ich kurz die Augen und tat so, als müsse ich angestrengt nachdenken. »Das ist das Café gegenüber der Kathedrale an der *Plà de la Seu*.«

Er zog einen Notizblock aus der anderen Jacketttasche und notierte die Angaben. Dann blickte er mir mit dem seltsamen Lächeln, von dem ich nicht wusste, ob es wirklich eins war oder doch nur durch die Form seiner Lippen so wirkte, ins Gesicht. »Jetzt sind Sie eine wichtige Zeugin und müssen mir Ihren Namen noch einmal sagen – zum Mitschreiben.«

Ich diktierte ihm meinen Namen.

»Und die Telefonnummer.«

Ich gab sie ihm.

»Und wenn Sie dann noch eine Telefonnummer hätten, unter der ich Frau Winterberg erreichen kann?«

In meinem Hirn schrillten die Alarmglocken los. »Wieso?«, fragte ich.

Stahl blickte mich überrascht an. »Ich muss die Identität der Bloggerin feststellen. Erstens ist sie die Hauptzeugin für den Aufenthaltsort unseres Verdächtigen, und zweitens könnte es ja sein, dass sie noch mehr Fotos hat, auf denen der Mann besser zu erkennen ist. Oder seine Begleiterin. Jedenfalls benötige ich jedes winzige Bisschen an Information, das ich bekommen kann.«

Erst in diesem Moment erkannte ich meinen nicht wiedergutzumachenden Fehler. Ich hatte zwar nicht ausdrücklich geleugnet, Millie zu sein, aber ich hatte definitiv den Punkt verpasst, an dem ich es ihm hätte erklären können. Und wenn ich es jetzt sagte, was würde er dann bloß von mir denken. Mir rutschte das Herz in die Hose. Ich hatte mich in eine Situation manövriert, aus der ich nicht mehr herauskam. Ich konnte mich jetzt, nachdem ich mich als unbeteiligte Stewardess ausgegeben und so getan hatte, als sähe ich das Foto zum ersten Mal, nicht mehr als die Bloggerin zu erkennen geben. Konnte ihm also auch nicht sagen, dass das Foto gar nicht in der letzten Woche aufgenommen worden war, wie es im Internet stand, sondern schon im vergangenen Jahr. Er würde also weiter nach der Bloggerin suchen – und ich musste unbedingt verhindern, dass er mit Sabine sprach. Das allerdings war nicht weiter schwierig.

»Sie ist nicht erreichbar«, sagte ich.

»Wo ist sie denn?«

»In Patagonien. Zum Trekking.«

Er sah mich an, als wollte ich ihn auf den Arm nehmen.

»Kein Scherz«, schickte ich eilig hinterher. »Ihr neuer Freund will eine ganz ursprüngliche Naturerfahrung machen. Sie sind weit weg von jeder Zivilisation und von jedem Sendemast. Eine Handynummer würde also gar nichts nützen, selbst wenn sie eins dabeihätten. Haben sie aber sowieso nicht.« Ich gab mir Mühe, mir meine Erleichterung nicht anmerken zu lassen.

»Aber sicher meldet sie sich mal bei Ihnen?«

Ich zuckte die Schultern.

Er zog eine Visitenkarte aus der Brusttasche, deren Kante ebenfalls abgestoßen war. »Wenn sie sich meldet, soll sie mich unbedingt anrufen. Es ist wirklich wichtig.«

»Wer ist denn der Mann, den Sie suchen?«, fragte ich mehr zur Ablenkung als aus Neugier.

»Ein weltweit gesuchter, internationaler Betrüger. Dieses Foto ist die erste Spur, die wir seit einem Jahr von ihm haben.«

Das Foto war ein Jahr alt, die Spur war also keinen Deut

neuer als alles, was er hatte. Ich fühlte mich so mies, dass ich den Blick senken musste.

»Ist er gefährlich?«, fragte ich leise.

»Nun ja, nicht in dem Sinn, dass er Leute umbringt. Er bringt sie allerdings gern um ihre Immobilien und ihre Geldanlagen. Besonders alleinstehende Frauen fallen immer wieder auf ihn herein. Er ist wirklich sehr geschickt.«

Seine Worte hatten meine Stimmung nicht unbedingt verbessert.

»Also, bitte denken Sie daran, Frau Winterberg meine Nummer zu geben, ja?«

»Selbstverständlich«, sagte ich. Selbstverständlich nicht, dachte ich.

»Danke sehr.«

An der Tür drehte er sich noch einmal um. »Wohin geht denn die nächste Reise?«

Ich brauchte einen Moment, um seine Frage zu verstehen. »Im Moment nirgendwohin«, sagte ich. »Ich bin krankgeschrieben. Probleme mit dem Trommelfell.«

»Oh, das tut mir leid.« Er sagte es ohne rechte Überzeugung.

»Ja, mir auch.« Und ich meinte es tatsächlich so. Was hätte ich darum gegeben, den nächsten Flieger zum anderen Ende der Welt zu besteigen, um aus diesem Schlamassel herauszukommen.

Die nächsten Stunden verbrachte ich in unerträglicher Unruhe. Erst suchte ich den Betrüger auf allen anderen Fotos, die ich damals in Barcelona gemacht hatte, konnte ihn aber nirgendwo entdecken. Dann schaute ich in meinen Blog und erwartete beinahe, dass man mich durchschaut hatte. Dass jemand schrieb, dieses oder jenes Foto sei ja gar nicht vor ein paar Tagen aufgenommen worden, sondern schon ein, zwei oder drei Jahre alt. Aber nichts dergleichen. Stattdessen hatte ich eine Handvoll Zuschriften bekommen, die mich um Styling-Tipps baten. Welche Lidschattenfarbe denn gerade angesagt sei und einer hellblonden Frau mit Übergewicht stehen könnte. Ich empfahl ihr ein pudriges Rosa, das es von drei erstklassigen Marken gab. Welcher dieser drei Farbtöne ihr am besten gefiel, müsse sie selbst entscheiden – da die drei sich perfekt ergänzten, würde ich ihr allerdings raten, alle drei zu benutzen, und zwar die zwei helleren als Lidschatten und den dunkleren als Rouge.

Eine zweite Frau wollte wissen, ob der Rocksaum nun kurz über oder kurz unter dem Knie enden sollte, und ich erklärte ihr, welche Designer es in dieser Saison eher kurz und welche eher etwas länger hielten, forderte sie auf, ihre Beine kritisch zu betrachten, und riet im Zweifelsfall zum längeren Rock. Lieber schöne Knie versprechen, als hässliche zeigen.

Weitere Fragen betrafen Accessoires wie Handtaschen, Gürtel und Schuhe, und ich beantwortete alle möglichst umfassend, was die aktuelle Mode anging, und gab Tipps, die etwas neben dem Mainstream lagen. Immerhin sollte ein Trendscout neue Trends setzen – und nicht alte erklären.

Als es keine Fragen mehr zu beantworten gab, meldete sich bei mir wieder die Nervosität. Ich nahm Sergeant Peppers Leine, was er natürlich sofort bemerkte, obwohl er in der hintersten Ecke des Wohnzimmers gedöst hatte, und ging mit ihm hinaus.

Als wäre der Tag noch nicht schlimm genug, traf ich Jake im Treppenhaus. Barfuß, natürlich. Keine Ahnung, was er dort trieb – vielleicht hatte er einfach darauf gewartet, mir auf den Sender gehen zu können.

»Okay, ich habe gesehen, dass du Herrenbesuch hattest, aber der Kerl ist doch gar nicht dein Typ, oder?«, begrüßte er mich, als ich an ihm vorbeiging. Dabei wedelte er mit zwei Briefen. Ob er immer erst nachmittags seine Post aus dem Kasten holte? Vermutlich war er gerade erst aufgestanden.

Ich wunderte mich zwar, woher er wusste, dass Stahl absolut nicht mein Typ war, sagte aber lieber nichts dazu.

»Außerdem war er ziemlich schnell wieder weg. Das war also höchstens ein Quickie. Was mich wieder stutzig macht, denn du bist auch kein Typ für einen Quickie.«

Verdammt, auch das stimmte. Ich starrte ihn irritiert an.

»Kannst du auch über irgendetwas anderes reden als über Sex?«, fragte ich, während ich mich an ihm vorbeidrängte. Sein Rasierwasser stieg mir in die Nase. Dieser Duft war einfach umwerfend, und ich musste zugeben, dass er hervorragend zu ihm passte.

»Kann ich schon. Aber von Mode verstehe ich nicht viel …«

»Das sehe ich.«

»… und es interessiert mich auch nicht. Was du sonst für Hobbys hast, weiß ich nicht, also ist Sex doch ein gutes Thema. Es ist gewissermaßen universell.«

»Du willst mich bloß provozieren«, zischte ich. »Das kannst du dir abschminken.«

»Ts, ts, ts«, machte er und wackelte dabei mit dem Zeigefinger. »Von wegen. Das Thema bringt dich richtig in Wallung. Das ist kein gutes Zeichen.«

Ich habe nie Spaß an Beleidigungen wie »fick dich« oder ähnlichen Sprüchen gefunden, aber tatsächlich lag mir diese Antwort gerade auf der Zunge, als unter mir die Wohnungstür aufging. Herr Siebert, der Hausmeister. Zum Glück hatte ich mich gerade noch zurückgehalten.

Sergeant Pepper und ich liefen drei Stunden am Rhein entlang, aber auch das brachte mich nicht zur Ruhe. Ich wollte nicht zurück in Sabines Wohnung, fand aber auch keinen Film im Kino, der mich reizte, und wanderte unentschlossen durch die Straßen, bis ich an der Eckkneipe vorbeikam, in der Mops, der nette Wirt, mich vor einer Ewigkeit verarztet hatte. Mein Magen freute sich über den Duft nach Rosmarin und Sesam, der aus den offenen Fenstern wehte, und Sergeant Pepper lief schwanzwedelnd auf die Tür zu. Ich seufzte, beugte mich aber dem Hunger und meinem vierpfotigen Begleiter.

»Du warst lange nicht hier«, brummte der Wirt, kaum, dass ich mich auf dem einzigen freien Hocker an der Bar niedergelassen hatte. »Ich hab mir schon Sorgen gemacht.«

»Sorgen?«, wiederholte ich fassungslos.

»Ich dachte schon, du hättest wieder einen, äh, Unfall gehabt.«

Das hat mir gerade noch gefehlt, dachte ich. Mein unsympathischer, aufdringlicher Nachbar redete ständig über mein (nicht vorhandenes) Sexleben, und der Wirt der Kneipe, die ich dreimal in meinem Leben betreten hatte, riss Witze auf meine Kosten. Ich wollte schon zu einer scharfen Bemerkung ansetzen, als ich das freundliche Zwinkern unter den buschigen Augenbrauen wahrnahm. Gegen meinen Willen musste ich grinsen.

»Ich habe fleißig geübt und kann jetzt schon ganz allein auf zwei Beinen gehen«, entgegnete ich nach ein paar Sekunden.

Der Wirt lachte. »Wie heißt du?«, fragte er.

»Lulu.«

»Moritz.«

»Nicht Mops?«, fragte ich.

»Nein«, knurrte er. Seinen Gesichtsausdruck konnte ich dabei nicht erkennen, aber sein Tonfall klang nicht begeistert.

»Also, Lulu: Hunger oder Durst?«

»Beides.«

»Rosmarinhühnchen mit Sesamkartoffeln und Apfelschorle?«

Ich nickte eifrig. »Und für Sergeant Pepper ...«

»Wasser. Schon unterwegs.«

Moritz brachte die Schorle, bald darauf das Hühnchen und bediente alle weiteren Gäste in unglaublicher Geschwindigkeit, ohne jemals gehetzt zu wirken. Ich beobachtete ihn eine Zeit lang und kam zu dem Schluss, dass er einen guten Steward abgeben würde. Effizient, bestimmt, aber doch super freundlich. Allerdings natürlich zu groß und zu schwer, von seinem reichlich Furcht einflößenden Aussehen ganz zu schweigen. In einer Kneipe war er deutlich besser aufgehoben.

Das Hühnchen war hervorragend, und gut gesättigt fühlte ich mich gleich deutlich ausgeglichener. Bis ich die Stimme hörte. Ihre Stimme. Susan Walker. Seit mein eigener Blog so viel von meiner Aufmerksamkeit verlangte, hatte ich mir ihren nicht mehr angeschaut. Ehrlich gesagt, ich hatte sie glatt vergessen. Die Dame befand sich anscheinend gerade in einem Zustand höchster Aufregung, wie mir ihre schrille Stimme verriet. »... aufgeblasene Zicke, die sich für den Mittelpunkt der Welt hält«, giftete Susan. Ich drehte vorsichtig den Kopf und entdeckte sie drei Stühle weiter an der Theke.

»Aber sie ist wirklich originell«, sagte der Mann, der neben ihr hockte. Ihn hatte ich hier in der Kneipe bisher noch nicht gesehen, aber sein Gesicht kam mir irgendwie bekannt vor. Vielleicht aus dem Fernsehen? In den letzten Wochen hatte ich das deutsche Fernsehen überhaupt erst wieder kennengelernt. Es war nicht so, dass ich vor Begeisterung in die Hände geklatscht hätte, aber anfangs fand ich es doch recht akzeptabel. Wenn man weiß, was sich andere Nationen anschauen müssen, ist das deutsche Programm gar nicht so übel. Allerdings wimmelte es von Typen wie dem auf dem Hocker neben Susan. Sie moderierten Talkshows, Spielshows, Castingshows oder Info-Sendungen über Rechtsfragen. Ihr Stil variierte, aber irgendwie sahen sie für mich alle gleich aus. Solariumsbräune, teure, meist etwas zu enge Klamotten, in denen sie sich unwohl fühlten, und alle irgendwie überdreht. Wie nach einem Koffeinschock oder sonstigen Modedrogen.

Der Typ neben Susan allerdings gehörte in die nächsthöhere Kategorie. Er sah verdammt gut aus in seinem maßgeschneiderten Jackett mit dem Stehkragen über einem schlichten weißen T-Shirt und einer knappsitzenden Jeans im Used-Look. Used, aber edel, im Gegensatz zu den abgewetzten Jeans meines Nachbardarlings Jake, und man musste ganz schöne Klasse haben, um ein Zweitausend-Euro-Jackett so lässig tragen zu können, dass man auch am frühen Freitagabend auf einem Barhocker in einer Vorstadtkneipe nicht overdressed wirkte. Er war nicht mehr der Jüngste, machte aber mit seinen leicht angegrauten Schläfen einen sehr distinguierten Eindruck. Ich war sicher, ihn schon einmal auf der Mattscheibe gesehen zu haben.

»Das nutzt sich ab«, gab Susan zurück.

»Das wird sich erst noch herausstellen«, sagte der Stehkragen. »Offenbar stehen die Leute auf ihre Art.«

»Es gab schon viele Millies, die kamen und gingen«,

sagte Susan und kippte sich das halbe Glas Wein in den Hals.

Jetzt verschlug es mir doch die Sprache.

Auch der Stehkragen schwieg.

»Jedenfalls werde ich herausbekommen, wer Millie ist«, sagte Susan Walker mit einer Stimme wie berstendes Eis. »Wenn sie wirklich so eine wichtige Persönlichkeit ist, wird sich das leicht feststellen lassen. Wie viele Magazine haben ihre eigenen Trendscouts, die derartig in der Welt herumjetten?«

»Vor ein paar Jahren hätte ich dir die Frage auf Anhieb beantworten können«, sagte der Stehkragen, »aber heute ist das nicht mehr so leicht. Die asiatischen Magazine schießen wie Pilze aus dem Boden, und einige haben innerhalb des ersten Jahres schon Millionenauflagen.«

»Sie bloggt auf Deutsch, also wird sie nicht gerade für die Chinesen arbeiten«, entgegnete Susan. »Ich werde es rauskriegen«, wiederholte sie grimmig. »Und dann wollen wir mal sehen, wie wichtig Millie wirklich ist.«

Ich schlief schlecht und wachte am Samstagmorgen um fünf Uhr auf. Grässlich. Selbst Sergeant Pepper schnarchte noch selig in seinem Korb. Das Einzige, was man zu dieser Zeit tun kann, ist bloggen. Also setzte ich mich wieder vor meinen Rechner und beantwortete Style-Fragen.

Millie's Magazine – 7. Juni
Frage: Ist es uncool, mit Gipsbein gesehen zu werden?

Millie: Weißer Gips ist uncool. Lassen Sie sich einen farbigen Gips anlegen, oder, sofern Sie einen weißen haben, malen Sie ihn mit Lebensmittelfarbe an. Wenn Sie jung, weiblich, ungebunden, hübsch und mutig sind, tragen Sie ein Strumpfband auf dem Gips.

Frage: Ich habe einen wichtigen Geschäftstermin und einen riesigen Pickel auf der Nase. Was soll ich tun?

Millie: Sagen Sie den Termin ab.

Frage: Ich fliege mit meinem Chef nach Japan. Es ist mein erster Langstreckenflug, und wir fahren direkt vom Flughafen zu einer Konferenz. Was soll ich anziehen? Und welche Frisur ist die richtige? Ich dachte an eine Hochsteckfrisur, die etliche Stunden in der trockenen Luft gut übersteht.

Millie: Ziehen Sie auf jeden Fall eine lange Hose an, denn es könnte sein, dass Ihre Fußknöchel anschwellen. Sehr unvorteilhaft. Auch die restliche Kleidung sollte vor allem bequem sein. Mit einer Hochsteckfrisur voller Haarklammern kommen Sie nicht durch die Sicherheitskontrolle und können den Kopf nicht anlehnen. Das ist auf einer Langstrecke sehr unbequem. Wählen Sie also möglichst eine Frisur, die Sie nicht unterwegs auskämmen oder verändern müssen. Ein geflochtener Zopf ist ideal. Trinken Sie so viel Wasser wie möglich. Ohne Kohlensäure!

Den Hinweis mit der Frisur nahm ich auf, weil ich es hasse, lange Haare aus den Bordtoiletten klauben zu müssen. Ein bisschen Rücksicht auf das Personal sollte man den Fluggästen schon beibringen, fand ich.

Um sieben holte ich Brötchen, denn Jasmin hatte sich angesagt. Ich erwartete sie sehnsüchtig. Es gab etwas, das ich dringend mit ihr besprechen musste.

Als sie endlich kam, erzählte ich ihr ohne Umschweife die Geschichte von dem Betrüger auf meinem Blog-Foto.

»Wie sieht er aus?«, fragte sie.

»Du kennst das Foto, aber wir können es ja noch mal …«

Jasmin verdrehte die Augen. »Der Polizist, Lulu. Was ist er überhaupt? Kommissar? Inspektor?«

»Das ist doch völlig egal«, maulte ich. »Hast du nicht zugehört? Ich habe die Polizei angelogen, und jetzt sitze ich in der Scheiße.«

Jasmin nickte. »Habe ich gehört. Also, noch mal: Was ist er, und wie sieht er aus?«

Ich seufzte, sah aber ein, dass es ohne diese Information nicht weitergehen würde. Ich holte die Visitenkarte: Kommissar Frank Stahl. Landeskriminalamt, Dezernat 12.

»Also, wie sieht er aus?«

Ich versuchte, den Typ vor mein geistiges Auge zu holen, und zuckte die Achseln. »Durchschnittlich. Er trug ein grässliches, billiges Cordjackett mit abgestoßenen Kanten.«

»Oh, du bist so unsensibel«, rief Jasmin. »Hast du ihm überhaupt ins Gesicht geschaut?«

»Halt die Klappe und hör zu«, erwiderte ich genervt.

Dann erläuterte ich ihr meinen Plan.

Wir arbeiteten drei Stunden, bis wir das Gesicht des Betrügers aus dem Foto ordentlich ausgeschnitten und aufgehellt hatten. Jasmin schaffte es, das Bild auf ihr Handy zu laden, dann texteten wir die SMS. *Gesucht! Infos über Aufenthaltsort. Mann nicht ansprechen, er ist gefährlich. Bitte verbreiten. Jede Spur zählt. J.*

Wir schickten die Nachricht mit dem Bild des Betrügers an alle Kolleginnen und Kollegen, sowohl die Flugbegleiter als auch die Boden-Crews. Dann hockten wir auf dem Sofa und überlegten uns, was wir tun würden, wenn ihn wirklich jemand sehen sollte. Sollte ich Stahl anrufen? Oder würde er einen anonymen Hinweis bekommen? Jasmin lief zur Hochform auf.

»Wir könnten ihm einen Zettel in die Jackentasche schmuggeln.«

»Wie das denn?«

»Ich würde so tun, als stolperte ich, halte mich an ihm fest und stecke ihm den Zettel in die Tasche.«

»Du weiß ja nicht einmal, wie er aussieht.«

»Du zeigst ihn mir.«

»Du willst dich bloß einem gut aussehenden Mann an den Hals werfen.«

»Ach, eben war er noch durchschnittlich mit einem grässlichen Cordanzug.«

»Ist er auch.«

»Du bist krankhaft gehemmt, was Männer angeht.«

»Und du bist krankhaft hemmungslos.«

Wir prusteten los.

»Wie kommt der durchschnittlich gut aussehende Kommissar eigentlich auf das Foto in einem Blog, in dem es um Mode geht?«

Ich stutzte. »Darüber habe ich noch gar nicht nachgedacht«, sagte ich. »Und er hat es mir nicht erklärt.«

Jasmin grinste. »Du bist einfach selbst so ein Kontrollfreak, dass du es total normal findest, dass die Staatsmacht alles sieht und hört, was?«

»Ich bin kein …«

»Oder du nimmst an, dass jeder Mensch sich für Mode interessiert, deshalb ist es ja logisch, dass dein Blog auch von Landeskriminalbeamten begeistert gelesen wird.«

Ich knuffte sie in die Seite und wechselte das Thema. »Was ist eigentlich mit meinem grässlichen Nachbarn?«, fragte ich. »Hat er dich angerufen?«

»Hat er. Aber er ist dieses Wochenende nicht in der Stadt.«

»Halleluja, ein Grund zur Freude«, stichelte ich.

»Der Neid hat eine alte, verbitterte Frau aus dir gemacht«, neckte Jasmin.

Erst nannte sie mich einen Kontrollfreak, jetzt das. Hatte sie vielleicht recht? Ich schob den Gedanken schnell von mir.

Millie's Magazine – 7. Juni
Totale Katastrophe! Auf dem Weg zum wichtigsten Gesprächstermin des Tages mit der Modechefin der japanischen Vogue (muss ich ihren Namen wirklich erwähnen?) habe ich mir einen Kaffee über die Bluse geschüttet. Normalerweise wäre ich in den nächsten Laden gegangen, hätte mir ein neues Oberteil gekauft und das alte gleich dagelassen. Aber dazu war keine Zeit mehr. Wenn es etwas gibt, das Anna D. R. partout nicht akzeptiert, ist es Unpünktlichkeit. Wer zu spät erscheint, darf frühestens nächstes Jahr wiederkommen.

Also: Augen zu und durch. Denn merke: Kontrollfreaks lassen sich durch solche Missgeschicke von den inhaltlichen Fragen abbringen, echte Profis aber nicht. Da störte es mich auch nicht mehr, als sie beim Abschied sagte: »Schickes Muster, übrigens, auf deinem Blüschen, Darling.« Ich entgegnete: »Ich wusste, es würde Ihnen gefallen«, drückte ihre Hand ein klein bisschen fester als nötig und entschwebte lächelnd. Vorteil: Wenn ich sie das nächste Mal anriefe, könnte ich mich gleich mit »Millie, die mit dem Kaffeefleck auf der Bluse« melden, und sie wüsste sofort, mit wem sie es zu tun hat. Nur für den Fall, dass sie das nicht sowieso wüsste, was man bei ihr nie so richtig sagen kann …

Die erste Interview-Anfrage tat ich als Scherz ab. Es war ja auch zu unglaublich, dass ein aufstrebendes Modemagazin Kontakt über die Kommentar-Funktion meines Blogs mit mir aufnahm – bis mir einfiel, dass dies die einzige Kontaktmöglichkeit war, die es gab. Mein Blog war auf Sabines Server hinterlegt, im Impressum hatte ich regelwidrig einfach auf die Website von winterberg-grafic-services verwiesen. Dadurch wusste niemand, wer Millie wirklich war. Und natürlich sollte es auch niemand wissen. Aber daraus folgerte logischerweise, dass niemand direkten Kontakt mit mir aufnehmen konnte. Alles lief über meinen Blog.

Ich kam erst dann auf die Idee, die Anfrage ernst zu nehmen, als sie zum dritten Mal wiederholt wurde. Ich solle mich doch bitte unter einer angegebenen E-Mail-Adresse melden und eine Kontaktmöglichkeit nennen.

Was zum Teufel sollte ich jetzt tun? Erstens ging ich davon aus, dass sich inzwischen mindestens fünfzig falsche Millies bei dem Magazin gemeldet hatten und Interviews anboten. Zweitens konnte ich schlecht Sabines Düsseldorfer Festnetznummer angeben, unter der ich dauernd erreichbar war, während mein Blog den Eindruck erweckte, dass ich ständig um die ganze Welt reiste. Drittens wollte ich niemandem Interviews geben, weil ich mich dabei bestimmt verraten hätte. Es sei denn, schriftliche Interviews. Das ginge vielleicht. Nur, wie sollte ich den Kontakt herstellen?

Ich durchforstete Sabines Blogging-Programm nach einer entsprechenden Funktion, fand aber keine. Meinen bekannten Mailaccount bei einem Freemail-Anbieter wollte ich keinesfalls nutzen, also richtete ich ein Postfach über googlemail unter dem Namen Millie ein und hoffte, dass man mich darüber nicht würde aufspüren können. Dann schickte ich eine Mail an die Redaktion von »The Top Hop – Fashion, Trends & Lifestyle«.

Wir mailten mehrmals hin und her, und letztlich stellte ich als Legitimation ein vorher abgesprochenes Bild in meinen Blog. Dann endlich glaubte die Redaktionssekretärin mir, dass sie mit der echten Millie zu tun hatte. Die Interviewfragen kamen per Mail, und ich ärgerte mich bereits nach der dritten. Wie heißen Sie wirklich? Für welches Magazin arbeiten Sie? Wie sind Sie zu Ihrem Beruf gekommen? Es war klar, dass ich die Fragen eins und zwei gar nicht beantworten würde. Nummer drei hingegen machte mir mächtig Arbeit. Ich musste mir für Millie einen regelrechten Lebenslauf ausdenken. Um die Sache möglichst wenig angreifbar zu machen, blieb ich vage. Ich schwafelte etwas von einem Designstudium und dem Zufall, während eines Praktikums bei einem großen Couture-Label auf das Thema Trendscouting gestoßen zu sein …

Wo wohnen Sie, wenn Sie nicht unterwegs sind? – Ich bin immer unterwegs, habe aber Apartments in Barcelona, Düsseldorf und Hongkong.

Wie findet man einen Trend? – Man muss ein Gespür für den Zeitgeist haben und die Vergangenheit kennen.

Wird der Magerwahn in der Mode aufhören? – Nein.

In dem Stil ging es weiter, und ich beantwortete alle Fragen so, wie Millie es meiner Meinung nach getan hätte und innerhalb der gewünschten achtundvierzig Stunden, da der Beitrag ganz schnell noch in das aktuelle Heft eingeschoben werden sollte. Dann war ich gespannt, was ›The Top Hop‹ daraus machen würde. Es kam eine weitere Mail mit der Bitte um ein Foto, die ich abschlägig beschied. Ich wollte anonym bleiben, das hatte ich bereits klargemacht.

Ich kaufte das Heft in der folgenden Woche und war ziemlich fassungslos über den Raum, den die Story einnahm. Eine ganze Seite war meinem Blog gewidmet. Ein kurzer Bericht über die Erfolgsstory, die sich tatsächlich las wie ein modernes Märchen. Gestern noch völlig unbekannt, heute DER angesagte Style-Blog. Ein raketenhafter Aufstieg innerhalb kürzester Zeit. In der Mitte der Seite prangte das Foto von Daisy, dem Gänseblümchen-Girl aus London, das ich zum Abdruck freigegeben hatte. Rundherum war das Interview abgedruckt. Statt eines Porträtfotos setzte der schattenhafte Umriss eines Frauenkopfes in der oberen rechten Ecke einen geheimnisvollen Akzent. Sehr spannend.

Die Klicks auf meinem Blog nahmen sprunghaft zu, dreißig Kommentare gingen ein, davon einer, der mich neugierig machte:

Kennen Sie den Blog »walker-on-the-style-side«? Susan zieht über Sie her. Lassen Sie sich das gefallen?

Ich ging auf Susan Walkers Blog und fand einen bissigen Abriss über das Interview im ›The Top Hop‹.

www.walker-on-the-style-side.de – 16. Juni:
Ein Blog sorgt für Aufregung in der Modewelt, obwohl es ganz offensichtlich eine Luftblase ist, die bald platzen wird. »Millie«, wie sich die Bloggerin nennt, ist eine Hochstaplerin, die von sich behauptet, ein angesagter Trendscout zu sein. Ich frage Sie: Wenn sie eine so wichtige Persönlichkeit in der internationalen Fashion-Szene wäre, hätte sie dann überhaupt die Zeit, diesen Blog zu führen? Und zu welchem Zweck würde sie es führen?

Mir lief es eiskalt den Rücken hinunter. Woher wusste Susan, dass ich eine Hochstaplerin war? Und die Frage nach dem Sinn des Blogs hatte sie auch recht zielsicher gestellt. Ja, warum sollte Millie das tun? Sie war ja nicht krank. Sie hatte keine Freundin, die sie um einen Gefallen gebeten hatte. Im Gegenteil. Sie jettete durch die Weltgeschichte und hatte eigentlich überhaupt keine Zeit für diesen Kinderkram.

Dann las ich die Kommentare auf ihre Bemerkung.

SallyU: Stimmt, ich habe mich auch schon gewundert, woher diese Frau die Zeit für ihren Blog nimmt.

Rosenquarz: Zeit findet sich immer. Ob im Taxi oder in der VIP-Lounge am Flughafen – denn ich bin sicher, sie wird nicht bei den Chartertouristen auf ihren Flieger warten.

GlamourGirl: Aber warum sollte sie sich die Mühe machen? Was hat sie davon, dass sie bloggt?

NoNickForMe: Warum nicht? Genauso gut könnten wir fragen, warum überhaupt irgendwer bloggt. Zum Beispiel Anna D. R. – oder Tavi – oder Scott Sch. Oder, da wir schon dabei sind, Susan Walker?!?

SongForJoy: Ihre Fotos sagen doch alles. Oder wer von euch hat schon mit Cameron eine Limousine geteilt?

NinaP.: Das Foto von Daisy ist einfach super professionell. Weniger vom technischen Standpunkt, aber vom Motiv. Der Blick auf das Besondere, der dazu nötig ist, verrät den Profi. Ich kann das beurteilen, ich bin Bildredakteurin. Wenn sie mir eine Fotostrecke mit ihren Arbeiten anbieten würde, bekäme sie mindestens vier Seiten!

Ätsch, dachte ich.

Weitere Kommentare enthielten die Worte Neid, Missgunst und Bedeutungslosigkeit. Susan tat mir fast leid. Aber nur fast. Sie hatte mit ihrem Verdacht einen Gedanken ausgesprochen, der nun auch noch lang und breit diskutiert wurde. So viel öffentliche Aufmerksamkeit für die Frage, ob Millie echt sei, war mir gar nicht recht. Ich hoffte, dass dieses Thema sehr schnell von der Tagesordnung verschwinden würde. Dabei wäre es sicher hilfreich, in meinem eigenen Blog weitere Beiträge zu posten, die genau das betonten, was Susan fehlte: die Internationalität. Eine Erwiderung auf Susans Blödsinn würde ich mir hingegen verkneifen. Diese Art von Kindergarten-Zickenkrieg wäre definitiv unter Millies Würde.

Bevor ich virtuell um die halbe Welt reiste, musste ich mich allerdings erst um Sergeant Pepper kümmern. Er war in den letzten Tagen eindeutig zu kurz gekommen und lag beleidigt in seinem Korb. Auf den Wink mit der Leine reagierte er wie ein Tennisball beim Aufschlag: Mit unglaublicher Geschwindigkeit fegte er zur Tür und sprang dort auf und ab, bis ich sie ihm endlich öffnete. Schade, dass ich als Millie nicht über ihn schreiben konnte, aber eine Karrierefrau, die mehr Zeit im Flugzeug als auf dem festen Boden verbringt, kann nun wirklich keinen Hund haben.

Millie's Magazine – 17. Juni
Endlich gibt es in New York den ultimativen Erfrischungsdrink. Eine gekühlte, geköpfte Kokosnuss, Strohhalm rein, fertig. Vor allem in Williamsburg erhältlich, hoffentlich bald überall. Dazu passt eine Handtasche aus geflochtenem Bast.

Millie's Magazine – 18. Juni
Ich mag ungewöhnliche Hotels, seit ich auf meiner allerersten Nordamerika-Reise das Youth Hostel in Ottawa

betrat – das in einem ehemaligen Gefängnis untergebracht ist. Ich schlief damals in Zelle 4 und fühlte mich wirklich sehr cool. Weitaus luxuriöser kann man das Knast-Feeling im Liberty in Boston haben, wobei die Zimmer eher amerikanischer (Luxus-)Standard sind. Immerhin gibt es im hauseigenen Restaurant Clink und in der Bar Alibi noch ein bisschen Atmo des früheren Charles Street Jail. Die Jacken des Personals, die mit ihren blau-weißen Streifen sicher an frühere Sträflingskleidung erinnern sollen, weckten bei mir allerdings eher die Assoziation an Pyjamas.

Millie's Magazine – 19. Juni
Ich gestehe, dass ich zweimal hingeschaut habe, als mein Mineralwasser serviert wurde. Im Glas schwamm ein Gebiss, das sich bei genauerer Betrachtung jedoch als Eiswürfel herausstellte. Die Form des Kühlwürfels ist Geschmackssache – aber das gespannte Gesicht des Bar-Tenders, der betont unauffällig aus dem Augenwinkel meine Reaktion beobachtete, hat mich noch den ganzen nächsten Tag zum Lächeln gebracht. Daher empfehle ich den Humor als Trend des Tages.

Millie's Magazine – 20. Juni
Hollywood ist immer eine Reise wert. Aber mehr auch nicht. Und die Villa, die Nicolas mir verkaufen wollte, ist definitiv nicht mein Stil. Er muss sich jemand anderen für seine finanzielle Sanierung suchen.

Millie's Magazine – 22. Juni
Nein, ich mag keine Stierkämpfe. Stierkampfarenen allerdings sind wunderbare Bauwerke, und so übernachte ich immer wieder gern im Quinta Real in Zacatecas. Das Ho-

tel befindet sich in der ehemaligen Stierkampfarena San Pedro. Seit es Direktflüge von L. A., Chicago und Denver gibt, gönne ich mir den Abstecher manchmal einfach zum Spaß. Selbst wenn es nur für eine Nacht ist, dreht die mexikanische Lebensart die Stressschraube zuverlässig ein paar Windungen zurück. Diesmal konnte ich einen Wochenend-Trip daraus machen und auf einem Markt in der Nähe einen in den buntesten Farben gewebten, breiten Gürtel mitbringen. Zu einem Outfit ganz in Schwarz ein erstklassiger Hingucker.

Millie's Magazine – 23. Juni
Ein Streik, ein Unwetter und eine Bombenwarnung. Zweiundzwanzig Stunden im Flieger, eine Erkältung im Anmarsch und im Landeanflug auf Heathrow eine spontane Einladung meines Sitznachbarn zum Dinner im Sketch. Mein Nothelfer: Bananen. Der Taxifahrer machte einen kleinen Umweg zum Gemüseladen seines Schwagers, ich kaufte ein Kilo Bananen, aß zwei sofort und nahm eine weitere mit Honig als Haarkur. In Ermangelung einer Gesichtsmaske versuchte ich die Haarglanz-Mischung auch auf der Haut. Die bewundernden Blicke meines Begleiters (und weiterer Gäste des Lifestyle-Tempels) gaben mir recht. Aber der Höhepunkt des Abends war sein Gesicht, als ich ihm mein Geheimnis verriet. Der Herr ist Produktvorstand eines großen französischen Kosmetikkonzerns und machte bei der Verabschiedung einen sehr nachdenklichen Eindruck.

Sechs

»Haben Sie etwas von Frau Winterberg gehört?«

Stahls Anruf brachte mich aus dem Konzept. Ich war gerade von einem ausgedehnten Spaziergang mit Sergeant Pepper zurückgekommen, hatte das Telefon gehört und war an den Apparat gestürzt in der Hoffnung, dass es Jasmin sei, die sich seit einer Woche nicht gemeldet hatte.

»Äh, nein, tut mir leid.«

»Mist. Entschuldigung, ich wollte sagen: Das ist sehr ärgerlich.«

Im Hintergrund hörte ich Lärm und Menschen, die Katalanisch sprachen. Katalanisch? Ach, du Schande. Eine sehr, sehr böse Vorahnung befiel mich.

»Wo sind Sie?«

»In Barcelona.« Das Geschrei im Hintergrund wurde lauter. »Aber Funk ist nicht hier.«

»Wer?«

»Werner Funk. Der Mann auf dem Foto.«

Meine Knie zitterten so sehr, dass ich mich setzen musste. »Der Betrüger?«

»Genau.« Stahl seufzte. »Er ist nicht wieder in dem Hotel aufgetaucht, in dem er vor einem Jahr war, und die Kollegen von der spanischen Polizei sind nicht sehr hilfreich. Na ja, ich muss zugeben, dass ich ihnen nicht wirklich viele Anhaltspunkte liefern kann.«

Meine Ahnung war also richtig gewesen. Kommissar Stahl stand in Barcelona und jagte Funk hinterher, von dem er dachte, er sei erst vor wenigen Tagen in der Stadt gewesen. Mir brach der Schweiß aus. Das war meine Schuld. Ich hatte nicht den Mut gehabt, ihm die Wahrheit zu sagen. Jetzt verplemperte er seine Zeit in Spanien auf der Suche nach einer Spur, die es gar nicht gab.

»Und die Frau …«, stammelte ich nach einer Weile.

»Fehlanzeige«, sagte er. »Über sie wissen wir gar nichts. Nicht einmal einen Namen.«

»Glauben Sie, dass sie eines seiner Opfer ist?«, fragte ich.

»Vermutlich.« Er klang enttäuscht.

Ich schluckte, wusste aber nicht, was ich sagen sollte.

Es war eine Zeit lang still. Bis auf den Lärm der Stimmen im Hintergrund. Wo Stahl wohl jetzt gerade war? Es hörte sich nicht nach Flughafen an. Vielleicht bei den Kollegen von der katalanischen Polizei. Ich versuchte, das Bild zu verdrängen, das sich vor meinem geistigen Auge allzu plastisch darstellte. Stahl inmitten gut aussehender Katalanen, die mitleidig den Kopf schüttelten über diesen Deutschen, der einem Phantom hinterherjagte. Ich schämte mich mehr als damals, als ich dem Piloten das Hühnchen mit Curryreis und exotischen Früchten in den Schoß gekippt hatte. Unbeabsichtigt, natürlich. Trotzdem hatte er Verbrennungen an besonders sensiblen Körperteilen davongetragen und weigerte sich seither, mit mir zu fliegen.

»Tja. Also, wenn Frau Winterberg sich melden sollte …«

»Natürlich«, entgegnete ich eilig. »Aber ich habe keine große Hoffnung.«

»Nein.« Stahl seufzte. »Ich auch nicht.«

Und wieder hatte ich vergessen zu fragen, wie Stahl auf das Foto in Millies Blog aufmerksam geworden war.

Millie's Magazine – 24. Juni
Männer, traut euch! Mode muss nicht glitzern, Kosmetik macht nicht schwul.

Den Text setzte ich unter das Foto von vier Männern, die ich im vergangenen Jahr auf der FashionWeek im rumänischen Cluj-Napoca gesehen hatte. Ich vermutete, dass sie Models waren, aber sicher war ich mir nicht. Immerhin, und deshalb hatte ich das Foto gemacht, sahen sie aus wie amerikanische Gangster aus dem New York der Zwanzigerjahre. Sie waren zum Niederknien schön – und dabei unzweifelhaft männlich. Im Gleichschritt kamen sie dem Betrachter entgegen, mit offenen, wehenden Mänteln, Nadelstreifenanzügen, Taschenuhren, gelackten Frisuren und dem Auftreten von harten Männern in schickem Zwirn, die wissen, dass sich ihnen niemand widersetzt.

Jasmin, melde dich! Ich schickte die SMS viermal, bevor sie endlich anrief.

»Stahl jagt in Barcelona diesem Betrüger hinterher und findet ihn natürlich nicht«, jammerte ich. »Wir müssen ihm helfen.«

Jasmin lachte. »Warte!« Dann legte sie einfach auf.

Ich starrte mein Handy an und drückte die Wahlwiederholung, aber in dem Moment, in dem die Verbindung hergestellt wurde, klingelte es an der Wohnungstür. Ich öffnete und sah mich einer lachenden Jasmin gegenüber. Sie war mit einem langen Männerhemd über einer hautengen Jeans bekleidet und – barfuß. War das jetzt eine neue Seuche?

»Wo kommst du denn …?«, begann ich, dann dämmerte es mir. »Du bist in der Stadt, liegst mit meinem Nachbarn im Bett und sagst mir nicht einmal Bescheid?«

»Hättest du mitfliegen wollen?«, fragte Jasmin grinsend zurück. »Ich bin vor drei Stunden angekommen und wollte dich überraschen.«

»Gelungen«, knurrte ich.

»Schmoll nicht, jetzt bin ich ja da.«

Ich berichtete ihr von Stahls Reise nach Barcelona und brauchte nicht erst darauf hinzuweisen, dass ich ein verdammt schlechtes Gewissen hatte, denn Jasmin kommentierte meine atemlose Geschichte mit den Worten: »Und jetzt tut der arme, aufrechte Polizist dir leid, und du weißt nicht, wie du ihm helfen sollst, ohne dich selbst als hinterhältige, gemeine, niederträchtige, egoistische Lügnerin zu entlarven.«

»Ich hätte alle diese fiesen Adjektive weggelassen und vielleicht ein anderes Wort für Lügnerin gefunden, aber im Großen und Ganzen muss ich zugeben, dass das so stimmt.«

»Okay, dann lass uns nachdenken.«

Jasmin hockte sich mit untergeschlagenen Beinen auf die Couch, kniff die Augen zusammen und murmelte »Denken, denken …«.

Ich boxte sie unsanft gegen den Oberarm, und sie blickte vorwurfsvoll zu mir auf.

»Hey, was soll das? Ich war gerade einer super Idee auf der Spur.«

»Lass hören.«

»Funks Spur verliert sich in Barcelona.«

Ich nickte.

»Funk ist ein Betrüger, der reiche Leute abzockt. Vor allem Frauen. Die aus den besseren Kreisen.«

Ich nickte wieder.

»Du hast einen Papa, der in Barcelona wohnt und in den besseren Kreisen verkehrt.«

»In den besten«, sagte ich und schüttelte den Kopf. »Aber ich kenne ihn nicht.«

Jasmin legte den Kopf schief und sah mich mit einem spöttischen Lächeln herausfordernd an.

»Wie stellst du dir das vor?«, fragte ich. »Soll ich die Auskunft anrufen, nach der privaten Telefonnummer eines der reichsten, noch dazu adeligen Industriellen Spaniens fragen und, sofern man mir die Nummer geben würde, was ich stark bezweifle, ihm am Telefon erklären, ich sei seine unbekannte Tochter und hätte da mal eine Bitte?«

»Ja.«

»Du spinnst.«

»Stimmt. Du wirst die Nummer nicht über die Auskunft rauskriegen. Aber rauskriegen wirst du sie, da bin ich sicher.«

Ich ließ mich in den Sessel und den Kopf gegen die Lehne sinken und starrte an die fünf Meter hohe Decke. Seit Jahren reizte mich der Gedanke, meinen Vater kennenzulernen. Jetzt hätte ich sogar einen echten Anlass.

»Nein«, sagte ich.

Jasmin grinste. Ich hasste sie dafür, denn oft genug weiß sie lange vor mir, dass ich eine felsenfest geäußerte Überzeugung in absehbarer Zeit über den Haufen werfe. Aber diesmal wollte ich wirklich standhaft bleiben.

»Schick doch bitte mal eine Erinnerungs-Mail an alle diejenigen, denen du das Foto geschickt hast«, bat ich sie. Jasmin kramte ihr Handy hervor und schickte die Mail. Dann sah sie mich prüfend an.

»Du siehst Scheiße aus, meine Liebe.«

Ich verbeugte mich übertrieben. »Danke für die Blumen.«

»Hast du eigentlich in den letzten Wochen mal irgendetwas unternommen?«

»Ich bin sehr beschäftigt«, entgegnete ich lahm. Ich wusste genau, was sie meinte, und sie hatte recht. Während mein Alter Ego Millie durch die Weltgeschichte jettete und sich mit den hippsten Prominenten der Welt traf, lebte ich ein Leben als Mauerblümchen. Hockte vor Sabines Computer, ging mit Sergeant Pepper spazieren und war ein paarmal bei Moritz in der Kneipe gewesen, aber das war auch schon alles.

»Du gehst heute Abend mit uns essen.«

»Uns?«, fragte ich misstrauisch.

»Jake und ich und ein paar Freunde.«

Mein Kopfschütteln wurde schlicht ignoriert.

»Ich hole dich um acht Uhr ab.«

Um halb sechs begann ich mit den Vorbereitungen. Bad, Wechselduschen, Bürstenmassage, Pediküre, Maniküre, Rasur, Augenbrauenzupfen, Haarwäsche, Haarpackung, Gesichtspackung, die Haare auf Wickler drehen, Garderobe heraussuchen, die Haare hochstecken zu einem luftigen Wust von großen Locken auf dem Hinterkopf. Auf das Make-up verwandte ich besonders viel Sorgfalt, denn ich wusste ja nicht, ob die Beleuchtung eher hell oder eher dunkel sein würde, also musste der Teint für alle Gelegenheiten geeignet sein.

Da halfen im Zweifelsfall die Puderperlen »Les Météorites«, die zu praktisch jedem Licht passten. Die »Smoky Eyes«-Lidschatten-Palette war ebenfalls universell, wobei ich das dunkelste Grau wegließ. Zu kräftig betonten Augen gehörte ein irisierendes Rouge und dazu am besten ein Nude-Ton für die Lippen.

Auch der Duft war ein Problem. Vanillearoma in »Shalimar«, das je nach Umgebung überdimensioniert wirken konnte, oder lieber ein dezenter Grüner-Tee-Duft? Ich konnte mich mit keinem von beiden anfreunden, so wurde es schließlich »White Linnen«, der Duft eines Frühlingstags in den Hamptons.

Die Kleiderwahl war fast noch das größere Problem. Sollte das ein Outfit für eine Pizzeria oder für eine elegante Sushi-Bar sein? Nun, bei Jakedarling konnte ich mir nichts vorstellen, was über das Niveau von rot-weiß-grün bedruckten Papierservietten hinausging, daher wählte ich eine schwarze Jeans, eine lange, im Ethno-Stil bedruckte Leinentunika, einen doppelt langen Gürtel, den ich zweimal um die Taille schlang, und schwarze Peeptoes. Da alle Stücke von erstklassigen Labels stammten, war ich für jede Gelegenheit gerüstet.

Dachte ich.

Jasmin stand um Punkt acht Uhr vor der Tür. In ihrer ältesten Jeans und einem verwaschenen T-Shirt, das Haar zu einem schlichten Pferdeschwanz gebunden. Sie blickte mich von oben bis unten an, öffnete den Mund, klappte ihn wieder zu und machte eine einladende Geste zum Fahrstuhl.

Jake erwartete uns im Erdgeschoss, erstarrte, als er mich sah, grinste dann sehr breit und sehr böse, wie ich fand, und hielt uns die Tür auf. Er trug eine noch ausgeblichenere, noch zerschlissenere Jeans als sonst und ein T-Shirt, dessen ursprüngliche Farbe nicht einmal mehr annähernd erkennbar war. Immerhin steckten seine Füße in ausgelatschten Sneakern.

»Du hast ihr nicht erzählt, wo wir hingehen, oder?«, fragte er Jasmin.

»Heute Morgen habe ich es echt vergessen, und jetzt ist keine Zeit mehr zum Umziehen«, flüsterte sie.

Ich spürte, wie sich meine Nackenhaare aufstellten, drehte mich wortlos um und ging zurück zum Aufzug.

»Keinesfalls«, sagte Jasmin und riss mich am Arm herum. »Du kommst mit.«

Wie eine Verbrecherin führten Jake und Jasmin mich zu einem Auto, das mit laufendem Motor in zweiter Reihe stand. Jake setzte sich auf den Beifahrersitz, Jasmin und ich stiegen hinten ein. Ich nur unter Protest.

»Hi«, sagte der Fahrer und drehte sich halb zu uns um. »Ich bin Thomas.«

»Ich bin Lulu. Und jetzt?«, fragte ich in meinem schnippischsten Tonfall.

Jasmin kicherte.

»Entspann dich doch einfach mal ein bisschen. Du stehst ja ständig unter Hochspannung.« Das kam natürlich von Jake. »Weißt du, Kontrollfreaks sind echt nervig.«

Schon wieder dieses Wort!

»Ich bin kein Kontrollfreak.«

»Okay, dann zieh einfach wahllos eine Haarklammer aus dem Krähennest, das du dir da oben auf dem Kopf gebaut hast, und schau für den Rest des Abends nicht in den Spiegel.«

»Dass ich einen gewissen Wert auf mein Äußeres lege, empfinde ich nicht als Nachteil. Eher im Gegenteil.«

»Einen ›gewissen Wert‹ empfände ich auch nicht als Nachteil, Häschen. Aber das, was du treibst, ist pathologisch. Das bedeutet krankhaft und trifft ziemlich genau den Punkt. Also noch mal: Entspann dich, sonst wirst du den Abend nicht genießen können.«

Ich wusste bereits zu diesem Zeitpunkt, dass ich den Abend mit Sicherheit nicht genießen würde. Das tatsächliche Ausmaß der Katastrophe konnte ich allerdings noch nicht vorhersehen.

Zunächst begann es gar nicht so schlecht. Wir fuhren nach Köln, Thomas parkte irgendwo am Rhein, dann schlenderten wir wie Zehntausende andere auch durch die abendlichen Straßen. Jake und Jasmin gingen eng umschlungen, Thomas und ich folgten. Thomas sah unerwartet gut aus. Erstaunlich, dass Jake einen Freund hatte, der eine Armani-Jeans trug. Sein Hemd war dagegen schon etwas älter und eigentlich zu lang, um es über der Hose zu tragen, aber seine Schuhe waren echte Loafers von Tod's. Am linken Handgelenk erkannte ich eine TAG Heuer (Jake trug natürlich gar keine Uhr), und ein breiter, silberner Ring zierte seinen linken Mittelfinger. Im Gegensatz zu meinem Nachbarn machte sein Freund richtig was her.

Fast begann ich, mich auf den Abend zu freuen, aber mein ursprüngliches Misstrauen wurde vollkommen bestätigt, als Jake plötzlich sagte: »So, da wären wir.«

»Da« war in diesem Falle die Unsicht-Bar. Ein Restaurant, das es auch in Berlin und Hamburg gab, wo ich mich bereits geweigert hatte, hineinzugehen. In einer Unsicht-Bar isst man im Dunkeln.

Ich drehte mich um und rief Jasmin über die Schulter einen Abschiedsgruß zu.

»Nun sei doch keine Spielverderberin«, rief Jasmin mir lachend hinterher.

»Mein Gott, ist die verstockt«, sagte Jake zwar leise, aber ich hörte es.

Thomas folgte mir und griff nach meiner Hand. »Lulu, komm doch mit. Bitte.«

Jasmin hüpfte heran, ergriff meine andere Hand, und bevor ich noch einmal protestieren konnte, waren wir drin.

Das Essen bestellten wir bei Licht, was aber auch schon ziemlich gedämpft war. Ich redete mir ein, dass mir das egal war, und nahm das Geschmacksfeld-Menü Lamm, zu dem es eine poetisch beschriebene Suppenkreation, eine rätselhaft verklausulierte Vorspeise und eine nicht minder fragwürdig erläuterte Hauptspeise mit Lammfilet gab. Dann kam unser Kellner, der sich als Nico vorstellte, und führte uns an unseren Tisch.

Nico war blind.

Wir im nächsten Moment auch.

Im Gastraum war es zappenduster.

Jake und Jasmin saßen auf der einen Seite, Thomas und ich auf der anderen. Ich spürte mein Herz unnatürlich klopfen. So dunkel, dass man wirklich die Hand nicht vor Augen sieht, ist es sonst praktisch nie.

Nico brachte unsere Getränke, die anderen unterhielten sich oder lauschten auf die Gespräche der anderen unsichtbaren Gäste, dann kam das Essen.

»Das Lammfilet liegt auf zwölf Uhr, die Kartoffeln bei drei Uhr und das Gemüse auf neun. Messer rechts neben dem Teller, Gabel links. Guten Appetit.«

Das Essen war hervorragend, auch wenn ich es mühsam fand, mit Gabel und Messer vorsichtig auf dem Teller herumzutasten, um das Fleisch zu finden und dieses zu schneiden, ohne zu wissen, wie groß das Stück war, das ich mir dann blind in den Mund steckte. Manchmal war es mehr, als ich üblicherweise in den Mund stecken würde, dann wieder ein winziger Bissen. Immerhin sah mich niemand mit vollen Backen kauen.

Es ging eigentlich alles ganz gut, bis Jasmin meinte, mir etwas von ihrem Geflügel-Überraschungs-Menü abgeben zu müssen. Sie spießte Fleisch auf ihre Gabel, häufte Gemüse dazu und stocherte damit in der Luft herum, in der Hoffnung, in die Nähe meines Mundes zu kommen. Was ihr nicht gelang. Stattdessen erschreckte sie sich, zuckte daher heftig zusammen, schleuderte ihr Essen von der

Gabel in meine Richtung und warf, in der irrigen Annahme, noch irgendetwas retten zu können, ihre Cola um. Ich spürte Wärme am linken Arm und kalte Nässe auf der Hose.

»Nix passiert, oder?«, fragte Jasmin lachend.

»Sehr witzig«, antwortete ich und rief nach Nico. Er brachte mich zu den Toiletten. Wenigstens die sind beleuchtet.

»Gehen wir noch was trinken?«, fragte Jasmin auf der Straße.

Ich sah an mir herunter. Die Leinentunika hatte mehrere große Flecken auf dem linken Ärmel, das linke Hosenbein war von der Hüfte bis zum Knie nass, und wie ich im Gesicht aussah, nachdem Jasmin mich auch noch von ihrem Nachtisch hatte probieren lassen, wollte ich zwar eigentlich gar nicht wissen, schaute aber doch schnell in meinem Handspiegel nach. Ich hätte es besser nicht getan.

»Nein«, sagte ich.

»Klar«, sagten alle anderen.

War ja zu erwarten gewesen.

»Nun lass doch mal den Überdruck ab«, forderte Jake mich auf. Sein T-Shirt sah nicht mehr ganz frisch aus, und am rechten Ohr hatte er dunkle Flecken von Jasmins Versuch, ihn von ihrem Schokodessert probieren zu lassen, aber das schien ihn nicht zu stören. Zumindest musste er sich bei dem ausgeleierten Hemd ja auch keine Sorgen um einen finanziellen Schaden machen. »Du benimmst dich, als wäre das Leben eine verdammt ernsthafte Angelegenheit, die man mit der größtmöglichen Contenance hinter sich bringen muss. Hast du überhaupt nie Spaß?«

»Jedenfalls selten auf Kosten anderer Leute.«

Jasmin musste wieder kichern.

»So völlig verkrampft, wie du bist, findest du auch nie einen Lover«, fuhr Jake völlig ungerührt fort. »Oder, sag mal, Thomas, findest du diese plastinierte Schaufensterpuppe sexy?«

Thomas wurde rot.

»Also, normalerweise ist es so«, begann Jake, »Frauen sollten locker sein, sie sollten lachen, zeigen, dass sie Spaß haben im Leben. Das Leben ist kein Leistungssport, und die Liebe ist es auch nicht. Wer will Sex haben mit einer Frau, die verbissen nach Perfektion strebt? Da hat doch jeder Typ Angst, diesem Anspruch nicht gerecht zu werden.«

»Ich nehme ein Taxi«, sagte ich zu Jasmin.

»Kommt nicht infrage«, entgegnete sie und griff nach meinem Handgelenk. Sie konnte verdammt hart zugreifen. Kunststück, bei fünf Brüdern. »Du bleibst.«

»Genau«, sagte Jake. »Heute Abend bekommst du eine kostenlose Lebens- und Sexberatung, für die andere Leute viel Geld bezahlen würden.«

»Ich will überhaupt keine Beratung, und schon gar nicht von dir«, sagte ich.

»Doch.« Jake lachte. »Es wird der Tag kommen, an dem du mir dankbar bist.«

»Niemals.«

Die Bar, in der wir landeten, war laut und schrill. Die Cocktails hatten Namen wie Papageiennektar (Pink Grapefruit, Ananas und Absinth), Tautropfentrank (Rum mit Limetten- und Zuckerrohrsaft) und Diebesgrüße aus Moskau (Wodka – weitere Zutaten je nach Angebot). Jake und Jasmin blieben nach wildem Probieren bei den Papageien hängen, Thomas schlürfte Tautropfen, und ich trank Wodka – was sonst noch drin war, war mir sowieso egal.

»Okay, jetzt machen wir dich locker«, sagte Jake gegen Mitternacht und befreite sich aus Jasmins Umklammerung.

Ich hatte Thomas dabei beobachtet, wie er mit allen verfügbaren Frauen tanzte. Er tanzte verdammt gut. Mich hatte er kein einziges Mal gefragt.

»Steh auf und leg mir die Arme um den Hals«, verlangte Jake.

»Nie im Leben.«

Zwei Minuten später lehnte ich an seiner zugegebenermaßen stattlichen Brust und fragte mich zum zweiten Mal, wo ein solch ungehobelter Klotz einen so guten Geschmack in Sachen Rasierwasser hernahm. Vermutlich war der Duft das Geschenk einer Verflossenen, und er brauchte es einfach auf.

Jake legte mir die Hände auf die Hüften und begann, sich im Takt der Musik zu wiegen. Mir war jede Berührung meiner viel zu ausladenden Hüften unangenehm, daher versuchte ich, mich aus seiner Umklammerung zu befreien. Vergeblich.

»Ich tanze nie«, sagte ich.

»Darauf wäre ich nie gekommen.« Er grinste. »Ich dachte, ich hätte mich einfach vergriffen und statt der schönen Lulu das Weinregal gepackt.«

»Blödmann.«

Seine Hände glitten etwas höher und kitzelten mich. Ich zappelte und bog mich, um sie abzuschütteln, und musste gegen meinen Willen lachen.

»So ist's gut«, rief Jake. »Das ist Tanzen!«

Er befahl mir, die Augen zu schließen, die Hände auf seine Hüften zu legen, dann sollte ich die Hände auf meinen Kopf legen (was ich widerwillig tat, da ich mit weiteren Kitzelattacken rechnete, die aber erfreulicherweise ausblieben) und mitsingen, jemand flößte mir noch einen Cocktail ein ... Irgendwann machte ich die Augen auf und stellte fest, dass ich nicht mehr mit Jake tanzte, sondern mit Thomas.

»Du lernst schnell«, flüsterte er in mein Ohr.

Neben uns tanzten Jake und Jasmin eng umschlungen.

Danach riss meine Erinnerung ab.

Sie kam auch nicht wieder, als ich am nächsten Morgen in einem Bett aufwachte, das nicht meins war. Macht nichts, dachte ich mir, ich schlafe schließlich nicht in meiner Wohnung, sondern in Sabines. In diesem beruhigenden Bewusstsein dämmerte ich wieder weg.

Beim nächsten Aufwachen wurde die Umgebung etwas klarer, und ich konnte der Erkenntnis, nicht in meinem eigenen Bett zu liegen, eine höchst irritierende Feststellung hinzufügen: Das Bett, in dem ich lag, stand auch nicht in Sabines Wohnung.

Ich öffnete versuchsweise beide Augen gleichzeitig, was die Vorteile des dreidimensionalen Sehens mit sich brachte. Ich lag in einem einzigen, riesigen Raum, der Schlafzimmer, Wohnzimmer und Küche in einem war, wie ich mit einer vorsichtigen Drehung des Kopfes feststellte. Das Bett stand auf einem Podest und hatte einen Stoffhimmel. Und ich lag nicht allein darin. Neben mir lag Thomas.

Er schlief auf dem Rücken, mit offenem Mund. Splitterfasernackt. Wie ich. Auf dem Nachttisch neben mir lagen ungefähr dreißig Haarklammern, mein Haar fühlte sich stellenweise feucht an.

Voller Panik wühlte ich mich aus dem verknoteten Bettzeug, ließ mich auf den Boden fallen, kroch auf allen vieren vom Bett weg, fand meine Kleider, die auf mehreren Stuhllehnen ausgebreitet hingen und zum Teil noch klamm waren, zog mich an und verließ die Wohnung. Ich hatte nicht den Schimmer einer Ahnung, wo ich mich befand.

Nach ein paar Minuten Fußweg in die Richtung, die ich ausschließlich aus einem praktischen Grund gewählt hatte, nämlich, um nicht in die Sonne blinzeln zu müssen, kannte ich mich wieder aus. Ich war in Grafenberg. Von hier aus konnte ich die Straßenbahn zu Sabines Wohnung nehmen. Zu Fuß zu laufen kam auf den hohen Schuhen und in meinem aktuellen Zustand, der von Kopfschmerzen über Schwindel und Übelkeit alle Symptome eines erstklassigen Katers zeigte, nicht infrage. Außerdem musste ich mich beeilen, um Sergeant Pepper sein Frühstück zu geben und mit ihm Gassi zu gehen. Hoffentlich hatte er sein Geschäft noch nicht im Wohnzimmer erledigt, dachte ich. Ich hatte keine Ahnung, wie lange ein Hund sich dieses Bedürfnis verkneifen konnte.

Ich schämte mich in Grund und Boden, während ich an diesem Mittwoch um neun Uhr morgens zur Straßenbahnhaltestelle eilte. Sicherlich konnte mir jeder Mensch, der mir ordentlich geduscht, gekämmt und zurechtgemacht auf dem Weg zur Arbeit entgegenkam, ansehen, dass ich die letzte Nacht nicht im eigenen Bett verbracht hatte. Meine Tunika war fleckig, die Haare ungekämmt und das Make-up vom Vortag vermutlich verlaufen und verwischt, wobei mir einfiel, dass ich noch gar keinen Blick in den Spiegel riskiert hatte. Ich konnte auch jetzt nicht den Mut dazu aufbringen. Mein Kopf dröhnte wie ein Triebwerk kurz vor dem Start, und ich hatte einen absolut ekelerregenden Geschmack im Mund. Ich wollte lieber nicht wissen, woher der rührte. Seit Ewigkeiten hatte ich mich nicht so mies gefühlt wie in diesem Moment.

Ich hatte Glück, begegnete im Treppenhaus weder Jake noch Jasmin, und Sergeant Pepper war auch ein lieber Hund gewesen. Er erwartete mich sehnsüchtig, musste sich aber noch zehn Minuten gedulden, in denen ich den leicht grünlichen, sauren Mageninhalt in Sabines Kloschüssel kotzte, mir das Gesicht wusch, die Haare kämmte und die Kleidung wechselte. Als ich die Leinentunika in den Müll warf, kamen mir die Tränen. Dann gingen wir zum Rhein.

Auf dem Rückweg kam ich an Moritz' Kneipe vorbei, die Tür wurde gerade von innen geöffnet. Ich sah einen Arm, der den Keil unter die Tür schob, dann trug Moritz den Aufsteller mit dem heutigen Tagesgericht auf den Bürgersteig. Er erkannte mich, betrachtete mich von oben bis unten und machte eine einladende Bewegung. Ich trottete hinter ihm in die leere Kneipe und kletterte mühsam auf einen Barhocker.

»Hast du zu viel getrunken gestern Abend?«, fragte er.

Ich nickte, dann hielt ich sicherheitshalber mit beiden Händen den Kopf fest, der mir von den Schultern herunterzukreiseln drohte.

»Was?«

»Papageienblut und Diebesgut«, murmelte ich.

»Cocktails?«

»Sehr bunt.«

»Nicht die Farbe ist das Problem, sondern das, was man nicht sieht.«

Er machte sich an der Espressomaschine und einigen Flaschen zu schaffen und stellte mir einen Kaffee und ein großes Glas mit einer sämigen, knallroten Flüssigkeit hin.

»Trink.«

Ich trank. Der Espresso war schrecklich süß, und das rote

Zeug bestand überwiegend aus Tomatensaft, schmeckte aber außerdem sauer und bitter und scharf.

»Hast du Sorgen, oder warum hast du so viel getrunken?«, fragte Moritz.

Warum kam er nicht auf die Idee, dass ich einfach Spaß gehabt hatte? »Nein. Jake wollte mir beibringen, wie man locker wird, und dann haben wir getanzt.«

»Wer ist Jake?«

»Der Lover meiner Freundin.«

»Oh, oh.«

»Nein, nein, es war nicht so, wie sich das jetzt anhörte. Es war – anders. Er hat mir nur den Groove beigebracht, wie er es nennt, und getanzt habe ich dann mit Thomas.«

»Wer ist Thomas?«

»Keine Ahnung. Aber ich bin heute Morgen neben ihm aufgewacht.«

Moritz' Bart zuckte. »Gut.«

»Gut findest du das?«, fragte ich fassungslos. »Ich kenne den Typen gar nicht, ich mag ihn nicht mal besonders, er sieht, na ja, okay, er sieht nicht schlecht aus, trug eine Armani-Jeans, und er tanzt göttlich, aber ...«

»Und wie lange hattest du keinen Sex mehr gehabt?«

»Warum wollen das eigentlich alle Leute von mir wissen, verdammt noch mal?«, knurrte ich.

Moritz zuckte die Schultern.

»Ich habe mich blamiert bis auf die Knochen«, sagte ich und heulte plötzlich los. »Ich war total overdressed, dann landete das halbe Menü auf meinen Klamotten, und dann«, ich schniefte, »dann wachte ich neben einem praktisch fremden Mann im Bett auf.«

»Was ist daran so schlimm?«

Ich starrte in die leere Espressotasse, während ich überlegte, welche der Katastrophen des gestrigen Abends die schlimmste war.

»Heute Mittag gibt es Heringsdip mit Bratkartoffeln«, sagte Moritz in meine Überlegungen hinein. »Viel Salz, viel Sahne. Das richtige Essen nach einem monströsen Kater. Ich erwarte dich um eins.«

»Ich glaube nicht …«

»Um eins. Ich halte dir diesen Platz hier frei. Bis gleich.« Damit drehte er sich um und ging nach hinten. Ich rutschte vom Hocker und schlich nach Hause.

Millie's Magazine – 25. Juni
Ich lud ein Foto hoch, das ich in einer Bar in Hamburg aufgenommen hatte. Über der Bar hing ein Schild mit der Aufschrift: »Achtung, unsere Cocktails enthalten Alkohol (auch wenn man ihn nicht schmeckt)!« Das Programm verlangte eine Bildunterschrift. Ich schrieb:

Ohne Kommentar.

Die Kneipe war voll – bis auf meinen Platz an der Theke. Dort lag ein großer, flacher, fast schwarzer Flusskiesel, auf den jemand mit einem weißen Lackstift »Reserviert« geschrieben hatte. In einer sehr schönen Schrift, die ich Moritz nicht zugetraut hatte. Vielleicht sollte ich langsam mal mit meinen vorschnellen Urteilen über diesen Mann etwas vorsichtiger werden. Ich setzte mich auf den Platz und nahm die interessierten Blicke der anderen Gäste aus dem Augenwinkel wahr. Zwei davon waren Susan Walker und der Stehkragen-Mann, von dem es mir einfach nicht einfallen wollte, woher ich ihn wohl kennen könnte. Die beiden saßen ganz außen an der Theke, drei Plätze von mir entfernt und unterhielten sich angeregt.

»Hat Moritz eine neue Freundin?«, fragte der Stehkragen nach einem ausgiebigen Blick zu mir und so laut, dass ich ihn gerade noch hören konnte.

»Glaube ich nicht«, sagte Susan-ich-hasse-dich-Walker. »Sie ist wohl nicht sein Typ.«

Nein, ich konnte mir auch nicht vorstellen, dass ich Moritz' Typ sei – und ganz sicher war er nicht meiner.

Der Stehkragen zuckte die Achseln, schien sich aber dann für das Thema auch nicht weiter zu interessieren.

»Susan, du weißt, dass du ein Problem hast, oder?«

Susan antwortete nicht.

»Dein Angriff auf Millies Blog war dumm. Die Leute machen sich über dich lustig. Du seist nur neidisch, typischer Fall von Stutenbissigkeit und so weiter.«

Ich musste mir ein Grinsen verkneifen. Der Tag sah plötzlich viel heller aus.

»Warum interessierst du dich eigentlich so sehr dafür?«, fragte Susan. Wenn ich vom Tonfall auf ihr Gesicht hätte schließen sollen, würde ich mir vorstellen, dass es blass und verkniffen aussah. Dann stieß sie einen mühsam unterdrückten Schrei aus. »Du hast doch nicht etwa …«

»Doch«, entgegnete der Stehkragen. »Hab ich.«

Was er hatte, bekam ich nicht mehr heraus, denn Susan-blöde-Kuh-Walker japste wie ein Fisch auf dem Trockenen, schnappte sich ihre Handtasche, rutschte vom Stuhl und verließ die Kneipe mit hoch erhobenem Haupt und knallenden Absätzen.

Zwei Stunden später wusste ich Bescheid.

Ich hatte ein paar Betrachtungen über die Unterschiede der Trinkgewohnheiten in Europa, Asien und Amerika geschrieben (wobei ich weder den Papageiennektar noch die moskowitischen Diebesgrüße erwähnte) und mir die inzwischen eingegangenen Kommentare angesehen. Es gab weitere Interview-Anfragen, die ich zunächst unbeachtet ließ, und dann eben jenen Beitrag, bei dem sich meine Nackenhaare aufstellten: »Bitte kontaktieren Sie mich dringend. John Hunter – Hunting for Heads.«

Ich musste gar nicht erst auf den Link klicken, um zu wissen, wer John Hunter war. Er war einer der bekanntesten Headhunter Deutschlands – inzwischen mit eigener Fernsehshow. Casting für Modelverträge, Gesangswettbewerbe und Musicals waren out, Headhunting übers Fernsehen war in. Nachwuchsführungskräfte, Studenten kurz vor dem Abschluss und Frauen nach der Kinderphase bewarben sich bei ihm um einen lukrativen Job. Neben dem Fernseh-Casting lief John Hunters eigentliches Geschäft allerdings weiter. Er wurde von Firmen beauftragt, Führungskräfte zu finden – üblicherweise hieß das, sie bei der Konkurrenz abzuwerben.

Und nun wollte John Hunter, dass Millie Kontakt mit ihm aufnahm. Irgendjemand bot Millie einen Job an. Ich klickte nun doch auf den Link, den Hunter mitgeschickt hatte, und fand meine plötzliche Erkenntnis bestätigt: John Hunter war der Stehkragen, der mit Susan-dumme-Pute-Walker in meiner Eckkneipe herumhing.

Ich schickte ihm eine Mail, machte eine ähnliche Verifizierungsprozedur durch wie mit dem »The Top Hop« und wartete auf weitere Details.

Details kamen keine. Stattdessen die Aufforderung, einen Treffpunkt für die nächste oder übernächste Woche innerhalb Europas vorzuschlagen. Mr. Hunter käme dann gern, um Einzelheiten mit mir zu besprechen.

Mist.

Ich war noch unentschlossen, wie ich darauf reagieren sollte, als es an der Tür klingelte. Jasmin!

»Ich glaube nicht, dass ich dich jemals wieder sehen will«, sagte ich und wollte die Tür schließen.

Jasmin lachte. »Ich liebe es, wenn du diesen Tonfall draufhast.«

»Du hast mich total bloßgestellt und lächerlich gemacht«, sagte ich.

»Überhaupt nicht«, entgegnete sie, immer noch lachend. »Das hast du ganz allein geschafft.«

»Danke. Leb wohl.« Ich versuchte, die Tür zuzuschlagen, aber Jasmin drängte bereits an mir vorbei in die Wohnung. Natürlich kam auch Sergeant Pepper gleich schwanzwedelnd angerannt und ließ sich genüsslich von ihr kraulen. Ehrloser Köter.

»Ach, Lulu, nun reg dich ab. Du hast dich nicht blamiert. Du sahst großartig aus, du hast wunderbar getanzt, und Thomas hat mir in den letzten zwei Stunden sechs SMS geschrieben, weil er deine Handynummer haben will. Ich sage dir, das hast du der Muschel zu verdanken.«

»Genau. Diese Zaubermuschel beschwört Katastrophen herauf, weil du sie gegen jedes Gesetz aus ihrer natürlichen Umgebung entfernt und nach Deutschland geschmuggelt hast.«

»Ist es eine Katastrophe, wenn sich ein netter, gut aussehender Mann für dich interessiert?«

»Du wirst ihm meine Telefonnummer nicht geben, sonst bringe ich dich eigenhändig um.«

»Er sagt, du seist heute Morgen ohne Abschied gegangen.«

Ich ließ mich auf das Sofa fallen und schlug die Hände vors Gesicht.

»Dabei ist doch gar nichts passiert!«

Ich nahm die Hände herunter und starrte Jasmin fassungslos an.

»Aber deshalb bin ich ja gar nicht hier«, rief sie, schon wieder lachend. »Dein Betrüger ist aufgetaucht.«

Sie zeigte mir die SMS von einer Kollegin, die ich nur entfernt kannte. »Mr. X war vor ca. 2 Wochen in Salamanca.«

Mein Groll gegen Jasmin war sofort vergessen. »Was machen wir jetzt?«, fragte ich aufgeregt.

Jasmin zuckte die Schultern. »Willst du deinem Kommissar diese Nachricht so weiterleiten?«

»Erstens ist er nicht mein Kommissar …«

Jasmin grinste schon wieder.

»Und zweitens … wo soll er da anfangen zu suchen?«

»Stimmt.«

Jasmin wählte die Antwortfunktion und schrieb: »Name? Hotel? Details?«

Während wir auf die Antwort warteten, zog Jasmin ein Buch aus der Kängurutasche ihres Kapuzenshirts, legte es auf den Tisch und sagte betont unauffällig: »Ich habe dir mal was zum Lesen mitgebracht. Für einsame Stunden.«

Ich drehte es so herum, dass ich den Titel lesen konnte. »›Göttin oder Geliebte – welche Frau willst du sein?‹, von Vanessa Goodheart.«

»Was zum Teufel ist das?«

»Ein Frauen-Schrägstrich-Beziehungs-Schrägstrich-Sex-Ratgeber. Na ja, so was in der Art.«

Ich starrte sie an.

»Du solltest ein bisschen lockerer werden«, fuhr sie ungerührt fort. »Du siehst gut aus, hast einen tollen Geschmack und echt Stil, aber du bist absolut unnahbar, weil du ständig Angst hast, die Kontrolle zu verlieren.«

Ich konnte das Wort Kontrolle in Verbindung mit meinem Charakter nicht mehr hören. »Blödsinn.«

»Du hattest beim Essen im Dunkeln keinen Spaß, weil du Angst um deine Klamotten hattest. Du hast getanzt wie ein britischer Stockschirm, weil du Angst um deine Frisur hattest. Und du hast Thomas das halbe Ohrläppchen abgerissen, als er dich ausziehen wollte, um dich zu duschen.«

Ich holte tief Luft. »Warum wollte er mich …«

»Weil du dir den letzten Cocktail über den Kopf geschüttet hast.«

Ich rollte mich auf der Couch zusammen und hoffte auf einen blitzschnellen, schmerzfreien Tod. Nicht einmal dieser letzte Wunsch wurde mir erfüllt.

»Du solltest dir irgendwann überlegen, ob du bewundert oder geliebt werden willst«, flüsterte Jasmin mir ins Ohr.

Nanu, das klang beinahe philosophisch. Und das von Jasmin? Was war denn mit ihr passiert? Ich war so erstaunt, dass ich fast vergaß, beleidigt zu sein.

»Was …«, begann ich, wurde aber von ihrem Handy unterbrochen.

»Hotel Alameda Palace«

Jasmin grinste mich an. »Ich glaube, jetzt solltest du den gut aussehenden Herrn Kommissar in dem grässlichen Cordjackett doch mal anrufen.«

Millie's Magazine – 25. Juni

Polizisten auf der ganzen Welt tragen Uniformen. Das dient der Erkennung, aber auch der Vermittlung von Macht und Autorität. Sollte es zumindest. Die alten, beigen, formlosen Uniformen der Streifenpolizisten in Nordrhein-Westfalen waren lange Zeit nicht dazu geeignet, inzwischen dürfen die Herren und Damen wenigstens Jeans in Camel-Tönen tragen. Die Zukunft der Polizei ist allerdings blau, wie auch in Österreich, der Schweiz, Italien, Spanien, Portugal, Belgien, den Niederlanden, Frankreich und Großbritannien. Auch in Singapur sind die Uniformen dunkelblau. Diese Farbe vermittelt Sicherheit, Seriosität und Zuverlässigkeit, sagen Psychologen. Schwarz vermittelt Stärke und Macht. Womit ein interessanter Unterschied in der Selbstwahrnehmung und Darstellung der Polizeikräfte in Europa und den USA offensichtlich wird.

In Indien (khaki) wird derzeit über einen Wechsel zu Dunkelblau nachgedacht. Ob sich diese Entwicklung durchsetzt und demnächst auch die Polizeikräfte in Dubai (sandfarben) oder China (olivgrün) ihre klassischen Uniformfarben aufgeben? Gegen diese Seite der Globalisierung hätte ich nichts einzuwenden, denn den meisten Menschen steht Dunkelblau einfach besser als Khaki oder Grün.

Sieben

Bevor ich Stahl anrief, setzte ich mich hin und überlegte, was ich ihm sagen durfte. Immerhin hatte ich mich mit meinen Lügen in eine schwierige Situation gebracht, in der es nun einige Fallstricke zu beachten gab. Erstens: Ich durfte nicht zugeben, dass ich Millie war. Zweitens: Ich durfte nicht zugeben, dass das Foto, aufgrund dessen er eine Reise nach Barcelona unternommen hatte, aus dem letzten Jahr stammte. Drittens: Ich fragte mich, wie ich meinen plötzlichen Informationsgewinn erklären sollte. War es sinnvoll zuzugeben, dass ich meine Stewardess-Kolleginnen mit der Suche nach Funk beauftragt hatte? Oder wäre er dann sauer, weil ich mich als Laie in eine polizeiliche Ermittlung eingeschaltet hatte? Aber was sollte ich sonst sagen? Mir fiel auch bei längerem Nachdenken absolut keine andere Erklärung ein.

Viertens: Wäre es denn so schlimm, wenn er sauer wäre? Oder musste ich mir fünftens Gedanken darüber machen, ob er mich wegen Behinderung einer laufenden Ermittlung belangen würde? Herrje, jetzt hatte ich mich so darauf konzentriert, was ich NICHT sagen durfte, dass ich bestimmt gleich als Erstes mit der Beichte über Millies wahre Identität herausplatzen würde. Also: Konzentration.

Ich atmete tief durch und wählte seine Festnetznummer.

»Schatz?«, sagte eine junge Frauenstimme.

»Äh, nein, tut mir leid, …«, stammelte ich verwirrt.

Die Stimme stieß einen leisen Seufzer aus. »Entschuldigung, ich dachte, der Anruf wäre intern. Also: Landeskriminalamt, Sie sprechen mit Kommissarin Daniela Schatz, was kann ich für Sie tun?«

»Ach so. Hi, ich wollte Herrn Stahl sprechen.«

»Der ist zurzeit nicht im Haus. Kann ich Ihnen helfen?«

»Ich habe eine Nachricht bezüglich Werner Funk. Kann ich Herrn Stahl auf dem Handy erreichen?«

»Wie war doch gleich Ihr Name?«

Ich zögerte.

»Ich nehme auch gern Ihre Nachricht entgegen. Ich bin Kommissar Stahls Kollegin und ebenfalls mit dem Fall befasst.«

»Wissen Sie, ich versuche es auf seinem Handy.«

»Ach, Sie haben die Nummer, Frau …?«

»Ja, danke.«

Ich legte schnell auf und holte tief Luft. Ich hatte einfach keine Lust, der Kommissarin zu erklären, wer ich war, wieso ich in der Wohnung von Sabine Winterberg wohnte, die leider in Patagonien nicht erreichbar war, dass ich wirklich keine Ahnung hatte, wer die Bloggerin sei (gleiche Lüge, neuer Empfänger), und alle weiteren Details, nach denen diese Frau mit der klirrend frostigen Stimme bestimmt fragen würde. Zum Beispiel, woher ich die Information über Funks Aufenthalt hatte. Wenn ich mir schon unsicher war, wie Stahl meine Einmischung werten würde, wollte ich über die Reaktion der Eisprinzessin gar nicht erst nachdenken.

Ich tippte Stahls Handynummer.

»Ja?«

»Kommissar Stahl?«

»Ja.«

Seine Stimme klang genervt, soweit ich das beurteilen konnte.

»Lulu Martin. Ich bin die ...«

»Ich weiß, wer Sie sind.« Die Stimme hatte einen etwas freundlicheren Tonfall angenommen. Oder bildete ich mir das nur ein? »Hat Frau Winterberg sich gemeldet?« Jetzt schwang eindeutig Hoffnung mit.

»Nein, leider nicht.«

»Schade.«

Eine Pause entstand. Seine Frage hatte mich aus dem Konzept gebracht, ich wusste nicht, wie ich mein Anliegen vorbringen sollte. Einfach mit der Tür ins Haus fallen?

»Sind Sie noch dran?«, fragte Stahl.

»Ich habe eine, äh, Information über Werner Funks Aufenthaltsort erhalten.«

Stille.

Ich beeilte mich, weiterzusprechen. »Er wurde vor zwei Wochen in Salamanca gesehen. Im Alameda Palace, das ist ein Super-Luxus-Fünf-Sterne-Hotel.«

Stille.

»Ich weiß, dass zwei Wochen auch schon wieder eine lange Zeit sind, aber das ist immerhin etwas aktueller als das Bild aus Barcelona, das Sie mir gezeigt haben und ...«

»Woher haben Sie diese Information?«, fragte Stahl. Seine Stimme klirrte ähnlich eisig wie die seiner frostigen Kollegin. Mist, er war wirklich sauer.

»Ich, äh, habe sie von einer Kollegin ...«, stammelte ich.

»Erklären Sie mir das mal ganz genau.«

Ich erklärte es ihm. Sagte, es hätte mir leidgetan, dass ich ihm nicht hatte helfen können, dass ich auf dem Blog, den er mir genannt hatte, nach dem Bild gesucht und dann eine SMS an die Kolleginnen geschrieben hätte, damit sie nach dem Mann Ausschau halten.

Eisige Stille. Ich wagte kaum zu atmen in Erwartung seiner Ankündigung, dass er ein paar uniformierte Kollegen vorbeischicken werde, die mich wegen irgendeines Vergehens festnehmen würden.

»Haben Sie eine Ahnung, wie gefährlich so ein Räuber-und-Gendarm-Spiel ist?« Die Temperatur seiner Stimme war um weitere Grad gefallen.

Ich musste schlucken. »Aber Sie haben gesagt, er sei nicht gefährlich.«

»Bisher nicht, nein. Aber da spionierte auch nicht ein Haufen Möchtegern-Miss-Marples hinter ihm her.«

Der Vergleich mit der alten, dicken, hässlichen Miss Marple warf mich ziemlich aus der Bahn. Die Bücher und auch die Filme mit ihr hatte ich noch nie leiden können.

»Wer weiß, wie er reagiert, wenn er davon Wind bekommt.«

»Ich glaube nicht, dass er davon ...«

»Wenn Leute mit einem Foto herumlaufen und fragen, ob dieser oder jener Mensch letztens gesehen wurde, dann erfährt der Betreffende das zweifellos irgendwann.« Seine Stimme war immer noch frostig, und jetzt klang sie auch noch zunehmend genervt.

»Aber Sie sind ihm doch auch auf der Spur.«

»Aber ich bin ein Profi.« Stahl schrie fast.

Ich schwieg.

Vom anderen Ende der Leitung drangen einige tiefe Atemzüge an mein Ohr, dann ein Seufzen wie von jemandem, der sich in sein Schicksal fügt. »Okay, was wissen Sie über seinen letzten Aufenthaltsort?«

Ich wiederholte den Namen des Hotels und buchstabierte ihn.

»Danke.«

Ich schwieg. Nachdem er mich eben so angeschnauzt hatte, wollte ich noch ein bisschen schmollen.

»Entschuldigen Sie, dass ich Sie angeschrien habe.«

Ich zögerte gerade so lang, dass ich meinen Standpunkt klarmachte, ohne allzu unhöflich zu sein. »Okay.«

»Und versprechen Sie mir, dass Sie jegliche eigenen Nachforschungen sofort einstellen.«

»Hm.«

»Frau Martin, bitte! Bringen Sie Ihre Kolleginnen nicht in Gefahr. Pfeifen Sie sie zurück.«

»Ich werde sehen, was ich tun kann«, entgegnete ich. Dann legte ich ohne Abschiedsgruß auf. Der Typ war also doch ein Schnösel. Im ersten Moment hatte er einen relativ netten, wenn auch nicht besonders attraktiven Eindruck gemacht, aber sobald er seine überlegene Position als Kriminalbeamter heraushängen lassen konnte, spielte er den großen Zampano. Hätte ich mir ja denken können.

In der Sache hatte er aber natürlich recht, wie ich mir nach einigen Minuten der Selbstkritik eingestehen musste, daher schrieb ich eine SMS an Jasmin, die inzwischen sicher unterwegs zum Flughafen war. FAHNDUNG EINSTELLEN. MANN GEFÄHRLICH.

Millie's Magazine – 25. Juni

Im Nobelviertel Nisantasi shoppen ist Erholung – in Beyoglu herumstreifen Arbeit. Istanbuls Szeneviertel verändert sich täglich, ständig entstehen neue Geschäfte, neue Hotels, neue Bars, Clubs, Restaurants. Hier ist alles schneller, bunter, hipper. Hip ist auch das W-Hotel, dessen private Cabanas eine großartige Idee sind. Leider gibt es Mitmenschen, die die Intimität der mit Vorhängen vor Blicken geschützten Privatbalkone überschätzen. Sie nerven mit lautstarken (Telefon-)Gesprächen oder gar Streit.

Ich hatte die vergangene Nacht noch in den Knochen stecken und für einen Tag genug Aufregung gehabt und wollte daher nur noch eins: eine kleine Runde mit dem Hund gehen und dann ins Bett.

Natürlich wurde nichts daraus.

Ich kam mit Sergeant Pepper von meinem Spaziergang zurück und schloss die Haustür auf, als ich auch schon erregte Stimmen im Treppenhaus hörte. Eine davon gehörte Jake, die andere war ziemlich dunkel und klang ärgerlich. Was die beiden sprachen, konnte ich nicht verstehen. Ich beschloss, die Streithammel per Aufzug zu umgehen, trat in die Kabine, drückte den obersten Knopf und freute mich aufs Bett. Umso größer war mein Schreck, als ich Jake und den anderen Mann vor meiner offenen Wohnungstür fand.

»Na endlich«, sagte Jake. »Erklär doch bitte deinem Mitbewohner, dass ich bei seinem Lärm nicht arbeiten kann.«

»Meinem was?«, fragte ich fassungslos.

»Deinem Mitbewohner. Also mir. Hi.«

Gesprochen hatte der fast zwei Meter große Schrank in Sporthose und hautengem Muscle-Shirt, der an Sabines Tür lehnte. Sergeant Pepper schnüffelte an seinen Schuhen, seinen Beinen und ließ sich dann schwanzwedelnd von ihm kraulen.

Jake stand barfuß und mit in den Hosentaschen vergrabenen Händen lässig auf den Fußballen wippend vor ihm. Er trug sein übliches Outfit, war ungekämmt und roch wieder einmal umwerfend gut. Er grinste mich vielsagend an und hauchte: »Hallo, Lulu. Alles wieder fit?«

Ich antwortete nicht, bedachte ihn mit einem Blick,

von dem ich hoffte, dass er ihn sofort und unter qualvollen Schmerzen töten oder zumindest für den Rest seines Lebens in eine schuppige Echse verwandeln würde, und wandte mich dem Schrank zu, den ich einer eingehenden Betrachtung unterzog. Definitiv unbekannt. Definitiv schlechter Geschmack, was die Wahl seiner Sportkleidung anging. Außerdem zu groß, zu viele Muskeln, zu breiter Hals, zu kantiges Gesicht. Kurz geschorenes, dunkles Haar, ein bleistiftdünner Bart auf der Oberlippe, in der Mitte des Kinns und an den Kanten des Kiefers entlang bis zu den Ohren. Karibikgrüne Augen. Hätte er jetzt noch einen goldenen Ohrring getragen, hätte ich nach dem tätowierten Totenkopf auf dem baumstammdicken Oberarm gesucht. Definitiv nicht mein Typ.

»Hier wohne ich und sonst niemand«, sagte ich matt. Ich war wirklich nicht in Stimmung für diesen Scheiß.

»Ich schlafe immer bei Sabine, wenn ich in der Stadt bin.« Seine Stimme war allerdings zum Niederknien. Dunkel, samtig, weich. Sexy. Diesen Gedanken verbot ich mir auf der Stelle.

»Sabine ist in Patagonien, und bei mir schläfst du nicht.«

»Na logo, Mäuschen«, sagte die Samtstimme.

Er grinste Jake noch einmal an, drehte sich um und ging in die Wohnung. »Kommst du?«

Ich blickte Jake an. »Was …«

Jake zuckte die Schultern. »Keine Ahnung, wer das ist. Aber er hüpft Seilchen.«

»Ach so.« Ob ein heftiger Kater Stunden noch später derartig abgedrehte Halluzinationen auslösen konnte?

»Sag ihm, dass er das lassen soll – Mäuschen«, forderte Jake, grinste noch einmal spöttisch, drehte sich um und ging die Treppe hinunter. Immer noch als Mensch, nicht als Echse. Schade.

»Verlass sofort meine Wohnung«, sagte ich im Wohnzimmer, wo eine riesige Reisetasche, ein großer, gepolsterter Rucksack und ein Springseil auf dem Boden lagen.

»Ist nicht deine, ist Sabines Wohnung.«

»Ich wohne hier, solange Sabine in Patagonien ist.«

Er fläzte sich breitbeinig und mit schweißfeucht glänzenden Muskeln auf Sabines Ledersessel. »Dann sind wir jetzt zu zweit. Ist doch nett, oder?« Er zwinkerte mir zu.

»Raus.«

»Warum? Sabine hat mir erlaubt, in ihrer Wohnung zu wohnen.«

Er kramte in seiner Jeans, die auf dem Wohnzimmertisch lag, holte ein Handy heraus und zeigte mir eine SMS, die Sabine ihm eine Woche vor ihrer Abreise geschickt hatte. KANNST JEDERZEIT BEI MIR WOHNEN, KUSS, BINE.

»Da wusste sie noch nicht, dass ich krankgeschrieben bin und ihre Wohnung hüte«, sagte ich.

»Das brauchst du nicht mehr, jetzt bin ich ja da.«

Da hatte er recht. Ich könnte nach Hause fahren und in meiner Wohnung wohnen.

Aber wie sollte ich meinen Blog weiterführen?

Das könnte ich nicht von zu Hause aus, da ich dort nicht über die nötigen Datenleitungen oder Modem oder W-LAN oder solche Dinge verfügte, von denen ich im Übrigen auch viel zu wenig Ahnung hatte, um einen Standortwechsel des Laptops zu bewerkstelligen. Und Sergeant Pepper dürfte ich nicht mitnehmen, weil bei mir Haustiere verboten sind. Ich stellte mir vor, wie ich einsam und allein die letzten zwei Wochen meiner erzwungenen Arbeitspause in meiner winzigen Ein-Zimmer-Wohnung verbringen müsste. Eine gruselige Vorstellung.

»Wenn du nicht gehst, rufe ich die Polizei«, sagte ich.

Sein bisher vollkommen entspanntes Lächeln fiel in sich zusammen. Er runzelte die Stirn und blickte mich aus seinen irritierend grünen Augen unter den dunklen Augenbrauen grimmig an. Geschätzte hundertdreißig Kilo Ärger. Ich fühlte mich unbehaglich und zog einen Umzug in meine eigene Wohnung nun doch ernsthaft in Erwägung. Auf keinen Fall wollte ich dabei sein, wenn er wirklich wütend wurde.

»Warum sollte die Polizei dir eher glauben, dass du ein Anrecht auf diese Wohnung hast, als mir?«, fragte er nach einer Weile.

»Weil ich schon seit einigen Wochen hier wohne und …«

Ich hatte sagen wollen, dass das sogar ein Kommissar des Landeskriminalamtes bezeugen konnte, aber das stimmte so natürlich nicht. Stahl hatte mich zwar hier angetroffen, aber über die Rechtmäßigkeit meines Aufenthaltes wusste er nichts. Und wenn irgendjemand genauer untersuchen wollte, wer ich war und was ich in dieser Wohnung tat, kam vermutlich recht schnell heraus, dass ich Millies Blog führte, dessen Betreiberin Stahl unbedingt sprechen wollte. Dann würde mein ganzes Lügengebäude in sich zusammenfallen, und Stahl würde mich wegen Behinderung der Justiz verklagen. Mindestens. Das wollte ich auf gar keinen Fall.

»Ich jedenfalls habe eine SMS von Sabine, die mir erlaubt, hier zu wohnen. Und der Hausmeister aus dem Erdgeschoss kennt mich seit Jahren und weiß, dass ich einen Schlüssel habe.«

Ich ließ mich auf die Couch fallen und schloss die Augen. »Im Gästezimmer wohne ich.«

Der Riese grinste. »Kein Problem, Sabines Bett ist schön groß, da passe ich wenigstens rein.«

Ich stand auf und verabschiedete mich von Sergeant

Pepper. Bevor ich im Gästezimmer verschwand, drehte ich mich noch einmal um. »Wenn du Seilchenhüpfen willst, nur zu. Mich stört das nicht.«

Sein Grinsen wurde noch etwas breiter.

»Übrigens: Wie heißt du eigentlich?«

»Stefan.«

»Lulu.«

»Sehr angenehm.« Sein Lachen zeigte ebenmäßige, weiße Zähne, die Augen blitzten, und die Stimme kam durch das Zimmer geschwebt wie ein träge im Luftzug wehender Seidenschal, der sich um meine Schultern legte und mich hauchzart einhüllte …

Ich schüttelte den Kopf, um diese lächerliche Fantasie loszuwerden, und schlich ins Gästezimmer. Immerhin hatte ich mein eigenes Bad.

Ich schlief schlecht, träumte wirres Zeug von Stefan, der mich mit seiner samtigen Stimme wie ein Schlangenbeschwörer auf einem Springseil tanzen ließ, von Thomas, der in einem See aus bunten Cocktails auf mich zuwatete und zu ertrinken drohte, von Kommissar Stahl und einer Eisprinzessin, die auf einem Eisbären neben Stahl einherritt und von ihm mit »Schatz« angeredet wurde. Dazwischen mischten sich die Gesichter von Funk, der hinter jeder Ecke lauerte, um dann wieder weg zu sein, und Jasmin, die statt Funk hinter all diesen Ecken auftauchte – in inniger Knutscherei mit Jake.

Erholsam war das alles nicht, und so war ich morgens gegen acht Uhr in nicht viel besserer Verfassung als am Abend zuvor. Ich zog mich an, machte mir einen Kaffee, schnappte mir Sergeant Peppers Leine und ging zwei Stunden mit ihm am Rhein entlang. Erst dann hatte ich den Eindruck, wieder einigermaßen klar denken zu können, und traute mich zurück nach Hause – wo ich sehnsüchtig erwartet wurde.

»Hast du Brötchen mitgebracht?«, empfing mich die Samtstimme schon, als ich die Tür aufschloss.

Heute trug Stefan Jeans und – ich traute meinen Augen kaum – einen rosaroten Zopfpullover aus Baumwolle. Der Pullover spannte etwas über seiner breiten Brust und an den Oberarmen. Er war barfuß (ich würde aus Angst vor Fußpilz keinen einzigen nackten Fuß mehr auf den Boden dieser Wohnung setzen) und hockte mit angezogenen Beinen im Ledersessel. In der linken Hand hielt er eine Espressotasse, in der rechten das Buch, das Jasmin mir geschenkt hatte. Den Frauenratgeber.

»Nein.«

»Hast du schon gefrühstückt?«

»Nein.«

»Was hattest du denn zum Frühstück geplant?«

»Nichts.«

»Frühstückst du mit mir, wenn ich etwas besorgen gehe?«

Ich erstarrte bei dem, was ich gerade tat. Das gefiel Sergeant Pepper gar nicht, denn ich trocknete gerade seine vom Regenschauer nassen und schmutzigen Pfoten ab. Er hüpfte auf drei Beinen hin und her und versuchte, mir das vierte zu entziehen.

»Es regnet«, informierte ich ihn.

»Ich weiß. Also, würdest du?«

»An was hattest du denn gedacht?«, fragte ich.

»Croissants, Obstsalat, Joghurt, Multivitaminsaft, Eier und Speck.«

Schon während er sprach, stellte ich fest, dass ich vollkommen ausgehungert war. »Gern.«

»Bis gleich.«

Das Frühstück war göttlich, dauerte eineinhalb Stunden und machte mich total misstrauisch. Dieser Mann hatte ein dunkles Geheimnis, das spürte ich. Das musste so sein, denn ansonsten war sein Verhalten nicht zu erklären. Kein Mann geht im Regen einkaufen, schnippelt Obst für einen Obstsalat, backt die Croissants auf, wärmt die Milch für den Cappuccino von Hand, weil die mit der Maschine geschäumte Milch nicht so gut schmeckt, brät Eier und Speck, deckt den Tisch und räumt ihn ab, und das alles ohne Hintergedanken. Unmöglich.

Allerdings bekam ich nicht heraus, was mit ihm los war. Nicht einmal seinen Nachnamen, seinen Wohnort, seinen Beruf, woher er Sabine kannte – einfach gar nichts.

Im Gegenzug verriet ich ihm nichts über mich. Was ihn nicht weiter störte, da er offenbar von Sabine praktisch alles über mich wusste. Wer mein Vater war, dass ich ihn noch nie im Leben gesehen hatte, dass ich als Stewardess arbeitete und in dem Beruf nicht mehr sehr glücklich war, dass ich seit sechs Jahren keinen Freund hatte und die letzte Beziehung davor auch nur zwei Wochen hielt.

»Und deshalb liest du jetzt den Ratgeber da?« Er deutete auf den Wohnzimmertisch, auf dem das Buch von Jasmin lag.

»Das Buch habe ich geschenkt bekommen, aber ich lese es nicht.«

»Solltest du aber. Es ist gut.«

»Woher willst du das wissen?«, fragte ich. Immerhin war der Ratgeber von einer Frau für Frauen geschrieben.

»Erfahrung«, entgegnete Stefan ernst. »Lies es.«

Ich verdrehte die Augen. Mir begann, seine hausfrauliche, ja sogar mütterliche Art jetzt schon auf den Zeiger zu gehen.

Millie's Magazine – 26. Juni
Als ich Tom zum ersten Mal traf, besaß er kein einziges Stück von Louis Vuitton, seinem Arbeitgeber. Inzwischen ist er komplett eingekleidet, in seinem Büro auf der Kö stehen Koffer und Taschen mit dem berühmten Logo, und an der Garderobe hängt der Trench, ohne den er nirgendwo mehr hingeht. Den hat er übrigens schon mal in die Waschmaschine gesteckt. Ein praktischer Mann, der im Luxus lebt und ganz auf dem Teppich geblieben ist. Eine faszinierende Mischung.

Gegen Mittag, nachdem er aufgeräumt und gespült hatte, verschwand Stefan endlich mit seinem gepolsterten Rucksack aus der Wohnung, und ich schaltete den Laptop an. Erst checkte ich meine E-Mails, und siehe da, der Headhunter hatte sich wieder gemeldet. Er fragte nochmals nach dem Termin und würde sich freuen, wenn ich mich bald mit ihm treffen könnte. Ich schrieb ihm, dass ich leider im Moment extrem beschäftigt sei und mich freuen würde, wenn er mir einen Hinweis geben könne, was er mir anzubieten habe. Ich gab mir Mühe, die Mail so zu formulieren, dass sie ein gewisses Desinteresse erkennen ließ, ohne unhöflich oder wirklich ablehnend zu sein. Immerhin konnte ich mir nicht vorstellen, dass eine Frau wie Millie sich zu einem Termin mit einem hergelaufenen Headhunter herabließ, ohne zu wissen, ob das Angebot, das er ihr machen wollte, auch nur ansatzweise interessant sei. Millie war schließlich eine Frau, die praktisch jeden beliebigen Job in der Modewelt haben konnte, den sie wollte. Sie war gar nicht darauf angewiesen, sich mit Gewürm wie John Hunter einzulassen, sie kannte die Stars der Branche persönlich – auch wenn diese natürlich nicht wussten, wer sich hinter Millies Pseudonym verbarg. Theoretisch wäre es ja sogar möglich, dass Millies eigener Boss ihr einen Job anbot, weil er nicht wusste, wer sie war. Der Gedanke erheiterte mich kurz, war aber zugegebenermaßen etwas abwegig. Es wäre ja für den Arbeitgeber ein Leichtes, festzustellen, dass Millies Reisen mit dem Terminplan des eigenen Trendscouts übereinstimmten. Immer vorausgesetzt, dass Millies Blog der Wahrheit entsprach, was es natürlich nicht tat.

Diese Gedanken verwirrten mich nun selbst, daher wandte ich mich der nächsten Mail zu.

Schon bekam ich wieder weiche Knie. Karl lud Millie zu seiner nächsten Show nach Paris ein. Weitere Einladungen folgten. Modenschauen, Fernsehinterviews, … Moment mal, woher kannten diese Leute meine Mail-Adresse? Ich konnte mir nur eine einzige Erklärung vorstellen: Das Magazin mit dem unsäglichen Namen, wie hieß es noch gleich, ach ja, ›The Top Hop‹, hatte meine E-Mail-Adresse verkauft. Wie viel sie wohl dafür bekommen hatten?

Die Überlegungen zur Mail-Adresse lenkten mich kurzzeitig ab, aber letzten Endes landeten meine Gedanken wieder da, wo sie wirklich hingehörten: Ich war ein Star. Wenn schon Karl und Co. mich zu ihren Shows einluden, dann war ich wirklich angesagt. Ich würde neben Anna Wintour sitzen, Anna Dello Russo, … und Tavi aus Oregon. Wenn ein amerikanischer Teenager seit Jahren bei den angesagtesten Fashion-Shows in der ersten Reihe saß, war es Zeit, dass auch ich dorthin kam.

Das Problem war nur: Ich war nicht Millie. Ich konnte nicht dorthin fahren in meinen Secondhand-Markenklamotten und mit einem selbst geflochtenen Pferdeschwanz und so tun, als sei ich eine wahnsinnig coole, wahnsinnig erfolgreiche Style-Bloggerin und Trendscout auf höchstem Niveau. Das hätte eine schauspielerische Glanzleistung erfordert, die ich mir definitiv nicht zutraute.

Die Aufregung, die mich angesichts der persönlichen Einladungen der größten Couturiers der Welt erfasst hatte, war wie weggeblasen. Stattdessen war ich deprimierter als je zuvor. Ich hockte mich auf die Couch und heulte.

So fand Stefan mich zwei Stunden später. Mit verquollenen Augen, verlaufener Wimperntusche und einem zutiefst verstörten Sergeant Pepper zu meinen Füßen.

»Ach, du lieber Himmel, was ist passiert?«, rief er schon an der Tür. Im nächsten Moment hockte er neben Sergeant Pepper auf dem Fußboden und hielt meine Hand.

Wie sollte ich ihm mein Problem erklären? Das war doch ein Ding der Unmöglichkeit. Ich hätte ihm von meinem Blog erzählen, die falsche Existenz gestehen und zugeben müssen, dass mein ganzes Leben verkorkst war. Mein adliger Vater wollte nichts von mir wissen, der Beruf, in dem ich steckte, gefiel mir nicht mehr, und die Arbeitswelt, die mich reizte, blieb mir auf alle Zukunft hin verwehrt. Außerdem hatte ich mich mit meinen Lügen gegenüber der Staatsmacht in eine sehr komplizierte Situation gebracht, meine Freundin Jasmin war mit einem absolut grässlichen Kerl zusammen, der noch dazu mein Nachbar war und dessen bester Freund mich als besoffenes, vollgesabbertes, Cocktail verschüttendes Weibsbild kennengelernt hatte. Ich heulte lauter.

Stefan nahm mich an der Hand, zog mich ins Bad, machte einen Waschlappen nass und drückte ihn mir ins Gesicht. Liebevoll. »Putz dir die Nase, wisch die verlaufene Schminke weg und dann komm wieder ins Wohnzimmer. Ich mache Kaffee.«

Ich hasse es, herumgeschubst zu werden, aber ein Blick in den Spiegel zeigte mir, dass die Anweisungen sinnvoll waren. Als ich nach zehn Minuten mit gewaschenem Gesicht im Wohnzimmer erschien, wartete eine große Tasse Milchkaffee auf mich.

»So, jetzt sag mir, was passiert ist.«

Ich hatte keine Lust, irgendjemandem irgendetwas zu erklären, aber Stefan ließ nicht locker. Er hockte da in seinem total unpassend rosaroten Pullöverchen und wartete darauf, dass ich ihm mein Herz ausschüttete wie der besten Freundin im Schlafsaal des Schullandheims. Ich seufzte. Vielleicht waren es die Schwingungen von Sabines Geist, die hier in ihrer Wohnung für dieses besondere Gefühl der Geborgenheit sorgten, jedenfalls war mir plötzlich danach, mein Herz auszuschütten. Selbst wenn der Adressat ein wildfremder Mann war. Immerhin saß er in Sabines Sessel.

Also berichtete ich in möglichst unverfänglichen Worten von meiner zweiten Existenz, die ich Sabine zuliebe angenommen hatte, um ihr Computerprogramm zu testen. Ich verschwieg Susan Walker und den Headhunter, und auch von Kommissar Stahl oder dem Betrüger Werner Funk erzählte ich nichts. Alles musste Stefan nun wirklich nicht wissen.

»Warum kannst du nicht hinfahren?«, fragte Stefan, als ich geendet hatte.

Mein Gott, konnte dieser Kerl wirklich so blöd sein?

Er betrachtete mich von oben bis unten. Ich fühlte mich regelrecht gescannt. Waagerechte Lichtschranken blitzten aus seinen grünen Augen und liefen meinen Körper hinab, dann folgten die senkrechten von rechts nach links. Mir war geradezu unheimlich zumute.

»Das kriegen wir hin«, sagte Stefan entschlossen.

Jetzt hatte ich wirklich die Nase voll. »Was soll das heißen?«, fragte ich. »Dass du aus mir innerhalb von ein paar Tagen eine selbstsichere Karrieretussi machst, die selbst angesichts der größten Fashion-Stars der Weltgeschichte locker und cool bleibt?«

Stefan verzog keine Miene. »Genau.«

»Blödsinn«, sagte ich. Besser gesagt: Ich spuckte ihm dieses Wort förmlich entgegen. Er sah einfach zum Kotzen aus, wie er da selbstgefällig bis zum Horizont in Sabines Ledersessel saß. Und noch dazu in diesem bescheuerten rosaroten Pullover.

»Nein«, erwiderte er gelassen. »Ich habe schon schlimmere Fälle gehabt.«

»Pah.«

Wir blickten uns quer durch das halbe Wohnzimmer abschätzend an. Er eiskalt und herablassend, ich wütend und unsicher. Und verwundert über seine chamäleonhafte Fähigkeit, von einer Sekunde zur anderen vom knuddeligen Teddybär mit Zopfpullover zum gefährlichen Testosteronjunkie zu werden.

»Und wie willst du das schaffen?«, fragte ich nach einer gefühlten Ewigkeit.

»Ich besorge dir die Klamotten und bringe dir das richtige Auftreten bei.« Selbst seine Stimme klang nicht mehr samtig, sondern bedrohlich. Wie das leise Fauchen einer Raubkatze.

»Woher bekommst du die Klamotten? Und woher weißt du, wie man sich als persönlicher Ehrengast bei *DER* Fashion-Show in Paris verhält?«

»Du kannst mir glauben oder es bleiben lassen. Wenn wir einen Deal haben, beantworte ich deine Fragen, sonst nicht.«

»Aha, ein Deal.« Ich hatte doch gewusst, dass die Sache einen Haken hat. »Und was bekommst du für dein Aschenputtel-Coaching?«

»Ich komme mit.«

»Als mein Sekretär, oder was?« Ich musste lachen.

Er machte ein so finsteres Gesicht, dass mir eine Gänsehaut über den Rücken jagte. »Ich gebe auch einen beeindruckenden Bodyguard ab.«

»Aber nur ohne diesen Pullover«, wandte ich leise ein.

Er starrte mich an und lachte dann laut auf. »Ja, leider.«

Unser Gespräch wurde durch das Telefon unterbrochen.

»Oh, hallo, Herr Kommissar«, flötete ich.

Stefan setzte sich ruckartig gerade hin und starrte mich an.

»Nein, sie hat sich nicht gemeldet.«

Wer?, schienen Stefans aufgerissene Augen zu fragen.

»Haben Sie ihn gefunden?«

Stefan erbleichte.

»Ach, schade.«

Stefan entspannte sich etwas.

»Nein, ich weiß auch nichts Neues. Ich soll ja auch nicht mehr herumspionieren, woher sollte ich also etwas wissen?«

Wir machten noch dreißig Sekunden Small Talk, dann legte ich auf und wandte mich mit einem hoffentlich strengen Gesichtsausdruck an Stefan.

»Warum wirst du nervös, wenn die Polizei anruft?«

»Das geht dich nichts an. Was hast du mit der Polizei zu schaffen?«

»Das wiederum geht dich nichts an.«

Himmel, dass Männer aber auch immer so zickig sein mussten.

Wir starrten uns gegenseitig an und waren beide nicht

bereit, nachzugeben. Ich jedenfalls war es nicht, und er sah auch nicht so aus. Im Moment dominierte wieder die Testosteronversion seiner Persönlichkeit.

»Dann wird wohl nichts aus unserem Ausflug«, sagte Stefan irgendwann mit einem Schulterzucken. »Macht nichts. So scharf bin ich nicht drauf.«

Der Sauhund wusste ganz genau, dass mir sehr viel daran lag.

Zwei Tage vergingen in angespanntem Schweigen zwischen Stefan und mir. Von Jasmin hörte ich nichts, da sie unterwegs war, und von Stahl hörte ich auch nichts mehr. Er verfolgte weiter Funks Spur, wie er mir am Telefon erklärt hatte. Eigentlich hatte es für seinen Anruf keinen Grund gegeben. Ob Sabine sich gemeldet habe, und ob ich Neuigkeiten über Funk hätte, wollte er wissen, aber in beiden Fällen hätte ich mich selbst bei ihm gemeldet. Ob er daran zweifelte? Oder ob er sich einfach mal wieder in Erinnerung bringen wollte? Wofür? Um mir ein schlechtes Gewissen zu machen? Aber nein, er konnte ja gar nicht wissen, dass unsere Bekanntschaft auf einer dicken Lüge basierte. Oder doch?

Stefan trieb sich mehrheitlich außerhalb der Wohnung herum, und ich bloggte inzwischen über Mode und beantwortete Style-Anfragen.

Frage: Sind Push-up-BHs wirklich empfehlenswert? Wenn der Abend im Bett endet, ist die Enttäuschung des männlichen Parts doch vorprogrammiert.

Millie: Tatsächlich wird es mit den hochgepushten Erwartungen dramatisch bergab gehen. Aber die Frage lautet doch eher: Passt der Push-up zum Outfit, das Sie vorher tragen? Wenn es später zu den nackten Tatsachen kommt, können Sie immer noch das Licht ausschalten. Ohne Push-up lägen Sie vielleicht allein im Bett. Also lieber einen Moment der Enttäuschung zu zweit riskieren, als einen enttäuschenden Abend ganz allein.

Frage: Ist der Boyfriend-Style wirklich sexy?

Millie: Es gibt tatsächlich heterosexuelle Männer, die eine Frau auch dann noch erotisch finden, wenn sie aussieht wie sein bester Kumpel. Leider kann man Männern ihre Vorlieben nicht ansehen. Manche Kerle sehen aus wie Hippies, stehen beim anderen Geschlecht aber auf den strengen Business-Typ. Andererseits mag manch ein Dreiteiler durchaus Frauen, die im Schlabber- oder Häschen- oder Boyfriend-Look daherkommen. Wenn Ihnen also der Boyfriend-Look gefällt, tragen Sie ihn. Eins ist sicher: Er ist momentan schwer angesagt.

Frage: Ich habe einen Kollegen, den ich sehr sexy finde, zum Abendessen bei mir eingeladen. Ich dachte an ein richtig romantisches Candle-Light-Dinner. Geht das auch mit Teelichtern? Und wenn ja, müssen sie bunt oder aromatisiert sein?

Millie: Teelichte (ohne r!) sind nützlich, um Tee warm zu halten. Sie passen hervorragend in kleine Gläschen, die man abends auf dem Balkon vergessen darf, auch wenn sie am nächsten Tag voll Regenwasser stehen. Zu einem Candle-Light-Dinner gehören sie definitiv nicht. Auch keine Duftkerzen. Dazu nimmt man echte Bienenwachskerzen oder Kerzen aus hochgereinigtem Paraffin oder Stearin. Nehmen Sie im Zweifelsfall weniger gute Kerzen als hundert schlechte, die rußen und schwarze Ablagerungen in den Nasenlöchern bilden.

Frage: Wer muss beim gemeinsamen Baden auf dem Stöpsel sitzen?

Millie: ER!

Ich fand meine Antworten zwar ziemlich gut, aber trotzdem machten sie mich traurig, denn nach einer ganzen Weile, in der ich Fragen beantwortet hatte, fiel mir auf, dass ich niemanden hatte, den ich zum Candle-Light-Dinner einladen wollte, dass niemand sich für den Inhalt meines BHs interessierte und niemand mit mir baden wollte. Und langsam, aber sicher bekam ich das seltsame Gefühl, dass es nicht an meinem Style lag, denn der war perfekt. Ich trug die aktuellsten Klamotten und Accessoires, ging nie ohne Make-up aus dem Haus, selbst wenn ich nur mit Sergeant Pepper um den Block ging, und hatte sogar in meiner bevorzugten Parfümerie für hundertzwanzig Euro das letzte, immerhin noch halb volle Testfläschchen des absolut angesagtesten Nagellacks der Welt ergattert. Die Farbe war in Deutschland zurzeit ausverkauft.

Trotzdem war ich allein. Erst warf ich nur abschätzende Blicke zu dem Ratgeber, den Jasmin mir geschenkt und Stefan für gut befunden hatte, dann nahm ich ihn zur Hand und begann zu blättern. Der Klappentext versprach einen absolut ehrlichen, wirklich praktischen Ratgeber für Frauen in Liebes- und Beziehungsfragen. Die deutsch-amerikanische Autorin, Vanessa Goodheart, habe in München und Boston Psychologie studiert und etliche Jahre Berufserfahrung als Beziehungstherapeutin. Sie lebe heute mit ihrer Familie abwechselnd in Deutschland und den USA. Ein Foto der Autorin war nicht dabei. Ich blätterte etwas darin herum und las mich plötzlich mitten in einem Kapitel fest. So dumm war das gar nicht, was da stand.

Frage von Donna T.: Stimmt es, dass Männer viel stärker als Frauen auf das Aussehen achten?

Antwort von Vanessa Goodheart: Ja – allerdings nicht auf das eigene. Männer sind stark visuell geprägt. Sie »verlieben« sich in eine Frau, deren körperliche Merkmale den Vorlieben des Mannes entsprechen. Dazu gehören fast immer die Brüste (meist groß), eine erkennbare Taille (ein Verhältnis von Taillenumfang zu Hüftumfang von achtzig Prozent ist gut, siebzig Prozent ist besser), langes Haar und lange Beine.

Frage von Sabrina Sch.: Ich sehe leider nicht so aus wie die Tussi aus Baywatch. Was kann ich tun, um die Aufmerksamkeit eines Mannes zu erlangen?

Antwort von Vanessa Goodheart: Schaffen Sie eine Situation, in der Sie ihn kennenlernen und von Ihren inneren Werten überzeugen. Männer verlieben sich zwar in Äußerlichkeiten, aber wenn es ans Heiraten geht, sind auch den Jungs die inneren Werte wichtiger. Sobald sie also den Mann, den Sie gewinnen möchten, kennengelernt haben, wird Ihr Äußeres nicht mehr entscheidend sein. Dieser »Sinneswandel« ist ein Grund dafür, dass viele Männer häufig wechselnde Frauenbekanntschaften haben, aber nie »die Richtige« dabei ist.

Frage von Sylvie W.: Wie – oder wo – lerne ich den richtigen Mann kennen?

Antwort von Vanessa Goodheart: Statistisch gesehen bei der Arbeit. Aber warum nicht zielgerichtet suchen? Überlegen Sie sich, welchen Typ Mann Sie wollen, und suchen Sie entsprechend im Kochkurs (Grundlagenkurs für Bodenständige, italienische Küche für Genießer oder Nano-Küche für experimentierfreudige Yuppies), im Chor, bei der Weinprobe, im Sportverein, im Förderverein des Theaters oder in der Musikkneipe. Oder im Flirtkurs. Wer dorthin geht, sucht auf jeden Fall Kontakt.

Na, das waren ja tolle Aussichten. An meinem Arbeitsplatz gab es zwei Sorten von Männern: Piloten, die (entgegen allen Klischees) nicht unter den Stewardessen nach Gespielinnen und schon gar nicht nach Ehefrauen suchen, und Flugbegleiter. Die sind praktisch alle schwul. An Freunden hatte ich nur Sabine zu bieten, die sich aber alle Männer, die sie kennenlernte, selbst angelte, und die Mitgliedschaft in einem Sportverein kam bei meinem Beruf nicht infrage. Der Rest war inakzeptabel.

Ich dachte noch darüber nach, als es an der Tür klingelte. Ich erwartete keinen Besuch, aber ich war jeder Ablenkung gegenüber aufgeschlossen. Dachte ich. Bis ich sah, wer vor der Tür stand: Jake und Thomas.

Ich versuchte, die Tür direkt wieder zuzuwerfen, aber Jake hatte bereits seinen Fuß in den Spalt gestellt.

»Hallo, Süße, wir kommen in offizieller Mission, also lass uns rein.«

Thomas lächelte mich an. Freundlich. Nicht schadenfroh oder spöttisch oder wie sonst Männer lächeln, nachdem sie eine sturzbetrunkene, praktisch Unbekannte nachts zu sich nach Hause chauffiert, ihr die nassen, klebrigen Klamotten ausgezogen, sie unter die Dusche geschleift und ins Bett gesteckt haben. Das brachte mich kurz aus dem Konzept, und so stand Jake bereits im Wohnzimmer, bevor ich ihn daran hindern konnte. Er war wie immer gekleidet und trug – oh, Wunder – Schuhe.

»Ach«, sagte er mit einem breiten Grinsen im Gesicht. »Du liest ein gutes Buch.«

Mist, der Ratgeber lag noch aufgeschlagen auf der Couch.

»Wie lautet die Mission?«, fragte ich.

Thomas war hinter Jake hereingeschlendert und schaute sich bewundernd um. Er sah zum Niederknien gut aus. Heute ganz in Hugo Boss gekleidet, aber mit der lässigen Selbstverständlichkeit, die diese Mode braucht. Dunkle Jeans mit einem breiten Gürtel, ein hellblaues Hemd, Sneakers aus braunem Leder und ein Armband aus schwarzem Silikon mit silbernem Kreuz. Passte supergut zu dem breiten Ring. Ich hatte Zeit, ihn zu beobachten, denn er hatte sich zu Sergeant Pepper heruntergebeugt, der schwanzwedelnd an ihm herumschnüffelte, und kraulte ihm die Ohren.

»Wir fahren zum Flughafen, holen Jasmin ab und gehen essen.«

»Viel Spaß.«

»Du kommst mit.«

»Keinesfalls.«

»Doch«, sagte Jake bestimmt. »Diesmal ist das Restaurant beleuchtet, und es gibt keine Cocktails.«

Thomas und ich wurden rot. Sergeant Pepper war inzwischen dazu übergegangen, Thomas' Hand zu lecken. Ich verschränkte die Arme vor der Brust.

»Und den Hund nehmen wir auch mit, weil wir erst noch am Rhein spazieren gehen.«

Jake weigerte sich, die Wohnung ohne mich zu verlassen, und so gab ich irgendwann nach. Wir fuhren zum Flughafen, gingen spazieren, warfen so viele Stöckchen, dass der arme Hund kaum hinterherkam, und redeten. Meist redeten Jake und Jasmin, Thomas und ich hörten zu. Richtig interessant wurde es erst, als wir auf der Terrasse einer

Pizzeria saßen und Jasmin Thomas nach seinem Beruf fragte.

»Das hat Jake doch bestimmt schon erzählt«, sagte Thomas.

»Stimmt«, sagte Jasmin. »Du bist beim Fernsehen. Aber ich weiß nicht, was du da machst.«

»Redaktion.« Thomas schaute kaum auf, während er seine Pizza ordentlich mit Messer und Gabel in mundgerechte Stücke schnitt und aß. Jake faltete jeweils ein Viertel zusammen und aß mit den Händen. Das Öl lief ihm übers Kinn und an den Fingern herunter.

Jasmin verdrehte die Augen. »Was für eine Redaktion? Wetter? Lotto? Verkehrsnachrichten?«

Thomas lächelte. »Ich arbeite in der Redaktion von John Hunter.«

Mir fiel beinahe das Messer aus der Hand. Jasmin forderte ihn zum Weitersprechen auf.

»Wir bekommen säckeweise Bewerbungen von Leuten, die einen Job suchen. Und wir bekommen Anfragen von Unternehmen, die Leute suchen. Ich gehöre zu dem Team, das überlegt, welchen Job wir in die nächste Sendung nehmen und welche Bewerber wir einladen. Wir stellen die Kontakte her, sprechen mit den Leuten, machen so eine Art Vorabcasting. Dann schreiben wir Moderationstexte für Kravczik ...«

»Für wen?«, fragte Jasmin.

Thomas verstummte erschrocken.

»Joseph Kravczik, alias John Hunter«, warf Jake genüsslich ein. Mit vollem Mund. »Oder hast du etwa geglaubt, der Typ heißt wirklich so?«

»Im Moment jedenfalls ...«, ich hatte den Eindruck, dass Thomas so schnell weitersprach, weil er dringend von der Namensfrage wegkommen wollte, »im Moment suchen alle wie verrückt nach der Identität einer Shooting-Star-Bloggerin namens Millie. Das ganze Team. Es gibt kein anderes Thema mehr. Wer ist Millie? Wie kriegen wir sie in die Sendung? Hunter ist absolut besessen von der Frau. Er hat tatsächlich Jobangebote für sie, er bräuchte sie nicht im Fernsehen, aber er will sie haben. Er will derjenige sein, der das Geheimnis ihrer Identität lüftet.«

Jasmin warf mir einen begeisterten Blick zu. Ich bemühte mich, möglichst unbeteiligt auszusehen, und senkte den Kopf über meine Pizza, hob ihn dann aber doch wieder, weil ich die Diskussion unbedingt verfolgen wollte.

Jake lachte, jetzt endlich mit leerem Mund. »Da wird John, der Großwild-Hunter, aber seiner Busenfreundin Susan in die Quere kommen, denn die will genau dasselbe. Allerdings mit weniger ehrenvoller Absicht, denn am liebsten würde sie dabei gleich einen Skandal mitliefern. Seit Millies Blog Kult ist, ist ihr eigener völlig uninteressant geworden. Susan hasst die Dame aus tiefstem Herzen.«

Jasmin hatte mir bei dem Wort Kult zugezwinkert, und ich hatte mit einem, wie ich hoffte, drohenden Blick geantwortet. Jasmin schüttelte den Kopf. Ich hoffte sehr, dass das hieß, dass sie Jake nichts von der wahren Millie erzählt hatte.

»Wer ist Susan?«, fragte Jasmin.

»Die Redakteurin von MODE MAG, von der ich dir erzählt habe.«

»Woher kennst du sie denn?«, fragte ich in Erinnerung an Jakedarling und Susan, die bei Moritz zusammen zu Mittag gegessen hatten.

»Äh, ich schreibe schon mal für sie«, sagte Jake.

»Bist du Journalist?«, fragte ich weiter.

»Ja, so ähnlich. Freelance-Autor. Artikel, Essays, Reportagen, solche Sachen.«

Jasmin lächelte geheimnisvoll, Thomas betrachtete die letzten Stücke seiner Pizza, als wolle er sich ihre Form für immer und ewig einprägen, und Jake stand abrupt auf. »Ich gehe mir mal die Finger waschen.«

Zum Glück verging der Rest des Abends ohne weitere Gespräche über Berufe oder andere Tretminenfelder und ohne Cocktails. Wir verabschiedeten uns, wenn auch nicht in aller Freundschaft, so doch zumindest zivilisierter als beim letzten Mal. Thomas fragte mich nach meiner Telefonnummer, ich gab sie ihm, und zum Abschied bekam ich ein Küsschen auf die Wange und eine leichte Umarmung. Sein Rasierwasser war auch nicht schlecht, stellte ich fest, und ließ meine Hand einen kleinen Moment länger als nötig auf seinem Unterarm liegen. Beschwingt ging ich hinauf ins Penthouse. Die längste Zeit meines Krankenstandes hatte ich hinter mir, die letzten Wochen würde ich auch noch überstehen, und dann käme ich endlich wieder unter Leute. Und wenn ich zwischendurch in Düsseldorf war, könnte ich mich ja vielleicht mal wieder mit Thomas treffen.

Millie's Magazine – 29. Juni
Es gibt ihn wirklich, den 10 000-feet-club. Sex in Reiseflughöhe in einem Washroom von unter 0,5 Quadratmeter Nutzfläche scheint seinen Reiz noch nicht verloren zu haben. Während die meisten Flugbegleiter darüber nur noch müde lächeln, gibt es offenbar auch solche, die die Neumitglieder herzlich willkommen heißen.

Das Foto eines Fluggasts, der selbstzufrieden grinsend mit geschlossenen Augen der Musik aus den Kopfhörern lauscht, hatten wir auf einem Neujahrsflug vor zwei Jahren unter dem Einfluss geringer Mengen Restalkohols nachgestellt. Unser Kollege Sammy mimte den Fluggast, Jasmins Hand machte sich an seinem Reißverschluss zu schaffen, und um seinen Hals hing ein selbst gebasteltes Lebkuchenherz mit dem Spruch »Über den Wolken ist Sex am schönsten«. Das Foto sah absolut echt aus – besonders wegen des schwarzen Balkens über Sammys Augen.

Acht

»Also, fliegen wir nach Paris, oder was?«, fragte Stefan am nächsten Morgen. Er trug ein kanariengelbes Hemd mit großen, weißen Blüten darauf. Ich zuckte kurz zusammen, beschloss aber, kein Wort darüber zu verlieren. Es gibt Fälle, die sind so hoffnungslos, dass jedes Wort verschwendet ist.

»Dir auch guten Morgen.« Ich ging an ihm vorbei zur Espressomaschine und machte mich daran zu schaffen.

»Die Show ist am Freitag. Wenn du also hinwillst, sollten wir uns langsam um die Vorbereitungen kümmern.«

Ich trank einen Espresso und machte mir gleich noch einen, während ich nachdachte.

Dabei war das vollkommen lächerlich. Als ob es überhaupt etwas nachzudenken gab! Das war es doch, wovon ich seit Jahren geträumt hatte. Die Chance meines Lebens. Sie war einmalig und würde nie wiederkommen. Wenn ich sie nicht ergriff, würde ich es für den Rest meiner Tage bedauern. Noch auf dem Sterbebett würde ich hauchen: »Dass ich damals nicht zu Karl nach Paris gefahren bin, das war der größte Fehler meines Lebens.« Vermutlich würde ich allein deshalb schneller altern, einen verbitterten Zug um den Mund bekommen und eine ernsthafte

Psychose entwickeln, die selbst der beste Therapeut nicht mehr in den Griff bekäme.

»Wir fliegen nicht«, sagte ich.

Stefan starrte mich ungläubig an.

»Wir fahren. Mit dem Zug. Ich habe schließlich Flugverbot.«

Stefan zuckte die Schultern und grinste. »Mir auch recht. Zieh dich aus.«

Ich wollte ihm den Espresso ins Gesicht schütten, aber sein Blick hielt mich davon ab. Nicht, dass sein Blick gefährlich oder einschüchternd gewesen wäre, nein, ganz im Gegenteil. Es war ein zutiefst neutraler, professioneller, eher etwas desinteressierter Blick. Wie bei einem Arzt, wenn er den Patienten auffordert, den Oberkörper frei zu machen.

Er ging zur Couch und öffnete seinen großen Rucksack, der danebenstand. »Die Unterwäsche kannst du anlassen, aber wir brauchen deine Maße, damit die Klamotten passen«, sagte er nach einem Seitenblick, mit dem er festgestellt hatte, dass ich unbeweglich wie eine Statue dastand und ihn anstarrte.

»Ich trage Größe achtunddreißig«, sagte ich.

»Und wetten, dass die Hosen alle zu lang sind?«, entgegnete er mit einem langen Blick auf meine zu kurzen Beine, die in ein zu breites Gesäß übergingen. »Und die Jacken sind mal zu eng, mal zu lang, oder der Schnitt passt nicht zur Figur, richtig?«

Ich wurde rot.

»Richtig, Mädel?«

»Ja.«

»Da, wo deine Klamotten herkommen, gibt es eine wahnsinnige Auswahl, damit wirklich alles passt. Je mehr Maße wir angeben, desto besser sieht das Ergebnis aus.«

Er sagte das recht beiläufig, während er wieder in seinem Rucksack kramte.

»Richtig, da war doch noch etwas«, sagte ich, als würde es mir gerade wieder einfallen. »Wolltest du mir nicht erzählen, warum du mir diesen Gefallen tust und woher deine Kompetenz in Sachen Stil-Ikone rührt?«

Stefan steckte die Hände in die Hosentaschen, richtete sich zu seiner vollen Größe auf und grinste mich von oben herab an. Das meine ich wörtlich, denn zwischen seinen und meinen Augen lagen locker vierzig Zentimeter Höhendifferenz.

»Okay. Ich bin Modefotograf. Und zwar einer der Gefragtesten. Ich habe alle Mädels vor der Linse gehabt, war bei jeder Fashion-Show zwischen Paris und Tokio und habe Backstage-Storys über alle großen Couturiers geschossen. Ich arbeite für die Printmagazine im oberen Segment und mache Werbefotos für die wirklich wichtigen Labels.«

»Wow.« Das meinte ich auch so. Dann fielen mir sein Muscle-Shirt, der rosarote Zopfpullover und das aktuelle gelbe Blumenhemd wieder ein. »Das heißt noch lange nicht, dass du die richtigen Klamotten für meinen einmaligen Auftritt als international erfolgreicher Trendscout bei der wichtigsten Show in Paris aussuchen kannst, oder?«

»Um Himmels willen«, er hob die Hände abwehrend vor den Körper. »Ich finde, dass diese Designer-Fummel alle gleich bescheuert aussehen. Aber meine ältere Schwester war Model, bis sie Mutter wurde. Durch sie bin ich in die Branche gekommen. Sie weiß Bescheid und kann dir helfen.«

Wir grinsten uns an.

Der Rest des Tages war die Hölle. Stefan nahm meine Körpermaße, was mir einigermaßen peinlich war, da er neben der Körpergröße auch die Innen- und Außenlängen der Arme und Beine maß sowie die Umfänge von Hüfte, Taille, Brust und Oberschenkel. Dann telefonierte er mit seiner Schwester, die eine Art Kostümverleih betrieb. Nur verlieh sie keine Kostüme, sondern Garderobe für gesellschaftliche Anlässe. Er beschrieb ihr die Anforderung, und seine Schwester versprach, etwas Passendes zu schicken. Per Kurier. Mir wurde flau, als ich an die Versandkosten dachte, aber wenigstens musste ich keine Leihgebühr bezahlen.

Danach wurde es richtig schlimm. Stefan baute eine Videokamera auf und brachte mir Gehen bei. Nicht den Laufsteg-Gang der Models, schließlich war ich eine Karrierefrau und kein Kleiderständer, aber mein Gang gefiel ihm trotzdem nicht. Meine Haltung auch nicht und die ausschweifenden Gesten schon gar nicht. Dabei hätte ich geschworen, dass ich als Stewardess, die es gewöhnt ist, sich an einem sehr beengten Arbeitsplatz zu bewegen, nicht fuchtele, wie Stefan das nannte, aber er war anderer Meinung.

Kopf hoch, Ellbogen an den Körper, Hüfte nach vorn, nicht mit dem Hintern wackeln und sparsame Gesten. Nicken nur im Millimeterbereich, Kopfschütteln gar nicht. Ich ging, nickte, streckte die Hand aus und betrachtete meine Bewegungen auf dem Bildschirm.

»Immer noch Scheiße«, sagte Stefan ein ums andere Mal, und ich übte aufs Neue. Gehen, nicken, Hände schütteln.

Wir aßen zwischendurch ein paar Kekse, tranken Espresso und waren um acht Uhr beide völlig fertig. Mir taten die Füße, der Rücken und der Nacken weh. Sergeant Pepper bettelte seit Stunden um einen Spaziergang, und endlich schaltete Stefan die Kamera ab.

»Feierabend. Gehen wir etwas essen?«

Ich nickte. Zum Üben hatte ich eine Röhrenjeans in hellem Denim und Washed-Optik und ein hellblaues, eng anliegendes T-Shirt getragen. Modisch eine Katastrophe, weil man niemals ein hellblaues T-Shirt zu einer hellblauen Jeans trägt, aber Stefan wollte es so, weil er behauptete, dann die Körperhaltung am besten sehen zu können. Ich ließ die Klamotten an und tat auch sonst nichts mehr an meinem Äußeren. Es war das erste Mal seit fünf Jahren, dass ich ungeschminkt, mit nachlässig zusammengebundenem Haar und in nicht zusammenpassender Kleidung aus dem Haus ging. Ich hatte einfach nicht mehr die Kraft, mich darum zu kümmern. Wir futterten Chili con Carne bei Moritz, der seine Blicke zwischen Stefan und mir hin und her wandern ließ und dann, offenbar zustimmend, nickte. Ich schüttelte den Kopf, winkte dann aber ab. Was auch immer er dachte, war mir im Moment herzlich egal. Ich musste mir Mühe geben, während des Essens wach zu bleiben, und verschwand um halb zehn, während Stefan und Sergeant Pepper ihre Plätze an die Bar verlegten und der Größere von beiden sein fünftes Bier bestellte.

Millie's Magazine – 30. Juni
Das Nomiya, ein Top-Restaurant im stylischen Glas-Container auf dem Dach des Palais de Tokyo in Paris, bietet nur zwölf Gästen Platz. Dort einen Tisch zu bekommen, ist also eine Herausforderung. Dafür ist der Blick über Paris und auf den direkt gegenüberliegenden Eiffelturm grandios.

Nicht ganz so exponiert, aber ebenso aufregend ist das La Société, das inzwischen offenbar zum Stammlokal der Fendis geworden ist. Anders ist es nicht zu erklären, dass mindestens ein Mitglied der Fendi-Familie immer dort an-

zutreffen ist, wenn ich im Design von Christian Liaigre und unter den Fotos von Peter Lindbergh schwelge.

Am nächsten Vormittag (Dienstag – noch drei Tage bis Paris), rief Stahl an, noch bevor Stefan aufgestanden war. Vielleicht war sein Abend bei Moritz länger geworden.

»Ich bin wieder in der Stadt und, äh, wollte nur wissen, ob es etwas Neues gibt.«

»Nein, bei Ihnen?«

»Ich habe überlegt, die deutsche Botschaft in Chile um Hilfe zu bitten.«

Mir verschlug es die Sprache.

»Wenn Frau Winterberg doch irgendwo in der Zivilisation auftaucht, zum Beispiel sich in einem Hotel anmeldet oder einen Inlandsflug bucht, könnte man ihr ausrichten, dass sie sich mit mir in Verbindung setzen soll.«

»Und das läuft über die deutsche Botschaft?«, fragte ich, nur um überhaupt etwas zu sagen.

»Na ja, ich könnte auch ein Amtshilfeersuchen direkt an die chilenische Polizei richten, ohne die stille Post über die Botschaft zu spielen, aber ich kann kein Spanisch, und bis ich einen Übersetzer beauftragt habe ...«

War das der tatsächliche Grund für sein Anliegen? Wollte er, dass ich ihm bei der Übersetzung half?

»Ich spreche Spanisch, könnte Ihnen also den Text schreiben, aber ich bin natürlich nicht vereidigt oder wie das heißt«, sagte ich.

»Oh, kein Problem. Ich bin übrigens gerade ganz in Ihrer Nähe, darf ich gleich vorbeikommen?«

Ich hatte mich bereits wieder für das Training mit Stefan angezogen, und so blieb mir gerade noch Zeit, eine dunkle Tunika über das weiße T-Shirt zu ziehen, das Make-up zu vervollständigen und passende Sneakers auszusuchen, bevor es an der Tür klingelte.

Ich bat Stahl herein, machte ihm einen Espresso und setzte mich neben ihn auf die Couch.

»Was wollen Sie denn schreiben?«, fragte ich.

»Ich habe mir schon eine Formulierung überlegt.« Er zog einen Zettel aus der Jackentasche. Wieder dieses Cordjackett. Immerhin hatte ihm die Fahndung im südlichen Europa gutgetan, denn er war gebräunt und sah insgesamt irgendwie frischer aus als bei unserer ersten Begegnung. Vielleicht lag es auch am Haarschnitt oder dem schwarzen T-Shirt, das er unter dem Jackett trug. Oder an dem Lederbändchen um den Hals. Der Anhänger war unter dem T-Shirt leider nicht zu sehen. Ob es ein Haifischzahn war? Oder der Anfangsbuchstabe des Namens seiner Freundin?

FRAU SABINE WINTERBERG WIRD IM ZUSAMMENHANG MIT EINER FAHNDUNG ALS ZEUGIN GESUCHT UND SOLL SICH MIT KOMMISSAR STAHL IN VERBINDUNG SETZEN. Darauf folgte der komplette Adressblock des LKA mit Stahls Namen und Telefonnummer.

Während ich die Zeilen übersetzte, blickte Stahl sich im Wohnzimmer um. Aus dem Augenwinkel folgte ich seinem Blick, der auf dem Göttin-oder-Geliebte-Ratgeber (mein Gott, wie peinlich!) verweilte und von dort zu der Videokamera stieg, die noch auf ihrem Stativ thronte. Der Blick glitt weiter zu Stefans Schuhen, die im Durchgang zum Schlaftrakt lagen, und im nächsten Moment zu Stefan, der verschlafen und nur mit einer Jeans bekleidet mit halb geschlossenen Augen zur Espressomaschine schlich. Stahls Kiefer klappte nach unten.

Bisher hatte ich Stefan immer in völlig unpassenden

Klamotten gesehen. Aber immerhin angezogen. Alles unpassend, alles peinlich, alles lächerlich. Der Anblick seines nackten Oberkörpers reizte allerdings nicht zum Lachen, sondern nur zum Staunen. Muskeln wie gemeißelt, sehr ausgeprägt, aber nicht überbläht wie bei einem Bodybuilder. Seine gesamte, nicht unerhebliche Masse schien aus fest modelliertem Fleisch zu bestehen, weit und breit war kein Gramm Fett zu sehen. Und so was versteckte er unter rosa Strickpullovern!

Stefan hantierte an der Kaffeemaschine und hatte, da Stahl und ich stumm und staunend reglos auf der Couch saßen, offenbar noch nicht bemerkt, dass ich Besuch hatte.

Verdammt. Wenn die beiden Männer jetzt eine freundliche Unterhaltung über die in der Ecke stehende Kamera und ihren Zweck begannen, während ich mit der Übersetzung beschäftigt war, flog meine ganze Lügengeschichte auf. Das durfte auf keinen Fall passieren. Ich musste Stefan aus dem Wohnzimmer schicken, und zwar so schnell wie möglich. Ich wusste auch schon, wie.

»Guten Morgen«, sagte ich laut. »Machst du Kommissar Stahl auch noch einen Espresso?«

Stefan hielt mitten in der Bewegung inne, blieb, weiterhin mit dem Rücken zu uns, gefühlte zwanzig Sekunden stocksteif stehen, nickte dann schweigend und machte zwei Espressi.

»Ich hole ihn, danke!«, rief ich, als der Lärm der Maschine nachließ.

»Okay«, brummte Stefan, nahm seine Tasse und verschwand. Er hatte sich kein einziges Mal umgesehen oder gar umgedreht. Stahl hatte sein Gesicht nicht erkennen können. Langsam fragte ich mich, ob er ein gefährlicher, gesuchter Verbrecher war, dessen Fahndungsfoto direkt neben dem von Funk hing.

Ich sprang auf und brachte Stahl seinen Espresso. »Er ist morgens immer so«, sagte ich laut.

»Künstler?«, fragte Stahl mit Blick zur Kamera.

»Mehr oder weniger. Ein Bekannter von Sabine, der ein paar Tage in der Stadt ist«, fügte ich hinzu.

Stahl nickte mit hochgezogenen Augenbrauen.

Ich wurde rot.

»Die Wohnung hat zwei Schlafzimmer.«

Stahl nickte wieder. »Das geht mich wohl nichts an«, murmelte er.

Ich zuckte die Schultern und widmete mich dem kurzen Text für die deutsche Botschaft ...

»Hier, Ihre Übersetzung.«

»Tja, danke. Dann gehe ich mal wieder ...« Er stand auf.

»Sind Sie Funk denn noch gar nicht nähergekommen?«, fragte ich.

»Doch. Ich folge einer Spur. Sagen Sie, kennen Sie sich in der Modebranche aus?«

Mir wurde heiß. Ich räusperte mich, um Zeit zu gewinnen. »Vielleicht nicht einmal so gut wie Sie«, sagte ich. »Immerhin haben Sie das Foto von Funk in Barcelona in einem Mode-Blog gefunden. Da muss ich davon ausgehen, dass Sie sich sehr dafür interessieren.«

Stahl winkte grinsend ab. »Nein, das Foto hat meine Kollegin gefunden. Mode ist ihr Thema, nicht meins.«

Ich grinste auch, hatte aber Mühe, mir die Kommissarin Daniela Schatz mit der eiskalten Stimme dabei vorzustellen, wie sie Mode-Blogs liest. Ich sah sie in meiner Vorstellung eher als strenge Blockwartin in Uniform. Aber vielleicht meinte er nicht Frau Schatz. Oder vielleicht war sie zu ihrem Kollegen viel warmherziger als zu fremden Frauen am Telefon.

Stahl wiederholte seine Frage.

»Was wollen Sie denn wissen?«, murmelte ich nervös.

»Mir scheint, dass Funk das Geschäftsmodell gewechselt hat. Früher war er in Geldanlagegeschäften unterwegs, aber nach der Bankenkrise sind die Leute natürlich deutlich vorsichtiger geworden. Jetzt scheint er sich auf Diamanten, Gold und falschen Schmuck spezialisiert zu haben. Und ich habe Hinweise, dass er seine Opfer im Umfeld der großen Modehäuser findet.«

Ich starrte ihn sprachlos an. »Da kann Ihnen doch bestimmt Ihre Kollegin weiterhelfen ...«, brachte ich endlich heraus.

»Die hat Urlaub.«

»Tja ...«

»Entschuldigung, ich sollte Sie mit diesen Details gar nicht belästigen. Ich kriege ihn schon, früher oder später. Vielen Dank jedenfalls für Ihre Hilfe.«

Kaum war Stahl weg, stürmte Stefan ins Wohnzimmer. Er trug ein kiwigrünes Frotteeshirt.

»Was wollte der Kommissar von dir?«

»Warum hast du so eine Angst vor der Polizei?«, fragte ich zurück.

Stefan kniff die Lippen zusammen und schwieg.

»Bist du ein Mörder? Betrüger? Vergewaltiger?«, fragte ich giftig.

»Blödsinn.«

»Was dann?«

Er ließ sich in den Ledersessel fallen, drehte ihn zum Fenster und blickte über die Dächer der Stadt.

»Nun komm schon«, drängelte ich. »Ich habe dir meine Sünden gebeichtet, jetzt bist du dran.«

Es dauerte noch etliche Sekunden, bis er leise seufzte. »Das Finanzamt ist hinter mir her.«

»Warum?«

Er schwieg.

»Betrug?«

»Nein. Dummheit. Vertrauen in die falschen Leute.«

»Nämlich?«

»Meine Exfreundin. Sie hat meine Buchhaltung gemacht und dabei eine ganze Menge Kohle für sich abgezweigt.«

»Und jetzt …«

»Sucht ein von mir beauftragter Detektiv nach meiner Freundin, das Finanzamt nach mir, und ich brauche dringend Kohle, um den Staat zu bezahlen.«

»Und wo willst du die Kohle hernehmen?«

»Ich hatte die Arbeit an meinem ersten Bildband über die Stars der Fashion-Szene beinahe abgeschlossen, als das Finanzamt kam und meinen Rechner beschlagnahmte. Leider hat es bei der Untersuchung des Rechners dann einen technischen Supergau gegeben, und ein ganzer Ordner mit Backstage-Fotos und Porträts ist unwiederbringlich verloren. Ohne diese Bilder ist aber der Fotoband nicht denkbar. Jetzt rate mal, von welchem Designer wir hier sprechen?«

»Karl der Große«, sagte ich grinsend.

»Yep«, sagte Stefan und mühte sich aus dem Sessel. »Lass uns üben, Baby.«

Wir übten den ganzen Dienstag und den ganzen Mittwoch. Stefan war ein gnadenloser Trainer, der mir mal ein Buch auf den Kopf packte, mal die Knöchel zusammen- oder die Ellbogen am Körper festband, damit die Schritte kleiner und die Gesten sparsamer wurden.

Vor und nach dem Üben gingen wir mit Sergeant Pepper Gassi, abends futterten wir große Portionen bei Moritz.

Nach dem Essen wankte ich ins Bett, Stefan blieb in der Kneipe. Wie lang? Keine Ahnung. Ich schlief wie ein Bär im Winterschlaf.

Millie's Magazine – 2. Juli
Never give up!

Ich lud das Foto einer jungen Frau im Businesskostüm hoch. Sie hatte ein Bein in Gips, humpelte auf zwei Krücken – aber der gesunde Fuß steckte in Stilettos.

Wir hörten weder von Jasmin noch von Stahl. Donnerstag kam das Paket mit meinen Klamotten. Mir zitterten die Hände, als ich es öffnete, also nahm Stefan mir die Sache aus der Hand. Er hatte Sabines rollende Kleiderstange ins Wohnzimmer geholt und hängte ein Teil nach dem anderen auf.

Alles war auf Bügeln und in Tüten geliefert worden. Sehr professionell. Ich wollte lieber gar nicht wissen, was dieser Service normalerweise kostete.

Zum Schluss holte Stefan einen Schnellhefter hervor, der die Anweisungen seiner Schwester enthielt. Welches Teil mit welchem anderen kombinierbar war, zu welcher Tageszeit was getragen werden konnte, die passenden Accessoires, alles war minutiös aufgeführt. Sogar mit Hinweisen versehen wie »eher konservativ«, »progressiv«, »Trendsetter«. Die Trendsetter-Outfits waren wohl am passendsten für meine falsche Identität, aber ich fühlte mich schrecklich verkleidet. Mehrere Lagen diverser Stoffqualitäten, Farben und Muster übereinander, das Ganze garniert mit meterlangen Perlenketten, einer Federboa (der ich mich kategorisch verweigerte), Perlen und Federn und Accessoires, die auch vom Trödelmarkt stammen könnten. Jedes Outfit bestand aus mindestens drei Teilen von namhaften Couturiers, kombiniert mit No-Name-Zeug und billigem Kitsch. Der absolut letzte Schrei waren die silberblaue Perücke und die Sonnenbrille mit untertassengroßen Gläsern und hellblauen Federn drum herum.

Ich hatte den Eindruck, dass die gute Schwester ziemlich übertrieben hatte.

Stefan betrachtete die diversen Outfits und grinste. »Damit siehst du genauso bescheuert aus wie die anderen Hühner.«

Ich dankte herzlich.

Endlich war es so weit. Wir hatten ein Taxi nehmen müssen zum Grand Palais, denn der Thalys hatte Verspätung. In Belgien streikte wieder irgendjemand oder alle, das wusste man dort ja nie so genau. Am Eingang sagten wir unsere Namen, wurden höflich in Empfang genommen und zu unseren Plätzen gebracht. Wir saßen tatsächlich in der ersten Reihe.

Das Grand Palais war für die Weltausstellung im Jahr 1900 gebaut worden und sollte vor allem eins: beeindrucken. Das tat es auch heute noch, über hundert Jahre später, genau wie am ersten Tag. Schon allein durch die größte Glaskuppel Europas, die das Hauptschiff überspannt. Diese Halle von zweihundert Metern Länge und einer Gesamtfläche von dreizehntausendfünfhundert Quadratmetern war der Ort der Modenschau. Sie war in einen riesigen Garten im Stil von Versailles verwandelt worden. Stilisierte Labyrinthe und Rabatten aus künstlichen Hecken und ein riesiger Springbrunnen bildeten den Rahmen für die Schau. Auf dem Boden lag glänzend weißer, knirschender Kies. An drei Seiten saß das geladene Publikum, an der Stirnwand das Orchester, das die Show musikalisch begleiten würde.

Ich blickte mich unauffällig um, was nicht schwierig war, da ich mich wirklich verkleidet hatte. Die silbrig blaue Perücke juckte etwas, erfüllte aber ihren Zweck zusammen mit der riesigen Sonnenbrille, deren Rand mit blauen Federn besetzt war. Natürlich sah ich schrill aus, aber da war ich nun wirklich nicht die Einzige. Tavi, die Teenage-Bloggerin aus den USA, war in einer rosafarbene Wolke mit Blüten im Haar erschienen, die beiden großen Annas der Branche brillierten im wahrsten Sinn des Wortes in schwarzen Outfits mit funkelnden Glitzersteinchen. Sie würden sich sicher bis ans Ende ihrer Tage darüber ärgern, dass sie sich ausgerechnet heute für einen ähnlichen Look entschieden hatten.

Ich sah jede Menge Promis, vom Rennfahrer über Fußballer und Hollywoodstars hin zu gekrönten Häuptern. Wenn Karl rief, kamen sie alle. Und ich war mittendrin. Mein Herz pochte so stark, dass ich meinte, meine Nachbarn auf den Sitzen neben und hinter mir müssten es hören, aber vielleicht hatten einige von ihnen dasselbe Problem.

Das Licht wurde gedimmt, das Orchester stimmte die ersten Takte leichter Klassik an, und dann ging es los. Die Models schritten die zweihundert Meter Länge ab, schlängelten sich durch die Hecken, hielten die Hände ins Wasser des Springbrunnens und schritten zurück. Das alles auf Schuhen, auf denen kein normaler Mensch gehen kann. Wir waren ihnen so nah, dass wir sie fast berühren konnten.

Natürlich hatte ich sämtliche Filme über diese Shows gesehen. Natürlich hatte ich Fotos gesehen. Von den Settings, den Models, der Couture. Aber dabei zu sein, war einfach unvergleichlich. Die Models, die Mode und die Musik vermischten sich zu einem Strudel, der mich mit sich riss. Manchmal musste ich fast lachen, als zum Beispiel die altbekannten Klassiker wie die kastige Chanel-Jacke mit Hotpants kombiniert wurden. In exakt demselben Stil mit Bordüre oder Fransenkanten. Natürlich, Models mit einem Meter fünfzig langen Beinen und einem praktisch nicht existenten Po konnten so etwas tragen. Ansonsten hoffte ich, diese Mode niemals wieder zu sehen. Zumindest nicht an Frauen meiner Statur.

Zum Finale kam Karl selbst in seinen Garten und alle seine über achtzig Models mit ihm. Ein wahnsinniger Tross, der durch die Halle zog und sich in ihren Dimensionen doch verlor. Jetzt wurde ich wirklich nervös, denn das Ende der Show bedeutete den Startschuss für mich. In der allgemeinen Auflösung nach dem Finale schoss Stefan noch Fotos von allen VIPs, die er vor die Linse bekommen konnte, dann machten wir uns auf den Weg hinter die Kulissen.

Wie lange hatte ich darauf gewartet, und nun war ich nur noch wenige Meter von meinem Ziel entfernt. Hinter dieser Tür, ach, was sage ich, hinter diesem Portal war er und erhielt in diesem Moment die Nachricht von meiner Ankunft. Natürlich würde er sich wundern, denn eigentlich war es so gedacht, dass ich ihn später bei der Party sehen sollte. Warum also sollte die geheimnisvolle Millie die Frechheit besitzen, den Meister direkt nach seiner Show im Backstage-Bereich zu stören?

Aber dann würde seine Neugier siegen.

Aha, der Privatsekretär oder Assistent, oder wie immer sich der junge Mann, der die Reinkarnation eines olympisch gestählten antiken Griechen sein könnte, nennen mochte, kehrte zurück und forderte mich auf, ihm zu folgen. Stefan und ich setzten uns gleichzeitig in Bewegung, der Jüngling zuckte kurz, als hätte die Einladung nur für mich gegolten (was wohl so war, denn ich hatte auch nur für mich um ein dringendes Gespräch unter vier Augen gebeten), nickte dann aber und ging voraus.

Ich folgte ihm, Stefan folgte mir. Wie es ihm ging, wusste ich nicht, ich jedenfalls war beinahe von Sinnen vor Aufregung. Innerlich vollführte ich Luftsprünge, schrie vor Erwartung, zitterte am ganzen Körper. Unsichtbar. Sichtbar war die etwas zu klein geratene Frau mit dem etwas zu dicken Hintern und der viel zu großen Nase, die auf unglaublich hohen Absätzen erhobenen Hauptes hinter dem Jüngling herstolzierte. Das Becken leicht nach vorn geschoben, die Hüften ohne das geringste Wiegen, die Ellbogen fest am Körper. Das Portal öffnete sich, der Jüngling winkte uns hindurch und …

Und da war er. Sein silbriger Zopf war das Erste, was mir ins Auge fiel, dann drehte er sich um. Der hohe, steife Kragen hemmte die Kopfbewegungen, aber dann erblickte Karl mich und kam mit ausgestreckten Armen auf mich zu. Schnell drückte ich auf den Auslöser des Fotoapparates, der, in einem Kugelschreiber versteckt, diesen magischen Moment festhielt. Den hatte Stefan mir geliehen, damit ich unauffällig Fotos aus allergrößter Nähe machen konnte. »Die kommen immer wahnsinnig authentisch rüber«, hatte er gesagt und mich schwören lassen, dass ich das gute Stück wie meinen Augapfel hütete. Dieser Kugelschreiber-Fotoapparat war nämlich nicht mit denen zu vergleichen, die man für sechzig Euro in Versandhauskatalogen kaufen konnte. Dieser hier war ein echtes Spionage-Werkzeug.

Hinter mir hörte ich Stefans Kamera ununterbrochen klicken. Ich war sicher, dass er jedes Detail des geordneten Chaos festhielt. Die Models, die sich zum Teil bereits auszogen oder abschminkten, zum Teil aber auch noch für andere Fotografen posierten. Die Designer, die Make-up-Artists und die Assistenten, die Champagner tranken. Die Kleiderständer voller Couture, einige achtlos über Stuhllehnen geworfene Stücke. Ich war sicher, hier würde er all seine Backstage-Fotos ersetzen können, die die torfnasigen Beamten des Finanzamtes von seiner Festplatte gelöscht hatten.

»Millie? Wie schön, Sie kennenzulernen.«

Karl war herangekommen, gab mir ein Küsschen links, Küsschen rechts. Er ließ nicht erkennen, ob er sich über meinen Aufzug wunderte oder ob die Federn meiner Brille ihn gekitzelt hatten.

»Aber wir kennen uns doch – nur nicht unter meinem Blog-Pseudonym«, flüsterte ich.

Karl blickte leicht irritiert, vielleicht versuchte er, hinter der Verkleidung die echte Frau zu erkennen oder sich sonst wie an mich zu erinnern, was natürlich vollkommen unmöglich war.

»Äh ja, natürlich. Sie bleiben doch zur Party?«

Und dann geschah es. Karl trat einen Schritt zur Seite, nahm meinen rechten Ellbogen und zog mich zwei Schritte mit sich, um Platz zu machen für eine Gruppe von Menschen, die an uns vorbei wollte. Mein Blick fiel auf die Stelle, an der er eben noch gestanden hatte. Eine Bewegung dort lenkte meine Aufmerksamkeit auf den Mann, mit dem Karl kurz zuvor noch gesprochen hatte.

Mein Blut gefror zu Eis. Diesen Mann dort kannte ich besser, als mir lieb war. Und erst recht sein Cordjackett. Der Mann war Frank Stahl. Was zum Teufel hatte das Düsseldorfer Landeskriminalamt auf der wichtigsten Modenschau der ganzen Saison in Paris zu suchen?

Leider blieb mir keine Zeit, mich mit dieser Frage zu beschäftigen, denn ab diesem Moment zählte nur die Flucht.

»Wir müssen verschwinden«, zischte ich Stefan zu, der direkt hinter mir stand und über meinen Kopf hinweg fotografierte.

»Keinesfalls«, brummte er. »Ich bin noch lange nicht fertig.«

»Was sagten Sie?«, fragte Karl.

»Nichts, Entschuldigung, ich hatte nur eine kurze Frage an meinen Fotografen.«

Karl nickte. Dann wurde er von einer Frau angesprochen und drehte sich von mir weg.

»Das Landeskriminalamt ist da«, flüsterte ich Stefan zu. »Kommissar Stahl in Person. Willst du dem hier vielleicht in die Arme laufen?«

Endlich stoppte das Klicken des Fotoapparates für einen Moment. »Der kennt mich doch gar nicht«, sagte er dann. »Und hinter meiner Kamera bin ich sowieso nicht zu sehen.«

»Aber ich muss hier weg, und wenn ich gehe, gehst du auch«, raunte ich.

»Vergiss es!«

Karl drehte sich wieder zu mir um, also wandte auch ich mich wieder ihm zu. Mit den Augen suchte ich über seiner rechten Schulter das Cordjackett, das aus der Menge der Designerklamotten herausstach wie eine Abraumhalde aus einem Schmetterlingsbiotop.

»... denn inkognito?«, fragte Karl.

Mist, ich hatte seine Frage nicht richtig mitbekommen.

»Den Blog betreibe ich quasi privat, nicht im Auftrag meines Magazins. Das muss man trennen«, sagte ich und hoffte, dass die Antwort irgendwie zur Frage passte.

Karl nickte zögernd. War vielleicht doch nicht so sinnvoll gewesen, was ich von mir gegeben hatte?

Ich suchte den Raum hinter seiner rechten Schulter nach Stahl ab. Da war er. Blickte genau in meine Richtung. Mit gerunzelten Augenbrauen.

»Es tut mir wirklich leid, aber es hat sich etwas an meinen Reiseplänen geändert. Ich muss leider gleich wieder los.«

»Nein, das ist aber wirklich zu schade. Dann verpassen Sie ja die Party.«

Karl war sehr höflich, unterstrich sein Bedauern durch ein steifes Kopfnicken und schaute sich bereits nach seinem Assistenten um. Der Schönling materialisierte sich an der Seite seines Herrn, als habe allein der Gedanke seines Meisters ihn herbeigerufen.

»Ich würde es aber doch sehr begrüßen, wenn Sie mir Ihre richtige Identität …«

»Au revoir«, beeilte ich mich zu sagen.

Stahl hatte sich von den Männern, mit denen er sich unterhalten hatte, abgewandt, und kam in unsere Richtung. Zum Glück war das Hin und Her von halb nackten Models, angesäuselten Designern und aufdringlichen Gästen inzwischen in ein totales Chaos übergegangen, sodass er nicht recht vorankam. Ich griff nach hinten, bekam Stefans Hemd zu fassen, und zog ihn mit mir in Richtung Ausgang.

»Entschuldigung!«

Das war Stahls Stimme. Sie übertönte das Tohuwabohu mühelos. »Augenblick, warten Sie doch bitte.«

Ich ging schneller.

»Frau Martin?«

Wir hatten die Tür erreicht.

»Jetzt bin ich wieder ganz für Sie da«, hörte ich Karl hinter mir sagen. »Was sagten Sie gleich, woher Sie kamen? Vom Landeskriminalamt aus Düsseldorf?«

Die Tür wurde für uns geöffnet, wir stürmten hindurch, ich wandte mich nach rechts zum Ausgang und jagte mit ganz und gar undamenhaft großen Schritten den Teppich entlang, aber Stefan blieb nach ein paar Schritten stehen, als sei er gegen eine Wand gelaufen.

»Ich bleibe«, verkündete er im Tonfall eines amerikanischen Action-Helden, der sich in ein brennendes Haus stürzt, um eine schöne Frau aus den Flammen zu retten. »Ich lenke ihn ab. Mach's gut.« Er ließ meine Hand los, drehte sich um und eilte zurück.

Ich riskierte einen Blick über die Schulter, und sah Stefan nach, der dem Türsteher zunickte. Die Tür wurde geöffnet. Direkt dahinter stand Stahl und redete auf Karl ein. Ich zog den Kopf zwischen die Schultern, wandte mich zum Ausgang und verließ fluchtartig das Gebäude.

Erst auf der Straße wurde mir bewusst, dass ich erstens in einem absolut unmöglichen Aufzug mitten in Paris stand und außerdem, was weitaus katastrophaler war, ohne einen einzigen Cent.

Stefan und ich hatten bei den Planungen das Wichtigste vergessen: die Handtasche. Stefan hatte sich bereit erklärt, mein Portemonnaie mit Ausweis, die Zugtickets und alle anderen wichtigen Dinge wie Handy, Blasenpflaster und Taschentücher in seinen Fotorucksack zu packen. Dort waren sie auch jetzt. In dem winzigen Täschchen, das ich bei mir trug, befanden sich ein Lippenstift, ein Miniaturblock und der Fotokugelschreiber. Keins dieser drei Accessoires war mir in meiner jetzigen Situation besonders hilfreich.

So stand ich allein im beginnenden Regen auf der Avenue Winston Churchill und konnte mein Pech nicht fassen. Das aufregendste Treffen meines Lebens war nach wenigen Minuten vorbei und endete in der Obdachlosigkeit. Immerhin in Markenklamotten, die einige Tausend Euro wert waren. Und vermutlich gerade durch den Regen unrettbar ruiniert wurden.

Mir kamen die Tränen.

Ich hatte noch nicht einmal ein Taschentuch dabei, um mir die Nase zu putzen. Zum Glück hatte ich keine Wimperntusche aufgelegt, da hinter der riesigen Sonnenbrille mit den hellblauen Federn von meinen Augen sowieso nichts zu sehen war. Vollkommen fassungslos stolperte ich auf den lächerlich hohen Absätzen hektisch über das Pflaster, das vor knapp zwei Stunden noch das verheißungsvollste der Welt gewesen war. Ich musste so viel Distanz wie möglich zwischen mich und Kommissar Frank Stahl bringen. Ich zog die Schuhe aus und lief barfuß durch den strömenden Regen.

Neun

Mein Ziel war der Bahnhof *Gare du Nord*, von dem unser Zug in drei Stunden nach Deutschland fuhr. Zum Glück kannte ich mich in Paris gut aus, und es fiel mir nicht schwer, mich zu orientieren. Allerdings war die Orientierung mein geringstes Problem, wie ich bereits nach ungefähr zehn Minuten feststellen sollte.

Mit den Schuhen in der Hand und in mittlerweile vollkommen durchnässter Kleidung lief ich gesenkten Hauptes durch die Straßen, als ich angesprochen wurde. Von zwei Polizisten.

»Bonjour, Madame.«

Sie meinten mich, das war zweifelsfrei zu erkennen. Ich grüßte zurück.

»Est-ce que vous avez des problèmes?«

Ich verneinte höflich und sagte, dass ich lediglich während Karls Show einen kleinen Streit mit meinem Fotografen gehabt hätte. Ich betonte die Worte Karl und Show und Fotograf in der Hoffnung, dass man mich einfach für eine weitere von vielen durchgeknallten Modetanten halten, den Kopf über diese spinnerte Branche schütteln und mich ziehen lassen würde. Immerhin wimmelte die Stadt seit Tagen von Leuten wie mir.

Fehlanzeige.

»Mais il n'est pas très sage de marcher sous la pluie – pieds nus, en plus.«

Danke, aber ich wusste selbst, dass es nicht sehr clever war, barfuß durch den Regen zu latschen. Nur – was sollte ich machen ohne Geld für ein Taxi oder auch nur die Metro.

»La pluie m'aide à me calmer et les pieds sont mieux sans ces instruments de torture.«

Offenbar glaubten sie mir nicht, dass der Regen mich beruhigte, aber bei der Bezeichnung meiner Schuhe als Folterwerkzeuge nickten sie grinsend.

»Vous allez bien alors?«

Ja, ich bestätigte noch einmal, dass es mir gutging, und wollte bereits dankend weitergehen, als der Größere der beiden den befürchteten Satz sagte: *»On pourrait voir votre pièce d'identité, s'il vous plaît?«*

Nein, Jungs, meinen Personalausweis könnt ihr leider nicht sehen. Und auch sonst keinerlei Papiere. Keinen Führerschein, keine Kreditkarte, kein Zugticket, noch nicht einmal einen Mitgliedsausweis des örtlichen Videoverleihs. Ich schüttelte also den Kopf und erklärte den Herren wortreich, dass Handtaschen total out seien und nicht infrage kämen, wenn man zum *défilé* der Saison ginge und daher mein Fotograf meine Papiere in seinem großen Fotorucksack bei sich hätte. Da wir uns aber nun gestritten hatten, waren sie dort und nicht hier, und so konnte ich sie leider nicht zeigen.

»Dans ce cas, je vous prie de nous accompagner«, sagte der Größere der beiden.

Wohin ich sie begleiten sollte, war schnell geklärt: zum nächsten Präsidium. Viel interessanter war die Frage, wie wir da hinkommen sollten. Der Kleine sprach in sein Funkgerät, und innerhalb weniger Sekunden hielt ein Streifenwagen neben uns. Ich ließ mich in die ekelhaft nach Zigaretten und menschlichen Ausdünstungen stinkenden Polster sinken und kämpfte wieder gegen die Tränen. Na ja, immerhin war es trocken und warm.

Auf dem Kommissariat wurde ich gebeten, meinen vollen Namen anzugeben, was ich gern tat. Der Name fand Eingang in einen Computer, der vermutlich sämtliche europäischen Fahndungslisten nach Übereinstimmungen durchsuchte. Natürlich kam nichts dabei heraus. Vielleicht konnte er aber auch meine Identität sofort online überprüfen und mein Passbild auf den Bildschirm zaubern – ich hatte keine Ahnung, welche Datenbankvernetzungen es zwischen der deutschen und der französischen Polizei gab, oder ob diese Überprüfung überhaupt möglich war, egal, ob in Deutschland oder Frankreich.

In meinen klitschnassen Klamotten saß ich teilnahmslos auf dem Stuhl, den man mir zugewiesen hatte. Der kleine Polizist, der am Computer hockte, schickte irgendwann eine Kollegin los, mir etwas Trockenes zu besorgen. Sie kam mit einem blau-rot gestreiften Herrenbademantel zurück. Ich verkniff mir die Frage, zu welchem Dienstgrad dieses Ausrüstungsstück gehörte.

Der Polizist hatte sich inzwischen auf seinem Stuhl zurückgelehnt und betrachtete mich nachdenklich. Ich fragte ihn, worüber man sich solche Sorgen mache, dass man mich aufgegriffen und mit aufs Präsidium geschleift habe. Er zögerte, fragte dann, ob ich auch einen Kaffee wolle, und ging zwei große Becher mit einem undefinierbaren Gebräu holen, das immerhin relativ heiß war und gar nicht mal so übel schmeckte.

»Wir sind von einem deutschen Kollegen vor einem Betrüger gewarnt worden, der offenbar zur Fashion-Week angereist ist. Der Kommissar vermutet, dass dieser Mann mit einer Partnerin arbeitet, mit der er gesehen wurde. Zeugen haben eine Skizze erstellt. Und die Frau sieht Ihnen ziemlich ähnlich.«

»Mir?«, fragte ich fassungslos zurück. Ich war in ungefähr vier Lagen diversester ausgeflippter Kleider gehüllt und trug eine Sonnenbrille mit hellblauen Federn, als die zwei Komiker mich aufgriffen. Wenn irgendjemand mir ähnlich sehen sollte, konnte es sich nur um eine Vogelscheuche handeln.

Ich atmete tief durch, um mich wenigstens ein bisschen zu beruhigen.

Zumindest konnte die Ähnlichkeit sich nicht auf das Foto aus Barcelona beziehen, das Funk und eine Begleiterin in dem Café gegenüber der Kathedrale zeigte, denn diese Frau war steinalt. Mindestens fünfundvierzig, wenn nicht älter.

»Drehen Sie Ihren Kopf mal zur Seite, damit ich Ihr Profil sehen kann.«

Ich wurde rot, wie ich es immer werde, wenn man mich auf meine Nase anspricht. Selbst wenn das Wort »Nase« gar nicht ausgesprochen wird. Meine Nase ist nämlich das, was man eine römische Nase nennt, nur noch eine Nummer größer als das, was die meisten Menschen sich spontan darunter vorstellen. Sicher hatte auch Stahl mich eben bei Karl an meiner Nase erkannt. Hätte ich nicht eine so panische Angst vor Operationen, hätte ich sie mir schon längst verkleinern lassen.

Ich drehte also den Kopf und präsentierte dem Polizisten mein Profil.

»Nein«, sagte er dann zu meiner großen Erleichterung. »Ihre Nase ist doch … anders.«

Größer, hatte er sagen wollen, da war ich mir ganz sicher.

»Und die Dame, von der die Rede war, ist auch … größer.«

Danke, langsam hatten wir alle Beleidigungen durch.

»Rémy«, schrie er plötzlich durch die offene Tür. »Sie ist es nicht. Sag dem deutschen Polizisten, dass er nicht kommen soll.«

Mir wurde schwindelig. Rémy hatte Stahl herzitiert? Mein Gott, wenn er mich hier sah, war alles aus.

Der größere Polizist, offenbar Rémy, erschien in der Tür. »Er ist gleich hier. Mir ist es lieber, er entscheidet selbst, ob das seine Verdächtige ist.«

Der Kleine, der mir gegenübersaß, hob die Hände in einer Geste des Bedauerns.

Mir wurde abwechselnd heiß und kalt. Stahl war gleich hier, Stahl war gleich hier, Stahl war gleich hier … Ich musste etwas tun, damit ich nicht in Handschellen zurück nach Düsseldorf geschleppt und dort der Justizbehinderung angeklagt wurde.

»Ich würde gern kurz zur Toilette«, sagte ich. »Die nassen Sachen …«

Er erklärte mir den Weg und widmete sich wieder seinem Computer.

Ich verließ das Büro oder Verhörzimmer, oder wie immer sich der Raum nannte, quälte mich notgedrungen wieder in meine Schuhe und ging den Flur entlang nach links, wo sich die Besuchertoiletten befinden sollten. Dort waren sie auch – aber ich ging vorbei, eilte den Gang entlang und hoffte auf einen Aufzug oder ein Treppenhaus, das allerdings erst hinter der nächsten Ecke kam. Ich nahm die Treppe, lief so schnell ich konnte die zwei Stockwerke hinunter und eilte hoch erhobenen Hauptes an der Pförtnerloge vorbei auf die Straße. Den Bademantel hatte ich im Treppenhaus liegen lassen. Erst später fiel mir ein, dass das grässliche Muster bestimmt genau nach Stefans Geschmack gewesen wäre.

Zum Glück hatte der Regen inzwischen nachgelassen, die Sonne drängte sich durch die milchigen Wolken, und ich eilte durch die dampfenden Straßen in Richtung Gare du Nord. Inzwischen hatte ich nur noch eine Stunde Zeit bis zur Abfahrt des Zuges, aber eine ordentliche Strecke zu Fuß zurückzulegen. Ich ging schnurstracks zur Madelaine, von dort zur Opéra Garnier und in die Rue de la Fayette. Wie endlos diese französischen Prachtstraßen sind, merkt man eigentlich erst, wenn man sie unter geradezu unmenschlichem Zeitdruck entlanghetzt. In der Metro sausen die Stationen Péletier, Cadet und Poissonnière nur so vorbei, zu Fuß leider nicht. Ich dankte der Vorsehung, die mich in den letzten Wochen auf vielen Spaziergängen mit Sergeant Pepper trainiert hatte, obgleich ich mich mit ihm niemals so beeilen musste. Ich bekam Seitenstiche und wollte schon aufgeben, aber dann wäre ich wirklich zur Obdachlosen geworden, das war also keine Alternative.

Fünf Minuten vor Abfahrt des Zuges kam ich völlig außer Atem am Bahnhof an.

In meinem inzwischen getrockneten Designer-Outfit eilte ich in die große Halle, schaute auf der Anzeigentafel nach, auf welchem Gleis der Thalys abfuhr, und eilte los. Sicher wäre Stefan schon hier oder käme jeden Moment, dann könnten wir zusammen einsteigen und …

Ich erstarrte. Dort stand Stefan auf dem Bahnsteig, der große Rucksack, in dem sich meine Habseligkeiten und mein Ticket befanden, stand zu seinen Füßen. So weit, so gut. Doch neben ihm stand Kommissar Frank Stahl.

War dieser Kerl ein Zauberer, oder was? Aber nein, das war gar nicht nötig. Stahl hatte alle Zeit der Welt gehabt, im Präsidium auf die verschwundene Zeugin zu warten und sich dann von den französischen Kollegen per Streifenwagen zum Bahnhof fahren zu lassen, während ich zu Fuß durch die Stadt hetzte und mir Blasen an den Füßen lief.

Was nun? Stahl durfte mich nicht sehen, aber ich musste in diesen Zug. Ich versteckte mich hinter der Infotafel mit der Wagenstandsanzeige und versuchte, die aufsteigenden Tränen zu unterdrücken.

Ich konnte Stahl nicht hier in Paris gegenübertreten, dann wäre alles aus. Selbst wenn man von meiner falschen Identität und dem Blog einmal absah, hatte ich ihn beim letzten Treffen wieder massiv angelogen. Ich hatte geleugnet, mich für die Modewelt zu interessieren. Ich hatte ihm verschwiegen, dass ich zu Karls Show fuhr, selbst, nachdem Stahl mir erzählt hatte, dass Funk sich offenbar neuerdings in der Haute Couture herumtrieb. Dann hatte er mich (oder vermutlich meine Nase) bei Karl erkannt, und ich war vor ihm davongelaufen. So konnte er wenigstens nicht sicher sein.

Wenn ich ihn das nächste Mal in Düsseldorf sah, könnte ich alles leugnen. Ich? In Paris? Aber nein, wie kommen Sie denn darauf?

Aber hier auf dem Bahnsteig oder im Zug nach Hause konnte ich nichts leugnen. Hier würde die ganze Wahrheit ans Licht kommen. Er durfte mich nicht sehen.

Vorsichtig linste ich um die Infotafel herum. Keine Spur von Stefan, keine Spur von Stahl. Gut. Die beiden waren sicher endlich eingestiegen. Ich drehte den Kopf leicht nach links, entdeckte ein Paar deutsche oder belgische Touristen (sie trugen Sonnenmützen mit schwarz-rot-goldenem Muster), hinter denen ich herschleichen wollte, und wartete, bis sie auf gleicher Höhe mit mir waren, dann machte ich einen Schritt. Im selben Moment spürte ich die Hand auf meiner Schulter.

Ich erstarrte. Das Auge des Gesetzes hatte mich entdeckt.

»Mensch, Lulu, wie siehst du denn aus?«, flüsterte mir eine Stimme ins Ohr.

Stefan!

Ich wirbelte herum und warf mich an seine Brust.

»Na, das ist doch mal eine Begrüßung«, flüsterte er mit einem schlecht unterdrückten Kichern. Er packte mich an den Schultern und schob mich von sich.

»Hier, dein Zeug.« Er drückte mir eine Plastiktüte in die Hand. »Geld ist drin, Ticket und Haustürschlüssel auch.«

»Was ist mit Stahl?«, flüsterte ich zurück.

»Er sitzt ein paar Reihen hinter mir. Am besten suchst du dir einen Platz in einem anderen Waggon.«

Ich nickte.

»Hat Stahl mich erkannt?«, fragte ich.

»Nein«, sagte Stefan. Ein breites Grinsen legte sich über sein Gesicht. »Jedenfalls nicht alles. Nur deine Nase kam ihm bekannt vor.«

»Was hast du ihm gesagt?«

»Erkläre ich dir später. Nimm dir in Düsseldorf ein Taxi und geh auf keinen Fall ans Telefon!«

Ich nickte verwirrt.

»Auf keinen Fall, hörst du?«

Er drehte sich um und eilte zu seinem Waggon, ich lief mit gesenktem Kopf in die andere Richtung und stieg am vorderen Ende in den Zug. Die Aufregung und die Vorbereitungen der letzten Tage und die heutigen Katastrophen hatten mich geschafft. Ich schlief fast auf der Stelle ein.

Der Rest der Rückreise verlief verhältnismäßig unproblematisch, wenn man von den Blasen an meinen Füßen absah, die mir das Umsteigen in Köln zur Qual machten. Meine zerzauste Erscheinung erweckte außerdem das Misstrauen des Taxifahrers, der mich erst einsteigen ließ, nachdem ich ihm gezeigt hatte, dass ich das nötige Geld für die Fahrt zu Sabines Wohnung besaß.

Mit unendlicher Erleichterung ließ ich die Tür hinter mir ins Schloss fallen, zog mich aus und ging unter die Dusche. Als ich ins Wohnzimmer kam, duftete es ganz himmlisch nach Kaffee und frischem Kuchen. Stefan saß breit grinsend auf der Couch und deutete auf das Kuchentablett von einer Erlebnisbäckereikette und die Tasse. Ich stürzte mich auf den Kuchen, als hätte ich tagelang gehungert.

»Wie ist es gelaufen?«, fragte ich mit vollem Mund.

»Hervorragend«, antwortete Stefan. »Ich habe Hunderte, ach was, Tausende Fotos von Karl, von den Mädels, von …«

»Dapf meine ipf nipf.« Einige Zuckerkrümel flogen in Stefans Richtung.

»Was denn dann?«

Ich warf eine Papierserviette nach ihm.

»Ach, du meinst, ob Stahl dich erkannt hat?«

Ich nickte.

»Nur die Nase.«

»Und?«

»Ich habe sie ihm ausgeredet. Besser gesagt, habe ich

ihm eingeredet, dass alle südländischen Frauen solche Nasen haben. Italienerinnen und Griechinnen ganz besonders. Und da man außer der Nase nun wirklich beim besten Willen nichts von deiner Figur erkennen konnte, du dir die Lippen weit über den natürlichen Rand geschminkt hast und die Federn an der bescheuerten Brille das halbe Gesicht verdeckt haben, hat Stahl sich am Ende wohl überzeugen lassen. Ach, das silberblaue Haar war auch recht hilfreich.«

»Hat er dich denn erkannt?«, fragte ich.

Stefan schüttelte den Kopf. »Aber ich habe mich als dein künstlerischer Mitbewohner zu erkennen gegeben, bevor er irgendwann von selbst dahinterkommt und wir wieder in Erklärungsnöte geraten. Zum Beispiel, wenn er gleich hier auf der Matte steht.«

»WAS???«

Stefans Grinsen wurde noch breiter, sofern überhaupt möglich. »Na klar. Ich habe ihn eingeladen. Der arme Kerl hat nämlich gar keine Familie in Düsseldorf, ist Single und war von seiner Reise nach Paris so frustriert, dass er Gesellschaft brauchte. Er kommt in …«, Stefan sah auf seine Armbanduhr, »fünfundzwanzig Minuten.«

»Bist du vollkommen wahnsinnig?«, rief ich. »Er wird mich wiedererkennen …«

»Nein.«

»Und außerdem liegen hier die ganzen Klamotten herum …«

»Das ist allerdings ein Problem.«

»Und ich bin überhaupt nicht zurechtgemacht und gar nicht passend gekleidet …«

»Doch.«

»Und …«

»Pass auf: Er hat nach dir gefragt, und ich habe ihm erzählt, dass du heute den ganzen Tag einer Freundin beim Renovieren geholfen hast. Du siehst übrigens wirklich fertig aus, ganz so, wie man sich eine Aushilfsanstreicherin nach einem harten Tag vorstellt.«

Ich sprang von der Couch, schüttelte den Kopf in echter Verzweiflung, während ich bereits damit begann, alle Kleider auf den Ständer zu hängen oder zu werfen und diesen in Sabines Gästezimmer zu schieben. Stefan sprach lauter, als ich den Raum verließ, damit ich ihn weiter hören konnte. Die Accessoires stopfte ich in den Karton, in dem die ganze Ausrüstung geliefert worden war, und zog ihn über den Parkettboden ebenfalls ins Gästezimmer. Mein Bett konnte ich so jedenfalls kaum noch erreichen, aber um dieses Problem würde ich mich kümmern, wenn es so weit war.

Es blieb mir auch keine Zeit mehr, mich umzuziehen, und ich blieb wohl oder übel in den Klamotten, die ich eben übergestreift hatte. Eine einfache Jeans und ein T-Shirt mit dem Aufdruck »Keep calm and carry on«. Ja, das war das richtige Motto für diesen Abend, dachte ich in dem Moment, in dem es klingelte.

»Ihr geht dann wohl gleich zusammen aus, oder?«, zischte ich Stefan zu, bevor er die Tür öffnen konnte. »Es ist jedenfalls nichts Essbares im Haus, und ich will euch auch nicht heute Abend auf dem Sofa unterhalten. Ich will meine Ruhe haben.«

Stefan grinste. »Du kommst natürlich mit uns, meine Süße. Hatte ich das nicht erwähnt? Stahl hat darauf bestanden.«

Die einzigen Schuhe, in die ich mit meinen Blasen hineinpasste, waren uralte Converse-Treter, die ich, wenn ich tatsächlich jemandem beim Anstreichen hätte helfen müssen, vermutlich tagsüber getragen hätte. Ich hatte Mühe, mit Stefan und Stahl mitzuhalten, da beide deutlich längere Beine hatten und, zumindest vermutete ich das, keine Blasen unter den Fersen vom Barfußlaufen auf Asphalt. Immerhin waren sie so nett, ihr Tempo zu reduzieren, als sie merkten, dass sie mich sonst tragen müssten.

Stahl schlug ein spanisches Restaurant mit Tapas-Karte vor, was mir durchaus recht war. Er fragte, was ich empfehlen würde, und irgendwann entschieden wir, einfach zehn verschiedene Tapas zu bestellen und alles durcheinander zu essen. Bis die Speisen serviert wurden, war ich so müde, dass ich sowieso kaum noch etwas essen konnte, und war froh, dass Stefan die Unterhaltung übernahm.

»Models sind die unattraktivsten Menschen, die es auf der Welt gibt«, erklärte er uns ernsthaft. »Sie haben so wenig Menschliches an sich.« Zum Glück wurde er wieder lustiger, als er Anekdoten erzählte von Models, die bei wichtigen Shows die Kleider falsch herum trugen, weil bei den »Fummeln«, wie Stefan sie nannte, kein Mensch durchschauen konnte, wo vorn oder hinten war. Mir war es ein Rätsel, wie jemand mit einer so kritischen Einstellung zu dieser Branche so lange dort arbeiten konnte. Das sagte ich ihm auch.

Stefan wurde schlagartig ernst. »Hinter einem Fotoapparat kann man sich gut verstecken.«

»Vor wem?«, fragte ich kichernd.

»Vor allen.« Er grinste schräg, als sei ihm das peinlich. »Ich wollte immer anonym sein. Einer von vielen, unbeobachtet, unbemerkt, harmlos. Stattdessen bin ich ein Leuchtturm. Werde von wichtigtuerischen Typen als Bedrohung empfunden, weil ich größer und stärker bin als sie, obwohl ich mich nie mit jemandem anlegen wollte.«

Stahl nickte verständnisvoll.

»Irgendwann holte ich meine Schwester von einem Fotoshooting ab. Ich war zu früh und schaute eine halbe Stunde zu. Dabei habe ich bemerkt, dass der Fotograf hinter seiner Kamera völlig verschwindet. Alles konzentriert sich auf die Typen VOR der Linse. Das war die Erfüllung meiner Träume, deshalb bin ich Fotograf geworden.«

Das erklärte einiges, dachte ich.

»Zum Glück macht mir der Job viel Spaß«, ergänzte Stefan grinsend. »Die Modewelt ist ziemlich durchgeknallt, du hast es mit den verrücktesten Typen zu tun, aber es wird nie langweilig, und ich komme herum in der Welt.«

Es folgten Anekdoten von Fotoshootings in der Antarktis, wo zwei Pinguindamen Stefan auf Schritt und Tritt folgten – in eindeutiger Absicht, wie er selbst meinte –, von Shootings in Australien, wo plötzlich ein Krokodil auftauchte, und in Florida, wo eine Flamingoplage ihm das Leben zur Hölle machte. »Ständig latschte einer von den rosafarbenen Vögeln durchs Bild.«

Frank Stahl lachte über Stefans Erzählungen, trug aber selbst wenig zur Unterhaltung bei. In seiner Branche geht es wohl weniger lustig und deutlich diskreter zu.

Stahl selbst allerdings war durchaus entspannt. Er trug eine hellblaue Jeans und ein schwarzes T-Shirt. Kein Cordjackett. Und endlich bekam ich heraus, welcher Anhänger an dem Lederbändchen um seinen Nacken hing: zwei lange, gerade, silberne Stifte, der eine sechs Zentimeter lang, der andere sieben. Dünn wie Streichhölzer und vollkommen schmucklos.

»Daraus kann man Ringe machen lassen«, erklärte er vollkommen ernst.

Stefan brach in ein wieherndes Gelächter aus. »Na, du bist aber optimistisch«, grölte er.

Frank Stahl nickte. Dann lachte er mit. »Ich war so

frustriert in Barcelona – da gefiel mir diese romantische Idee …«

»Und?«, fragte Stefan japsend. »Hast du die Frau, um deren Finger du den Ring schmieden willst, schon getroffen?«

Der Kommissar blickte in sein Bierglas und zuckte die Schultern. »Vielleicht«, murmelte er.

Später tanzte ich Klammerblues wie zu Schulzeiten. Erst mit Stefan, der sich aber irgendwann eine Partnerin suchte, der er in die Augen und nicht immer nur auf den Scheitel gucken konnte, dann mit Stahl. Frank, genauer gesagt. Wir waren alle zum Du übergegangen.

Er tanzte gut, wenn man das langsame Gewichtverlagern von rechts nach links tanzen nennen konnte, aber mehr hätte ich mit meinen malträtierten Füßen auch nicht mehr geschafft. So jedenfalls fühlte es sich gut an, zumal ich etwas Gewicht von den Füßen nehmen konnte, indem ich mich an ihn lehnte. Ich hoffte, er fasste das nicht falsch auf, denn ich hatte nicht vor, mit ihm anzubandeln. Ging ja auch gar nicht, weil er dann zwangsläufig eher früher als später all meine Lügen herausgefunden hätte. Und außerdem strengte ich mich ja an, in Thomas verknallt zu sein.

Trotzdem hätte der Abend gern noch einige Zeit so weitergehen können, aber meine gute Stimmung wurde spontan zerstört, als mein Handy klingelte. Eine MMS von Jasmin. Werner Funk war gesichtet worden, die Kollegin hatte ihn fotografiert und die Info an Jasmin weitergegeben, die sie mir nun schickte. Das Foto zeigte Funk von vorn, mit jetzt strohblonden kurzen Haaren, aber trotzdem gut erkennbar. Aufgenommen am Flughafen in Barcelona. Der Mann, der ihn begrüßte, war nur von hinten zu sehen, aber an seiner linken Hand, die auf Funks Schulter ruhte, glänzte ein protziger Ring. Ich erkannte ihn sofort. Er gehörte meinem Vater.

»Schlechte Nachrichten?«, fragte Frank, als er meinen Gesichtsausdruck sah.

»Äh, nein.« Ich schaltete das Handy aus. »Nur, äh, na ja, ja. Aber nichts Schlimmes. Nur irgendwie, äh, …«

Er wechselte vom Frank-Blick zum Stahl-Blick.

Ich überlegte verzweifelt, ob ich ihm das Foto direkt zeigen sollte. Das wäre fair gewesen, oder? Andererseits hatten wir uns darauf geeinigt, an diesem Abend nicht über Werner Funk zu sprechen. Das war eine lahme Ausrede, natürlich, aber immerhin die beste, die mir einfiel. Und sie war hieb- und stichfest. Sollte es jemals dazu kommen, dass ich mich dafür würde rechtfertigen müssen, könnte ich mich darauf berufen, dass ich mich an die Abmachung gehalten hatte, um die Stimmung nicht zu versauen.

Natürlich war die Stimmung trotzdem versaut.

Der offenbar plötzlich zumindest mental wieder in Dienst befindliche Kommissar betrachtete mich misstrauisch. Vermutlich sah er mir an der überdimensionalen Nasenspitze an, dass ich log.

Ich verabschiedete mich bald, Stefan wollte noch bleiben, Frank bestand darauf, mich nach Hause zu bringen. Wir gingen nebeneinander her, ohne uns zu berühren. Ich gab ihm zum Abschied die Hand. Er blieb unten an der Haustür stehen, während ich die Tür aufschloss und in den Aufzug trat, dann versperrten mir die automatischen Türen die Sicht.

In der Wohnung putzte ich mir die Zähne, zerrte den Karton aus dem Gästezimmer in den Flur, schob den Kleiderständer so weit zur Seite, dass ich das Bett erreichen konnte, ließ meine Klamotten einfach irgendwo fallen und fiel fast augenblicklich in Tiefschlaf.

Die Vernachlässigung meines Blogs machte sich in einem überquellenden E-Mail-Postfach und jeder Menge unbeantworteter Fragen und Kommentare bemerkbar. Es ging um Stilfragen, Verhaltensfragen, sogar um Diät. Wie ich mein Gewicht hielte, da ich doch ständig außer Haus essen müsse. Ob ich nur Salate und Obst äße? Aber was, wenn man von Geschäftspartnern eingeladen wird? Ist es nicht unhöflich, dann nichts zu essen?

Dann allerdings holte eine Mail mich aus meiner Lethargie. John Hunter hatte sich wieder gemeldet. Natürlich könne er verstehen, dass ich einen Hinweis auf seinen Auftraggeber und die Arbeitsstelle, die er mir anböte, haben wolle, aber er könne nur so viel sagen, dass es sich bei dem Unternehmen um einen der fünf großen Markenartikelproduzenten in seiner Branche handele. Dass die Arbeitsstelle eine Führungsposition sei, die ein sehr großzügiges Gehalt und größte Entscheidungskompetenzen biete. Und dass er sich wirklich gern mit mir treffen würde, ich möge ihm doch bitte einen Termin und einen Ort vorschlagen.

Natürlich antwortete ich nicht. Was auch?

Das war allerdings nicht die einzige Mail, die mein Interesse weckte. Noch deutlich aufregender waren die Anfragen von zwei großen Couturiers, ob sie Werbung auf meinem Blog schalten dürften.

Ich hielt die Luft an. Werbeanzeigen von derartigen Labels mussten Tausende bringen. Zehntausende gar. Plötzlich war mein Blog nicht mehr nur ein lustiger Zeitvertreib, sondern eine Möglichkeit, Geld zu verdienen. Vor meinem geistigen Auge sah ich mich bereits mit einem prallen Bankkonto, das es mir erlauben würde, meine geliebten Designer-Labels demnächst firsthand zu kaufen. In den Boutiquen auf der Kö, an denen ich sonst nur sehnsüchtig vorbeiflaniere. Ich würde nur noch private Reisen unternehmen zu Zielen, die mir genehm waren. Ich würde …

Meine Aufregung sackte in sich zusammen wie eine Hüpfburg, der die Luft ausgeht. Um Werbeanzeigen in meinen Blog einzubinden, müsste ich meine Tarnung aufgeben. Ich müsste ganz offiziell ein Gewerbe anmelden, um Rechnungen schreiben zu können. Ich müsste einen Programmierer haben, der den Blog in einer professionellen Softwareumgebung betreut, denn in der Version, die ich testete, gab es keine Funktion für die Veröffentlichung von superteurer Modewerbung.

Mein Blog war ein toller Erfolg – der in dem Moment, in dem er noch erfolgreicher werden könnte, zum Scheitern verurteilt war, weil er auf einer Lüge aufbaute. Ich war kein Trendscout, sondern eine lächerliche kleine Stewardess. Da saß ich nun, mit den Fotos von Karls Show auf dem geliehenen Spionage-Kugelschreiber, die das Echteste waren, was ich als Trendscout-Fälschung zustande gebracht hatte, aber meine Motivation war auf dem absoluten Nullpunkt.

Die ganze Sache war Blödsinn.

Der Blog hatte mich ein paar Wochen von meiner Einsamkeit und Langeweile abgelenkt, aber das war auch schon alles.

Bevor ich vollends in die Melancholie abrutschte, kam mir allerdings ein anderer Gedanke, der mich wieder etwas aufrichtete. Mein Blog war keine Lüge. Jeder einzelne Beitrag stammte tatsächlich von mir. Ich hatte die Fotos gemacht, sie ausgewählt und kommentiert. Ich hatte die Fragen der Leserinnen beantwortet und Trends entdeckt oder geschaffen, die sich zum Teil sogar durchzusetzen begannen. In Printmagazinen und anderen Blogs sah man plötzlich Mädchen und Frauen mit Kränzen aus frischen Blumen im Haar, am Abend zuvor hatte ich mit eigenen Augen zwei junge Frauen in der Altstadt gesehen, deren Hochsteckfrisur echte Sonnenblumen zierten.

Millie war echt. Sie verdiente sich zwar ihre Brötchen als Stewardess, aber ein Trendscout war sie trotzdem.

Mit frischer Motivation machte ich mich daran, die Anfragen zu beantworten, und zwar absichtlich unkonventionell, denn das war schließlich Millies Markenzeichen. Sie war selbstbewusst, sie kannte die Welt, und sie war stilistisch ganz weit vorn. Nicht hintendran, wie Susan Walker, die nur über das berichten konnte, was die Modeschaffenden ihr vorsetzten. Nein, Millie schaffte selbst etwas. Sie kreierte Trends.

Millie's Magazine – 5. Juli
Frage: Wie halten Sie Ihr Gewicht, und was raten Sie Menschen, die kein Idealgewicht haben?

Millie: Es ist wichtiger, die körperlichen Vorzüge durch die passende Kleidung zur Geltung zu bringen, als Kilos zu zählen. Wenn Sie breite Hüften, aber eine schlanke Taille haben, betonen Sie die Taille mit einem Gürtel. Einen großen Busen verkleinern Sie optisch durch ein großes Dekolleté und eine schlanke Taille (bloß keine weiten Hängerchen tragen!). Haben Sie kurze Beine, tragen Sie kurze Oberteile, haben Sie dicke Oberschenkel, tragen Sie enge Oberteile und weitere Hosen.

Vor allen Dingen: Haben Sie keine Angst vor weiblichen Formen. Denken Sie an Scarlett Johansson, die nach Hollywood-Maßstäben extrem übergewichtig, aber mit Sicherheit die Schauspielerin mit dem meisten Sex-Appeal seit Marilyn Monroe ist (die übrigens Kleidergröße 42 trug).

Ich lud die Fotos aus Paris hoch und kommentierte sie launig.

Irgendwann allerdings hatte ich genug geschrieben, kommentiert und beantwortet und konnte vor mir selbst nicht mehr verheimlichen, dass mein Aktionismus eine Ursache hatte, der ich mich nun bald stellen musste: der Entscheidung, was ich mit dem Foto von Funk und meinem Vater machen sollte.

»Schick es ihm«, sagte Jasmin zwei Stunden später, als ich ihr mein Dilemma und meine Unfähigkeit zur Entscheidung geschildert hatte. Sie war dankenswerterweise ohne ihren Liebsten Jake gekommen. Er müsse arbeiten, sagte sie entschuldigend. Ich war heilfroh.

»Wem?«, fragte ich zurück.

»Deinem Vater natürlich«, entgegnete Jasmin. »Du wolltest ihn doch immer schon kennenlernen. Das ist die Gelegenheit.«

»Und Stahl?«

»Hieß er nicht eben noch Frank?«

Ich seufzte. »In diesem Zusammenhang ist er Kommissar Stahl, der durch meine Schuld dem Betrüger immer mehrere Schritte hinterherläuft.«

»Durch deine Hilfe ist er ihm momentan überhaupt wieder auf der Spur«, korrigierte Jasmin.

Ich winkte ab. »Also?«

»Warum schickst du das Foto nicht beiden? Deinen Vater warnst du vor dem Betrüger, und Stahl sagst du, dass er wieder in Barcelona aufgetaucht ist.«

»Ich will eigentlich dieses Thema mit Stahl überhaupt nicht mehr erörtern. Es ist mir peinlich.«

»Und du befürchtest, dass er doch eines Tages draufkommt, dass du Millie bist.«

Ich nickte.

»Und du glaubst ernsthaft, dass er deine falsche Identität im Netz nicht entdeckt, wenn du ihm dieses Foto vorenthältst?«

Ich zuckte die Schultern.

Jasmin seufzte. »Sag Stahl die Wahrheit, dann wird dein Leben deutlich einfacher.«

Ich starrte sie an. »Das geht nicht. Was soll er von mir denken?«

»Es ist völlig egal, was er von dir denkt, Lulu. Denn wenn er die Wahrheit weiß und schlecht von dir denkt, wirst du ihn nie wiedersehen, also braucht dich seine Meinung nicht mehr zu interessieren. Aber wenn er die Wahrheit nicht weiß, wirst du ihn nicht wiedersehen wollen, weil du Schiss hast, dass sie herauskommt. Deine einzige Chance mit diesem Mann ist, ihm die Wahrheit zu sagen. Wenn er die kennt und nicht böse auf dich ist, kannst du was mit ihm anfangen.«

»Ich will aber gar nichts mit ihm anfangen«, sagte ich.

Jasmin grinste mich an. »Natürlich nicht.«

Mein Problem war damit nicht etwa gelöst, sondern nur noch viel komplizierter geworden, daher beschloss ich, zuerst meinen Vater zu warnen und dann zu entscheiden, ob ich Stahl zusätzlich informierte – oder lieber doch nicht.

Natürlich konnte ich nicht einfach die Auskunft anrufen und die Telefonnummer meines Vaters erfragen, daher setzte ich mich an den Laptop und recherchierte. Ich fand Telefonnummern und E-Mail-Adressen seiner diversen

Unternehmen, was mir aber nicht wirklich weiterhalf. Außerdem dürfte die Chance, durch einen Anruf in der Telefonzentrale eines Unternehmens die Privatnummer des Inhabers zu bekommen, wohl als eher gering gelten. Ich durchsuchte das Netz nach Angaben zu einem Privatbüro, nach einer Adresse, die es doch geben musste, damit Wohlfahrtsorganisationen Spendenaufrufe dorthin schicken könnten, aber auch in dieser Hinsicht fand ich nichts. Sehr ärgerlich.

Ich tat also, was ich die ganze Zeit hatte vermeiden wollen: Ich rief meine Mutter an.

»Wie war die Reise?«, fragte ich, denn Fragen nach der letzten Reise waren die einzige wirklich wichtige Umgangsform, auf die meine Mutter Wert legte.

»Traumhaft. Leider hatten wir grässliches Wetter, aber das ist man dort ja gewohnt, und zum Glück gehören wir ja nicht zu den Leuten, die ständig durch die Gegend laufen wollen, obwohl es doch gut ausgebaute Straßen und hervorragend ausgestattete Autos gibt.« Sie lachte schrill.

Ich verkniff mir eine Erwiderung, denn ich hatte meine Mutter nicht angerufen, um über ihre Reisen als Anhängsel ihres neuen Mannes zu sprechen.

»Ich muss dringend meinen Vater erreichen«, sagte ich.

Ich konnte mir anhand des Schnaubens, das sie von sich gab, ihren Gesichtsausdruck lebhaft vorstellen. Mein Vater war an meinem achtzehnten Geburtstag zur Persona non grata erklärt worden, und Mutter hatte mir jegliche Fragen oder auch nur die Nennung seines Namens verboten. Bis dahin hatte er Geld geschickt, insofern ließ sich das Thema nicht umgehen. Als er die Zahlungen einstellte, erklärte Mutter, er habe sich damit aus eigenem Willen aus meinem Leben verabschiedet, daher solle ich ihn nun auch vergessen und nie wieder erwähnen. Ich erwähnte ihn nicht mehr, verfolgte jedoch sein Leben fortan im Internet.

»Wie kommst du darauf, dass ich dir dabei helfen könnte?«, fragte sie.

Weil sie niemals einen Kontakt hätte abbrechen lassen, der sich für sie als nützlich erweisen könnte. Weil sie Wert darauf legte, immer eine Art Versicherung zu haben für alles, was sie tat. Weil sie im Notfall von dieser Verbindung Gebrauch gemacht hätte. Zum Beispiel, wenn ich eine seltene Krankheit bekäme und eine Knochenmarksübertragung oder eine Spenderniere oder eine sonstige teure Therapie benötigte. Sie ist der Typ, der sich über solche Dinge Gedanken macht und alles in ihrer Macht Stehende tut, um vorbereitet zu sein.

»Mama, lass doch das Theater«, sagte ich seufzend. »Gib mir die Telefonnummer oder die Adresse, oder was auch immer du hast. Es ist wirklich wichtig.«

»Das möchte ich gern selbst entscheiden. Also, was ist los?«

Sie gab nicht nach. Ich erzählte ihr von dem Betrüger Werner Funk, von der Fahndung, von dem Foto, auf dem er mit meinem Vater zu sehen war. Und dass ich meinen Vater nun vor dem Betrüger warnen wollte.

Mutter schwieg ungewöhnlich lange. »Okay«, sagte sie endlich. »Ich habe eine Telefonnummer für Notfälle. Aber wenn es Ärger gibt, will ich damit nichts zu tun haben.«

Ich versprach es ihr, notierte die Nummer und legte auf.

Eine geschlagene Stunde starrte ich auf den Zettel mit der Telefonnummer. Sergeant Pepper brachte mir die Leine und wartete hechelnd, schleppte die Leine zur Tür und blickte sich auffordernd um, legte sie wieder vor meine Füße und bellte.

Ich stierte unverwandt die Telefonnummer an. Überlegte, was ich sagen würde. Überlegte, wie ich es sagen würde. Mir gefiel weder das eine noch das andere. Endlich gab ich mir einen Ruck und wählte die Nummer.

Meine Hände waren schweißnass, mein Puls raste, ich hatte einen Kloß im Hals. Endlich meldete sich eine männliche Stimme, die etwas höher war, als ich erwartet hatte.

»*Digame.*«

Papa?, war mein erster Impuls, aber den verkniff ich mir. Stattdessen erklärte ich in fließendem Spanisch, dass mein Name Maria Luisa Rigoberta Martin sei und ich bitte mit Juan Diego de Todos los Santes y Borbón sprechen wolle.

Stille.

»Es geht um eine sehr wichtige Angelegenheit. Um einen Betrüger, vor dem ich Señor de Todos los Santes warnen muss.«

»Betrüger?«

»Ja, ein gewisser Werner Funk. Welchen Namen er in Spanien benutzt, weiß ich nicht, aber er ist gestern am Flughafen von Señor Todos los Santes abgeholt worden und …«

»Woher weißt du das?«

Nun ist das Du in Spanien nicht so ungewöhnlich wie bei uns. Die Unterscheidung zwischen Du und Sie hängt nicht in erster Linie vom Grad der Bekanntschaft, sondern vor allem vom Alter ab. Man duzt Jüngere und siezt Ältere. Das Du hieß also nicht, dass der Mann, mit dem ich sprach, diese Anrede als Zeichen unserer familiären Verbundenheit benutzte. Trotzdem war dies die Stelle, an der ich mir plötzlich hundertprozentig sicher war. Der Mann, mit dem ich sprach, war mein Vater.

Ich schluckte trocken, räusperte mich. »Wie soll ich dich anreden?«, fragte ich endlich.

Er schwieg einen Moment. »Diego.« Kurz angebunden, aber nicht wirklich unfreundlich. Oder? Am Telefon war das schwer zu entscheiden.

»Ich werde Lulu genannt.«

»Ich weiß.«

Logo.

»Also, was ist das für eine Geschichte mit diesem Betrüger?«

Ich sprudelte alles hervor, was ich über Funk wusste. Dass er seit Jahren vom Landeskriminalamt gesucht wurde, dass er Mitglieder des Familien- und Geldadels betrog, dass er sein Geschäft von Geldanlagen zu Luxusartikeln verlagert hatte. Wertlose Diamanten, gefälschter Schmuck, Gold. Wobei ich nicht wusste, wie man Gold fälschte, aber da die meisten Goldgeschäfte auf dem Papier stattfanden, hatte er sicher auch dort eine elegante Möglichkeit gefunden, die zahlungskräftige Klientel nach Strich und Faden zu bescheißen.

»Weißt du, wie er sich jetzt nennt?«, fragte mein Vater.

»Nein, aber ich kann dir das Foto schicken. Das, auf dem ich dich erkannt habe. Genauer gesagt, deinen Ring.«

Ich musste ihm erklären, woher ich seinen Ring kannte, und gestand, dass ich seit Jahren jedes Wort über ihn und jedes Foto in den Klatschblättchen und im Internet verfolgte. Ich redete ohne Punkt und Komma, wollte ihn beeindrucken und ihm nützlich sein.

Er schwieg lange. »Das ist sehr nett von dir, dass du mich warnst.«

Ich fühlte, wie mir das Blut ins Gesicht schoss.

»Du hast mir damit einen großen Dienst erwiesen.«

»Äh, bitte, gern«, stammelte ich.

»Deine Telefonnummer habe ich im Display. Gib mir auch deine Adresse. Jetzt, da wir uns schon mal telefonisch kennengelernt haben, sollten wir uns nicht wieder aus den Augen verlieren.«

Ich stammelte meine Handynummer, denn der Festnetzanschluss, dessen Nummer er im Display hatte, war ja Sabines, und ich diktierte ihm meine eigene Adresse.

»Danke, Lulu. Entschuldige, aber ich muss zurück zu meiner Besprechung. Du hörst von mir.«

Die Leitung war tot, bevor ich reagieren konnte. Ich legte den Hörer auf und ließ die Hand auf dem Telefon liegen, während sich langsam, aber sicher ein breites Grinsen auf meinem Gesicht ausbreitete. Ich hatte mit meinem Vater gesprochen. Ich hatte ihm einen großen Gefallen getan und ihn damit beeindruckt. Er hatte sich meine Adresse notiert. Vielleicht schickte er mir Pralinen oder Blumen. Fürs Erste. Denn natürlich würden wir uns persönlich kennenlernen. Keine Ahnung, ob er nach Düsseldorf käme, aber sobald ich wieder fliegen dürfte, würde ich ihn in Barcelona besuchen.

Ich tanzte durch das Wohnzimmer, nahm nichts um mich herum wahr und erschrak daher über alle Maßen, als plötzlich jemand einen Arm um meine Taille legte, nach meiner rechten Hand griff und mich wie in der Tanzschule herumdrehen wollte.

Ich schrie.

»So schlecht tanze ich doch gar nicht«, sagte Stefan beleidigt. Er trug noch die Klamotten von gestern Abend und sah aus, als hätte er kein Auge zugetan. Aber er strahlte über das ganze Gesicht.

»Mein Gott, du hast mich zu Tode erschreckt«, maulte ich, als ich wieder Luft bekam.

»Von wem hast du denn gerade geträumt?«, neckte er mich. »Von Frank? Ist er denn schon weg?«

Mir wurde übergangslos schlecht. Aufregung schlug mir

immer auf den Magen, in diesem Fall war es der Schock dieses Namens in Verbindung mit meinem schlechten Gewissen. Ich hätte Stahl schon gestern Abend von Funks Ankunft in Barcelona berichten müssen. Das würde ich sofort nachholen.

Ich befreite mich aus Stefans Griff. »Er war gar nicht hier.«

»Das tut mir leid.«

»Mir nicht«, giftete ich ihn an.

»Alles klar, Mäuschen«, säuselte er. »Ich gehe dann mal duschen.«

Ich griff nach dem Telefonhörer, holte tief Luft und tippte die Nummer von Franks Diensthandy ein. Dann wartete ich nervös, dass er sich meldete.

Zehn

Kommissar Frank Stahl hatte dienstfrei. Natürlich. Es war Samstag. Diese Angelegenheit war schließlich keine Mordermittlung, bei der die Kripo rund um die Uhr im Einsatz ist. Betrüger wurden von Montag bis Freitag gesucht, am Wochenende nicht.

Nachdem ich mich endlich dazu durchgerungen hatte, Stahl zu informieren, war ich frustriert, dass mir das nicht möglich war. Hätte ich ihm doch gleich gestern Abend das Foto gezeigt. Warum bloß hatte ich das nicht getan? Nur, weil der Ring meines Vaters auf dem Foto zu erkennen war? Das hätte Stahl doch gar nicht interessiert. Für ihn wäre nur wichtig gewesen, dass der flüchtige Betrüger gestern in Barcelona eingetroffen war. Dort hätte er seine Spur wieder aufnehmen können. Sicher hätte er dafür sogar sein Wochenende geopfert, denn so nah war er ihm noch nie gekommen.

Aber sogleich korrigierte ich mich. Natürlich hätte Stahl die Identität des Mannes, der Funk am Flughafen abgeholt hatte, sehr wohl interessiert. Fraglich war, ob er diese Identität herausfinden konnte anhand des Rings, der auf dem Foto zu erkennen war. Da hatte ich nicht den Schimmer einer Ahnung. Vielleicht wäre es einem Computerfachmann gelungen, den Ring so stark zu vergrößern, dass das Wappen erkennbar geworden wäre. Dann hätte er mithilfe eines Wappenkundlers die Identität meines Vaters herausfinden können. Das hätte sicher ein paar Tage gedauert. Selbst wenn ich also Kommissar Stahl das Foto gleich am Freitagabend gezeigt hätte, hätte ich meinen Vater noch informieren können, bevor das LKA ihm auf die Bude rückte, um ihn ihrerseits vor dem bekannten Betrüger zu warnen und nach dessen Verbleib zu fragen. Das wäre auf jeden Fall der bessere Weg gewesen. Aber nun war es zu spät.

Jetzt war mein Wochenende völlig ruiniert, dessen war ich sicher. Ich würde auf glühenden Kohlen sitzen, bis ich endlich mit Stahl reden konnte.

Wie sollte ich ihn überhaupt anreden? Mit »Herr Kommissar« oder »Frank«? Auch darüber würde ich mir heute und morgen den Kopf zerbrechen.

Ich seufzte.

»Wird deine Liebe nicht erwidert?«, fragte Stefan.

»Warum schleichst du dich immer so an?«, giftete ich.

»Ich trete mit dem vollen Gewicht meiner einhundertdreißig Kilogramm auf, aber du bist mit dem Kopf in den Wolken oder auf dem Mond, oder weiß der Teufel wo sonst.«

Ich drehte mich zu ihm um, um eine unfreundliche Bemerkung loszulassen, und erstarrte. Stefan war von Kopf bis Fuß schwarz gekleidet, sein Bleistift-Bärtchen glänzte ebenso tiefschwarz, und die eng am Kopf anliegende Sonnenbrille vervollständigte das Bild eines Auftragskillers.

»Kostümball oder Beerdigung?«, fragte ich fassungslos.

»Chris steht auf coole Typen«, sagte er grinsend. »Vor allem, weil ihr Ex ihr immer noch hinterherläuft.«

Ich runzelte die Stirn. »Du hast der großen Blonden von gestern deine Dienste als Bodyguard angeboten?«

»Himmel, nein!«, entgegnete Stefan. »Ich will ausschließlich Spaß haben, heute Abend. Keinen Ärger.« Er warf mir fröhlich zwinkernd eine Kusshand zu, bevor er sich umdrehte. »Warte nicht auf mich.«

Ich stand allein in Sabines Wohnzimmer und fühlte mich einsam und verlassen. Mit einem Cappuccino, der seinen üblicherweise wohltuenden Einfluss auf mein Befinden heute nicht entfaltete, lümmelte ich mich auf die Couch und griff nach einem Style-Magazin. Das hatte ich schon gelesen. Mist. Die einzige noch weitgehend unbekannte Lektüre war der Ratgeber von Vanessa Goodheart. Ich blätterte eher gelangweilt darin herum.

Frage von Claudia Z.: Wie stelle ich fest, ob ich romantisch bin?

Antwort von Vanessa Goodheart: Denken Sie ans Heiraten. Fällt Ihnen als Erstes die Szene im weißen Kleid vor dem Altar (romantisch) oder das Ehegattensplitting (unromantisch) ein? Denken Sie an einen weißen Sandstrand. Fällt Ihnen als Erstes ein Spaziergang zu zweit im Abendrot (romantisch) oder der Sand zwischen den Zehen (unromantisch) ein? Denken Sie an Kerzenlicht. Fällt Ihnen als Erstes die intime Atmosphäre flackernder Flammen (romantisch) oder der erhöhte Renovierungsbedarf wegen der Rußentwicklung (unromantisch) ein?

Sie können nun vermutlich einschätzen, ob Sie romantisch oder unromantisch sind – aber was machen Sie jetzt mit diesem Wissen? Bitte seien Sie sich darüber im Klaren, dass ein Hang zur Romantik nicht per se besser, weiblicher oder attraktiver ist als ein kühler Kopf.

Frage von Uschi K.: Ich habe mich am Telefon in die Stimme eines Mannes verliebt. Was soll ich tun?

Antwort von Vanessa Goodheart: Sie sind einsam. Suchen Sie sich einen Freund – aber einen echten, nicht am Telefon.

Frage von Michaela B. v. Z.: Ich kenne viele Männer, aber mein Traummann taucht einfach nicht auf. Gibt es keine Traummänner?

Antwort von Vanessa Goodheart: Doch. Im Traum. Die echten Männer haben Charakterfehler, sehen nicht gut aus und sind abends müde. Trotzdem haben sie viele gute Eigenschaften wie Warmherzigkeit, Humor, Fleiß, Treue und Zuverlässigkeit. Sie müssen sich nur die Mühe machen, den ganzen Mann kennenzulernen. Selbst wenn das Äußere Sie nicht auf Anhieb anspricht, geben Sie ihm eine Chance. Sie wissen ja: Liebe macht blind. Wenn also der Rest stimmt, wird sich Ihre Sichtweise ändern und seine physische Attraktivität in Ihren Augen dramatisch steigen.

Das Telefonklingeln rettete mich vor weiteren schlauen Ratschlägen, von denen der eine oder andere vielleicht wirklich gar nicht so falsch war. Es war Thomas.

»Hast du heute Abend schon etwas vor?«

»Äh, nein.«

»Hast du Lust, mit mir ins Kino zu gehen?«

»Was läuft denn?«

Er rasselte eine ganze Reihe an Filmen herunter, und wir einigten uns auf eine deutsche Komödie, verabredeten einen Treffpunkt am Kino und legten auf. Ich sah auf die Uhr. Eine Stunde hatte ich, um mich ausgehfertig zu machen. Ich musste mich beeilen.

Thomas' bewundernder Blick tat mir gut. Immerhin hatte ich mir wirklich Mühe gegeben. Die Hochsteckfrisur allein mit nur zwei Händen hinzubekommen, hatte fast eine halbe Stunde gedauert, dabei war ich sogar noch schnell zum Blumenladen gelaufen und hatte einen Margeritenbusch gekauft, von dem ich fünf Blüten gezupft und in die Haare eingeflochten hatte. Das Make-up war eher dezent und passte zu dem weißen, leicht transparenten Leinenkleid, über dem ich einen doppelten Gürtel und eine lange Kette mit großem Steinanhänger trug. Ein Sommer-Outfit ganz nach Millies Geschmack. Und damit passte ich hervorragend zu Thomas, der eine dunkelblaue Baumwollhose und ein weißes Leinenhemd trug und darin extrem lässig wirkte. Damit meine ich die Art von Lässigkeit, die erfolgreiche Leute ausstrahlen. Er küsste mich zur Begrüßung auf die Wangen, zog mich aber etwas näher an sich heran, als nötig gewesen wäre.

»Du siehst viel zu gut aus, um dich in einem dunklen Kino zu verstecken«, flüsterte er mir zu, während wir unsere Plätze suchten.

»Du kannst mich ja nachher noch ausführen«, flüsterte ich zurück.

»Gern«, hauchte er in mein Ohr.

Penibel überprüfte ich die Sauberkeit des Kinosessels, nachdem ich mir vor zwei Wochen eine gute Hose mit einer eklig roten, stinkenden Sauce versaut hatte, die an dem Sitz klebte. Diesmal hatte ich Glück, nur der mit Cola oder Bier getränkte Teppichboden klebte nass und schmatzend unter den Sohlen meiner Sandalen.

Wir klappten die Armlehne zwischen unseren Sitzen hoch, und nach der Hälfte des Films legte Thomas seinen Arm um mich. Ich schmiegte mich an seine Schulter und fühlte mich einfach wunderbar – wenn mir auch nach einer halben Stunde der Nacken wehtat, da ich den Kopf wegen der aufwendigen Frisur nicht anlehnen konnte. Aber ich wusste, dass sich der Schmerz lohnte, schon bevor er mich küsste.

Diesmal hieß der Cocktail Hot Summer Love. Er wurde in einem großen Glas mit zwei Strohhalmen serviert, und wir stießen immer wieder mit den Köpfen zusammen, wenn wir daraus tranken.

»Ich glaube, ich bin ein bisschen beschwipst«, sagte Thomas, als wir uns aus unseren Strandstühlen hochkämpften und die Beach-Bar verließen.

»Ich kann dir noch einen Kaffee machen«, sagte ich.

Er schaute mich prüfend von der Seite an, den linken Arm um meine Schulter gelegt. Meine rechte Hand lag auf seiner Hüfte. Ich sah zu ihm hoch.

»Gern«, sagte er.

Ich nickte lächelnd. »Gut.«

Zu Hause, das heißt natürlich in Sabines Wohnung, begrüßte Sergeant Pepper mich müde, schnupperte an Thomas, wedelte gnädig mit dem Schwanz und schlurfte zurück in sein Körbchen. Ich machte zwei Espressi, während Thomas wieder einmal die Wohnung und die Aussicht über das Lichtermeer der Stadt bewunderte. Ich wusste, dass ich nach dem Espresso nicht würde schlafen können, aber das hatte ich auch gar nicht vor. Thomas sah einfach zum Anbeißen aus, er roch gut, und er schien Ähnliches vorzuhaben wie ich, denn kaum hatten wir den Espresso getrunken, zog er mich an sich und küsste mich leidenschaftlich.

»Lass uns rübergehen«, murmelte ich. Immerhin wollte ich mich nicht von Stefan bei heißem Sex auf der Couch erwischen lassen.

Im Gästezimmer ging es dann zur Sache. Thomas zog mir das Kleid über den Kopf, kämpfte mit den Margeriten und den Haarnadeln, in denen es sich verfing, während ich hilflos mit dem Gesicht im Stoff steckte und hoffte, dass ich die Make-up-Flecken wieder herausbekäme. Endlich hatten wir es geschafft, ich zog ihm das Hemd aus, er selbst befreite sich aus Leinenhose und Unterwäsche, während ich gefühlte hundert Haarnadeln aus meiner Frisur wühlte, damit ich den Kopf aufs Kissen legen konnte.

Ich kann das erste Mal mit einem Mann im Bett selten wirklich genießen, aber Thomas war rücksichtsvoll. Auch das Kondom akzeptierte er widerspruchslos. Und er schrie nicht. Ich habe Männer, die beim Sex laute Grunzlaute von sich geben, nie leiden können.

Als er auf dem Rücken lag und sich seine Atmung langsam beruhigt hatte, hätte ich ihm gern etwas Nettes gesagt, wollte aber keine Klischees bedienen. Genauso gerne hätte ich mich an ihn gekuschelt und wäre in seinem Arm eingeschlafen, aber vorher musste ich mich abschminken, sonst würde ich am nächsten Tag wie ein Zombie aussehen. Ich schlich also auf Zehenspitzen ins Bad und beeilte mich.

Als ich zurückkam, schlief Thomas tief und fest.

Der Espresso hielt mich wach bis gegen halb sechs. Ich drehte mich von einer Seite auf die andere, hielt die Bettdecke krampfhaft umklammert, da Thomas an der anderen Seite zog, und überlegte abwechselnd, ob ich aufstehen und lesen oder aufstehen und mich bewusstlos trinken oder aufstehen und mit Sergeant Pepper spazieren gehen sollte. Aufraffen konnte ich mich zu keiner der Alternativen, daher schlief ich am frühen Morgen endlich ein.

Um acht Uhr weckte mich Sergeant Pepper, der vor der Tür des Gästezimmers saß und jaulte. Ich zog mich an und ging mit ihm eine kurze Runde spazieren. Bei meiner Rückkehr schlief Thomas immer noch. Ich machte mir einen Kaffee und wartete.

Ich verkürzte mir die Wartezeit mit einem Blogeintrag.

Millie's Magazine – 6. Juli
Das Kino ist ein magischer Ort, ein Tor in eine andere Welt. Völlig selbstvergessen können die Zuschauer ihre tatsächliche Identität verlassen und mit dem Held oder der Heldin auf der Leinwand Abenteuer, Romantik oder Tragödien erleben. Oder sie könnten es, wenn die anderen Zuschauer sie nicht durch unangemessenes Verhalten immer wieder in die traurige Gegenwart des dunklen Kinosaals zurückholen würden. Durch Geraschel, Getuschel und lautes Schmatzen, Hin- und Herlaufen und – besonders grässlich – Gestank. Gestank von verschütteten Getränken, muffigem Popcorn und salzig-säuerlicher Taco-Salsa. Ich warte, nach dem Rauchverbot, sehnsüchtig auf das Ess- und Trinkverbot in Kinos.

Ich checkte die Kommentare und Mails, ließ jedoch die Anfragen für Werbung (drei weitere) und Interviews (zweimal Print, dreimal Fernsehen und ein Radiosender) unbeantwortet. Was hätte ich auch schreiben sollen. Werbung ging nicht, und Interviews brachten mich nicht weiter, sondern vergrößerten nur das Risiko, entlarvt zu werden. Stattdessen rief ich die Statistik ab, die das System automatisch aktualisierte. Mein Blog hatte allein in den letzten zehn Tagen fünfundzwanzigtausend Klicks gehabt.

Thomas schlief bis halb elf, tauchte schließlich barfuß und mit nacktem Oberkörper und vom Duschen nassen Haaren auf, und nahm dankbar einen Kaffee entgegen.

»Tut mir leid, aber ich muss dann gleich weg«, flüsterte er mir ins Ohr. Ich lehnte an seiner nackten Brust, hatte die Arme locker um seine Hüften gelegt und schaute zu ihm auf. »Bin zum Mittagessen bei meinen Eltern. Meine Ma hat heute Geburtstag.« Er zauste mir durch das Haar, das ich offen trug. Die Kopfhaut spannte immer noch von den hundert Haarnadeln, die ich gestern Abend gebraucht hatte.

»Hm«, murmelte ich.

»Kann sein, dass ich den ganzen Tag dableibe, wenn auch meine Schwester kommt.«

»Okay.«

»Ich rufe dich an.«

»Unbedingt.«

So hatte ich mir meinen Sonntag zwar nicht vorgestellt, aber mangels Alternativen nahm ich Sergeant Peppers Leine und verbrachte den Nachmittag mit ihm am Rhein. Auf diese Art war wenigstens einer von uns beiden glücklich.

Da die Wohnung auch bei meiner Rückkehr noch leer war (weiß der Teufel, wo Stefan gestrandet war) und ich Beziehungsratgeber nun nicht mehr nötig hatte, schaltete ich den Laptop wieder ein und besuchte Susan Walkers Blog. Ob aus Neugier oder Schadenfreude oder einer ähnlich niederträchtigen Motivation heraus, konnte ich nicht genau sagen, vielleicht war es auch schlichte Langeweile. Jedenfalls traute ich meinen Augen nicht. Susan Walker hatte ein Interview mit Millie auf ihrer Seite.

Susan Walker: Danke, Millie, dass Sie zu diesem E-Mail-Interview bereit sind.

Millie: Für eine Kollegin doch immer gern.

Susan Walker: Millie, wo sind Sie gerade?
Millie: Zu Hause.
Susan Walker: Wo ist das?
Millie: Das ist privat. Nur so viel: Es ist wenig spektakulär.
Susan Walker: Wie lang bleiben Sie zu Hause?
Millie: Drei Tage.
Susan Walker: Und wohin geht die nächste Reise?
Millie: Meine Reisepläne sind geheim.
Susan Walker: Was ist für Sie das Aufregendste an Ihrem Beruf?
Millie: Der Gestaltungsspielraum.
Susan Walker: Was gestalten Sie denn?
Millie: Trends.
Susan Walker: Aber wenn Sie etwas sehen, wie zum Beispiel das inzwischen berühmte Blumenmädchen, dann dokumentieren Sie etwas bereits Bestehendes. Sie kreieren nichts Neues.
Millie: Richtig. Aber ich verbreite diese Idee.
Susan Walker: Das ist wie in meinem Beruf als Journalistin.
Millie: Ja, das kann man so sagen.
Susan Walker: Und was gefällt Ihnen am wenigsten?
Millie: Die dauernden Reisen machen einsam.
Susan Walker: Welchen Ratschlag würden Sie jungen Frauen geben, die Ihnen nacheifern wollen?
Millie: Überlegen Sie sich das gut. Wo Licht ist, ist auch Schatten.
Susan Walker: Vielen Dank für das Gespräch.
Millie: Bitte, jederzeit gern.

Ich schnappte fassungslos nach Luft. Dieses Interview war gefälscht. Ich war Millie, und ich hatte ihr kein Interview gegeben. Nie im Leben würde ich diese blöde Ziege mit einem Interview beehren.

Die Frage war, ob Susan Walker das bewusst war. Vielleicht hatte sie ja auch irgendeinen windigen Kontakt im Internet hergestellt und glaubte, dass diese Person Millie war.

Aber, nein, daran glaubte ich nicht.

Ich erkannte, dass ich meine Gegnerin unterschätzt hatte. Das gefälschte Interview war ein Geniestreich von Susan Walker höchstpersönlich. Zunächst adelte sie sich selbst damit, dass Millie ihr offenbar ein Interview gewährt hatte. Dann spielte sie sich als Millies ebenbürtige Kollegin auf, was Millie mit ihren Antworten eindeutig unterstrich. Susan nahm Millie jeglichen Glamour. Und sie stellte sie als frustrierte, einsame Karrieretussi dar. Und zwar so subtil, dass viele Leserinnen den Schwachsinn sicherlich glauben würden. Susan Walker war ein durchtriebenes, hinterhältiges Miststück – aber sie war eindeutig clever. Ich war mir nicht ganz sicher, ob ich ihre Absichten schon völlig durchschaut hatte, oder ob der eigentliche Hammer noch folgen sollte.

Ich sprang auf, Sergeant Pepper sprang ebenfalls aus seinem Körbchen und kam schwanzwedelnd angelaufen, vermutlich in Erwartung eines erneuten Spaziergangs. Ich streichelte ihn, tobte ein bisschen mit ihm herum, war aber nicht bei der Sache. Susan Walker hatte mit ihrem dreisten Trick von Millies Popularität profitiert, das war ihr gut gelungen. Aber glaubte sie im Ernst, dass sie nicht dabei erwischt wurde? Vorausgesetzt, sie hatte dieses Interview wirklich selbst verfasst – glaubte sie dann etwa allen Ernstes, dass Millie das nicht mitbekäme? So dumm konnte sie nicht sein.

Oder wollte sie eine Reaktion provozieren? Aber wozu? Um durch einen Zickenkrieg Aufmerksamkeit zu bekommen? Wäre das clever? Wollte sie wirklich bekannt werden als die Frau, die von Millie verklagt worden war? Oder – ha! War es das? Wenn Millie sie verklagen wollte, musste sie sich offenbaren. Kein Gericht der Welt nimmt eine Klage an von einer Frau, die ihre wahre Identität nicht preisgibt. Wenn Susan Walker Millie also genug reizte, dass diese sie verklagte, dann hätte sie zumindest ihr Ziel erreicht, Millie zu demaskieren.

Damit stellte sich die nächste Frage: War Susan Walker selbst auf diese Idee gekommen, oder steckte John Hunter hinter diesem Plan? Wie gut kannten die beiden sich, abgesehen davon, dass sie gemeinsam zu Mittag aßen. Waren sie ein Paar? Oder Kampfesgenossen? Oder waren sie im Gegenteil jeder selbst und jeweils ganz für sich allein darauf erpicht, das Rätsel um Millies wahres Ich zu lösen?

Mir schwirrte der Kopf. Solange ich den Plan, der hinter diesem Interview steckte, nicht durchschaute, wusste ich nicht, wie ich reagieren sollte.

Ich musste mit jemandem über dieses Problem sprechen, und da kam nur Jasmin infrage. Sie hatte vier Tage frei, war Freitag angekommen, musste also noch da sein. Ich probierte es auf ihrem Handy.

»Wir sind am Rhein, komm doch zu uns. Wir grillen.«

»Wer?«, fragte ich mit düsterer Vorahnung.

»Jake und ein paar von seinen Freunden.«

»Und Thomas?«, fragte ich vorsichtig.

»Nein, seine Mutter hat Geburtstag.«

Ich atmete auf. Keine Ahnung, warum ich überhaupt gefragt hatte. Glaubte ich ihm etwa nicht? Warum hätte er mich anlügen sollen? Er war schließlich auch heute

Morgen zärtlich gewesen, hatte eindeutig verliebt gewirkt. Aber nach meinen nicht besonders zahlreichen und eher unerfreulichen Erfahrungen war ich einfach misstrauisch, obwohl ich nichts so sehr verabscheue wie misstrauische, zänkische Weiber. Frauen mit Klasse stehen über so etwas.

Trotzdem war die Information nicht das, was ich erwartet oder erhofft hätte. Jasmin war praktisch nur noch mit Jake anzutreffen. Und auf den Typen hatte ich nun leider überhaupt keinen Bock. Der Kerl war mir zuwider. Seine direkte, immer ein wenig spöttische Art war extrem aufdringlich und unhöflich. Er stellte indiskrete Fragen, machte anzügliche Bemerkungen und drängte mich damit jedes Mal in die Defensive. Ich hatte den Eindruck, dass er ständig Informationen über andere Leute sammelte, aber über sich selbst so gut wie nichts preisgab. Irgendetwas stimmte nicht mit ihm. Ich hatte Sorge, dass Jasmin eines Tages aus ihrem rosaroten Traum aufwachen und feststellen würde, dass ihr toller Jake ein ganz anderer war, als sie gedacht hatte.

Vielleicht war er sogar verheiratet.

Ich seufzte. »Sag mir, wo ich euch finde.«

Die Truppe war schon von Weitem zu sehen. Es waren zehn Leute, und sie sahen aus wie die Typen in der Bacardi-Werbung. Langbeinige Mädels in flatternden Röcken und Bikini-Oberteilen, coole Typen in abgeschnittenen Jeans und mit bloßem Oberkörper. Okay, beim Näherkommen sah man, dass die Mädels nicht ganz die Klasse der Werbe-Models und die Typen ein paar Pfund zu viel auf den Rippen hatten, aber im Großen und Ganzen stimmte das Bild. Außerdem lieferte die Hintergrundmusik aus dem Ghettoblaster den Soundtrack zu der Salsa-Strand-Fete.

Jasmin hatte uns als Erste entdeckt, lief auf Sergeant

Pepper zu und raufte mit ihm im Sand. Sie hörte erst auf zu lachen, als sie eine Ladung Sand in den Mund bekam, spuckte ein paarmal und lachte dann sogar noch breiter.

»Dreck reinigt den Magen«, rief sie mir zu.

Ich musste grinsen. Ihre gute Laune ist einfach ansteckend, dagegen ist selbst eine Susan-Walker-Depression machtlos.

Jasmin spülte sich den Mund und das Gesicht mit lauwarmem Mineralwasser ab, drückte mir eine Flasche warmes Bier in die Hand, hakte mich unter und zog mich von den anderen weg.

»Also, was ist passiert?«

Ich erzählte ihr von dem gefälschten Interview.

Jasmin seufzte. »Und ich dachte, du wolltest mit mir über Thomas reden.«

»Wie kommst du darauf?«, fragte ich.

»Weil du eben nach ihm gefragt hast.«

»Was sollte ich über ihn reden wollen?«

Jasmin zuckte die Schultern. »Fragen, wie du ihn endlich ins Bett kriegst.«

Ich wurde rot.

Jasmin sah mir in die Augen, grinste dann plötzlich erleuchtet und klatschte begeistert in die Hände. »Und? Wie war's?«

»Danke, gut«, sagte ich mit schiefem Grinsen. Im Gegensatz zu Jasmin bin ich es nicht gewöhnt, über sexuelle Abenteuer zu reden.

»Wann seht ihr euch wieder?«, fragte sie.

»Er ruft mich an.«

»Ich bin sicher, dass er das tut.«

Ich grinste. »Ich auch.«

Jasmin blieb stehen, warf die Arme um meinen Hals und drückte mich. »Ich freue mich für dich.«

Ich nickte.

Sie ließ mich los. »Also, dann zu dem Interview.«

Wir erörterten die möglichen Motive von Susan Walker, ihre eventuelle Komplizenschaft mit John Hunter, das Für und Wider einer Reaktion meinerseits, und waren immer noch zu keinem Ergebnis gekommen, als plötzlich Jake neben uns stand.

»Was habt ihr zwei Süßen denn für weltbewegende Probleme?«, fragte er.

Verdammt, hatte er uns etwa belauscht? Hatte er den Namen John Hunter gehört? Immerhin arbeitete sein guter Kumpel Thomas für diesen Mann. Jake war ein Waschweib, und ich traute ihm durchaus zu, dass er jedes Wort, das er über John Hunter hörte, sofort an Thomas weitertratschte. Das wäre die totale Katastrophe!

Jasmin küsste ihn leidenschaftlich auf den Mund. »Frauensachen«, sagte sie.

»Tauscht ihr euch darüber aus, wie lange man ohne Sex überleben kann?«

»Genau.« Jasmin zwinkerte mir zu. »Ich bin ja sehr genügsam, aber Lulu ist einfach unersättlich.«

»Ja, die stillen Wasser sind die tiefsten, richtig?«

Gott, wie ich dieses ewige Gerede über Sex hasste. Aber wenn uns das von dem Minenfeld rund um Millie und John Hunter wegbrachte, konnte er von mir aus in jedes noch so intime Detail gehen. Ich gab mir Mühe, ein Lächeln auf mein Gesicht zu zaubern, und nickte. »Verdammt tief.«

Da Jasmin mich nicht gehen ließ, blieb ich zum Essen und zum Sundowner und zur Midnight-Margarita. Sergeant Pepper schlief gelegentlich mit dem Kopf auf meinem Schoß ein, wachte wieder auf, jagte mit Jule, Dirk, Volker oder Martina über den Sand und kam immer wieder erschöpft zu mir zurück. Die Leute waren locker, lustig und sprachen nicht über Sex. Sie redeten über ihre Jobs, über Urlaube, über Bücher, Kinofilme und Kunstausstellungen. Ich hörte fast nur zu und bekam im Laufe des Abends heraus, wer mit wem liiert war, wer mit wem verwandt und wie lange sie sich alle schon kannten. Einige Freundschaften bestanden seit Kindertagen, andere seit dem Studium, nur Jasmin war ganz neu in der Clique. Sie war allerdings bereits vollständig integriert. Ich spürte einen Stich in der Brust: Neid.

Diese Erkenntnis schockierte mich zutiefst und brachte mir ganz plötzlich eine Zeile aus dem gefälschten Interview ins Gedächtnis, über die ich mich heute Nachmittag noch furchtbar aufgeregt hatte: Die dauernden Reisen machen einsam. Aber warum mich und nicht Jasmin? Sie reiste genauso viel in der Weltgeschichte herum wie ich, momentan sogar deutlich mehr. Nur am Job konnte es also nicht liegen.

Ich starrte in das niederbrennende Lagerfeuer, kraulte Sergeant Peppers seidenweiche Ohren und blinzelte die Tränen weg. Sicher lag es nur an der Müdigkeit nach einer durchwachten Nacht, dass ich so dünnhäutig war.

Millie's Magazine – 6. Juli
Networking-Partys gibt es auf der ganzen Welt. Sie werden von Berufsverbänden, Fachmagazinen oder professionellen Eventagenturen veranstaltet. Notworking-Partys sind neu. Auch sie richten sich an eine bestimmte Gruppe, verbieten aber professionelle Themen. So kommen Designer zusammen und reden über – alles außer Design. Spannend, was man plötzlich von Menschen erfährt, mit denen man seit vielen Jahren beruflich verkehrt.

Elf

Um acht Uhr und zwei Minuten klingelte das Telefon und riss mich aus einem unruhigen Schlaf.

»Hmmm?«, murmelte ich.

»Entschuldigung, habe ich Sie geweckt?«

»Hmmm.«

»Soll ich lieber später noch mal anrufen?«

Wem, zum Teufel, gehörte diese Stimme?

»Okay, ich rufe in einer halben Stunde noch mal an.«

»Hmmm.«

Erst als ich aufgelegt hatte, kam mir die Erkenntnis: Kommissar Frank Stahl. Er hatte mich gesiezt. Um acht Uhr zwei am Montagmorgen. Was sollte mir das sagen?

Sicherlich hatte er nicht angerufen, um sich für den schönen Freitagabend zu bedanken. Viel eher hatte er von meinem Anruf am Samstag erfahren. Mein Anruf, mit dem ich ihm von dem Foto berichten wollte, auf dem Werner Funk in Barcelona am Flughafen zu sehen war. Mit der Hand meines Vaters auf Funks Schulter, was ich Stahl allerdings nicht sagen wollte. Also das mit der Hand. Mein Gott, ich brauchte dringend eine Dusche und einen Kaffee. Oder zwei Kaffees.

Ich verhedderte mich mit dem Fuß in der Bettdecke,

fiel auf den Boden, kämpfte mich hoch und raste ins Bad. Duschen, Haare waschen, alles voller Sand. Das Bettzeug müsste ich auch wechseln, sonst hätte ich die nächsten Nächte ein Ganzkörperpeeling, bis die Haut dünn und rot würde wie an einem Affenhintern. Zum Schminken blieb keine Zeit, also auf zur Kaffeemaschine.

Kein Kaffee mehr da?, stand auf dem Zettel, der an der Maschine lehnte. Offenbar war Stefan irgendwann in der Wohnung gewesen. Oder zurzeit noch da. Egal, jedenfalls hatte er den letzten Kaffee bekommen. Mist.

Das Telefon klingelte.

»Stahl hier, geht es jetzt besser?«

Seine Stimme klang nüchtern und kalt.

»Hallo.«

»Sie hatten versucht, mich zu erreichen?«

»Ja, genau. Ich habe eine Nachricht von einer Kollegin bekommen, die Werner Funk in Barcelona gesehen hat.«

Einen Augenblick blieb es still. »Ich hatte doch gesagt, dass Sie diese private Suche abblasen sollen.«

Langsam gingen mir der eiskalte Tonfall und die Betonung auf dem »Sie« mächtig auf die Nerven. Ich war doch kein kleines Kind, das man beliebig zurechtweisen durfte. »Habe ich auch. Aber die Kollegin ist ihm zufälligerweise über den Weg gelaufen. Wenn es Sie aber nicht interessiert, legen wir einfach beide wieder auf.«

Ich merkte selbst, dass ich zickig klang. Jasmin hätte sich wieder gekringelt vor Lachen.

»Nein, natürlich interessiert es mich.« Freundlicher war seine Stimme bei dem Spruch aber leider nicht geworden.

»Ich kann Ihnen das Foto auf Ihr Handy schicken.«

»Bitte.«

»Okay. Falls Sie noch Fragen haben, können Sie sich ja noch mal melden.«

»Danke.«

Ich sandte das Foto an seine Handynummer weiter, griff nach der Leine und verließ mit Sergeant Pepper die Wohnung. Das Handy schaltete ich ab. Ich brauchte erst einen Kaffee, ein Croissant und dann einen ordentlichen Spaziergang, bevor ich weitere Störungen verkraften konnte.

Auf dem Rückweg kaufte ich neue Kaffeebohnen für Sabines Kaffeemaschine, Milch und Obst, ging aber nicht sofort nach Hause, sondern beschloss, bei Moritz zu Mittag zu essen. Sein hervorragendes Essen würde mir guttun, und mit ganz viel Glück träfe ich Susan Walker und John Hunter und könnte sie belauschen, wenn sie über ihre Strategie zur Demaskierung von Millie sprachen.

Zunächst traf ich niemand Bekannten außer Moritz. Er begrüßte mich gewohnt freundlich, bot mir selbst gemachte Ravioli mit Schafskäse und getrockneten Tomaten oder Lammspieße mit Ratatouille an und brachte mir eine große Apfelschorle und Sergeant Pepper eine Schüssel Wasser. Ich ließ mich an der Theke nieder und schaute ihm bei der Arbeit zu.

Die Kneipe war nicht ganz so gut besucht wie sonst, immerhin war für viele Menschen Urlaubszeit. Ich konzentrierte mich auf die Ravioli, die wirklich himmlisch schmeckten und mir wieder einmal deutlich vor Augen führten, wie schlecht ich selbst kochen konnte. Vielleicht sollte ich Moritz nach dem Rezept fragen und kochen lernen. Aber sobald ich wieder fliegen könnte und in meinem kleinen Ein-Zimmer-Apartment wohnte, würde ich über diese seltsame Anwandlung sicher lachen. Erstens verbrachte ich die meiste Zeit im Flugzeug oder Hotel, und zweitens ist Kochen für eine Person ziemlich doof. Nein, da ging ich lieber aus.

Susan Walker und John Hunter kamen, als ich mit dem Essen fertig war und einen Espresso vor mir stehen hatte, der bei Moritz wirklich so heiß serviert wird, dass man einen Moment abwarten muss, bevor man ihn trinken kann. Himmlisch!

Leider setzten sie sich an den von mir aus gesehen am weitesten entfernten Tisch. Dort konnte ich sie nicht hören. Ich suchte verzweifelt nach einem Grund, mich an den freien Tisch daneben zu setzen. Mit einer Tasse Espresso. Sehr witzig. Allerdings …

Ich griff nach der Zeitung, die an einem Stock neben der Garderobe hing, und setzte mich wieder an die Theke. Wenn ich den Zeitungsstock auf die Bar legte, ragte sie in Moritz' Arbeitsfeld hinein.

»Ich setze mich mit der Zeitung da rüber, aber wenn du den Tisch brauchst, mache ich sofort Platz, okay?«

Moritz nickte. Sein Gesichtsausdruck war unergründlich. Ob er mich durchschaute, konnte ich nicht feststellen. Vielleicht fiel ihm auch gar nicht auf, dass ich mich vor dem heutigen Tag noch nie für die Tageszeitung interessiert hatte.

Ich nahm Espresso und Zeitung und ließ mich direkt neben Susan Walker nieder, aber mit dem Rücken zu ihr. Sergeant Pepper legte sich zufrieden unter den Tisch. Dort hatte er den Platz ganz für sich allein und musste nicht fürchten, dass ihm jemand auf den Schwanz trat. Ich schlug die Zeitung auf und starrte auf das Papier, ohne etwas zu sehen. Meine ganze Aufmerksamkeit konzentrierte sich auf das Gespräch hinter mir.

»… langsam ungeduldig. Ich habe mein ganzes Team darauf angesetzt, ihre Identität zu klären, aber da der Blog eine Unterseite von einer anderen Plattform ist, kann mir auch der Provider keinen Namen geben«, sagte Hunter.

»Und diese Winterberg ist unauffindbar«, fügte Susan Walker hinzu. »Ich versuche seit Wochen, sie zu erreichen. Nichts. Nur Anrufbeantworter und Abwesenheitsnotizen.«

»Im Moment verfolgen wir den E-Mail-Account, über den sie schreibt, aber auch der läuft über winterberg-grafic-services.«

»Hm.«

Ich hatte Mühe, mir ein Lächeln zu verkneifen. Susan Walkers Frust verursachte mir ein prickelndes Gefühl von Schadenfreude. Allerdings hielt die Freude nicht lang an, als mir klar wurde, dass die beiden wirklich ernsthaft auf meiner Spur waren.

»Hast du schon gehört, dass ihr Blog für den Grimme-Preis vorgeschlagen worden ist?«, fragte Hunter.

»Was?«, japste Susan Walker.

»Das wird ihren Preis ganz schön nach oben treiben.«

»Wenn du sie jemals findest. Und sie auf irgendein Angebot eingeht.«

»Stimmt«, bestätigte Hunter. »Aber ich werde sie finden.«

»Mal sehen, wer von uns beiden schneller ist«, entgegnete Susan.

»Du hast eine Spur?«, Hunter klang aufgeregt.

»Vielleicht«, entgegnete Susan. Ihr Tonfall gefiel mir nicht. Sie klang verdammt selbstzufrieden.

Millie's Magazine – 7. Juli
Der interessanteste Sandkasten der Welt hat mich in Gewissensnöte gestürzt. Ich hatte Einladungen ins Montgomery, das inmitten eines märchenhaft gepflegten Parks mit Golfplatz und See in einer Kolonialvilla residiert, sowie ins Ritz Carlton, dessen Eingangshalle mit den ge-

drechselten Holzsäulen bei mir instinktiv ein Gefühl des Nachhausekommens hervorruft. Aber ich hatte auch eine Empfehlung für das Dubai One & Only Royal Mirage. Ich entschied mich für die Garden Villa in Letzterem und war sehr zufrieden, denn der hoteleigene Hamam kam mir wie gerufen, um eine lästige Nackenverspannung vom letzten Flug zu lösen. Demnächst trage ich unterwegs den »neck-holder«, einen Schal mit eingenähtem, aufblasbarem Nackenkissen. Auf den ersten Blick ist das Innenleben des modischen Accessoires nicht zu erkennen, aber auf langen Reisen ist es unbezahlbar.

Ich zerbrach mir den Kopf darüber, welcher Spur Susan folgen mochte, aber ich kam ihr nicht auf die Schliche. Das lag natürlich auch daran, dass ich von diesem ganzen Computerkram keine Ahnung hatte. Ich wusste, dass jeder Computer eine individuelle IP-Adresse hatte, aber galt das auch für Laptops? Und hatte dann der Laptop die IP-Adresse oder das WLAN, bei dem es sich einwählte? Mit anderen Worten: Konnte jemand feststellen, dass die Blogeinträge, die Millie angeblich auf ihren Reisen rund um die Welt machte, allesamt von einem Computeranschluss in Düsseldorf stammten? Und wenn das feststellbar war, wer konnte dann diese Information bekommen?

Das Landeskriminalamt bestimmt.

Mir wurde erst heiß, dann eiskalt.

Solange Kommissar Stahl den Betrüger Werner Funk suchte, würde er die Bloggerin Millie ebenfalls suchen. Je länger das dauerte, desto größer war die Gefahr, dass er die Geduld verlor und sich kraft seines Amtes Zugang zu den Daten des Blog-Providers beschaffte. Und dort würde er erfahren, dass ich Millie war, ihn von Anfang an belogen hatte und diese Lüge seit Wochen aufrechterhielt.

Ich musste ihm Funk liefern. Keine Ahnung wie, aber die Angelegenheit Werner Funk musste so schnell wie möglich bereinigt und der Kerl hinter Gitter gebracht werden, damit Stahl den Fall abschließen und Millie vergessen konnte.

Wie sollte ich das bewerkstelligen?

Ich tigerte in der Wohnung auf und ab und überlegte krampfhaft einen anderen Ausweg als den, der sich förmlich aufdrängte: Ich musste Stahl mitteilen, dass Funk bei meinem Vater gewesen war.

»Na, endlich Sex gehabt?«, fragte plötzlich eine Stimme direkt hinter mir.

Ich schrie auf, zuckte zusammen und machte gleichzeitig einen Satz nach vorn. Dabei stolperte ich über Sergeant Pepper, der mir auf meiner ruhelosen Wanderung gefolgt war, und fiel hin. Mit der rechten Augenbraue schlug ich gegen den Couchtisch.

»Scheiße, Lulu, entschuldige, das wollte ich wirklich nicht.«

Stefan beugte sich mit zerknirschtem Gesichtsausdruck über mich, hielt mir die Hand hin, um mir aufzuhelfen, und versuchte gleichzeitig, Sergeant Pepper abzuwehren, dessen Zunge offenbar unbedingt in mein Gesicht wollte.

Ich stöhnte. Ließ mich seitlich auf den Boden sinken, zwischen Couch und Tisch. Fasste vorsichtig an die Augenbraue, zog die Finger zurück und betrachtete sie ängstlich. Kein Blut. Okay, wenigstens etwas.

»Du warst so in Gedanken versunken, dass ich dich nur ein bisschen foppen wollte. Lulu, geht es dir gut? Sag doch was!«

»Ja.«

»Ja, was?«, fragte Stefan.

»Sex gehabt«, murmelte ich, dann begann ich, hysterisch

zu kichern. Das abgehackte Gelächter ging in Schluchzen über.

»Um Himmels willen, bleib liegen, beweg dich nicht, ich rufe einen Arzt.«

Stefan verschwand aus meinem Blickfeld.

»Lass das«, stöhnte ich. »Mir geht es blendend.« Zu spät, ich hörte Stefan bereits telefonieren.

Dann begann ich zu würgen. Sergeant Pepper schaute mich mit schief gelegtem Kopf an, als frage er sich, seit wann diese Zweibeiner solche seltsamen Knurrlaute von sich geben. Zum Glück konnte ich den Würgereiz diesmal unterdrücken.

»Ich soll dich ins Krankenhaus bringen«, verkündete er zwei Minuten später. »Kannst du aufstehen?«

Ich konnte aufstehen. Nur stehen bleiben konnte ich nicht. Und allein gehen schon gar nicht. Stefan hakte mich unter, trug mich mehr, als dass er mich führte, zum Aufzug und parkte mich dann auf der untersten Treppenstufe. Er holte sein Auto, stellte es in zweiter Reihe vor dem Haus ab und wuchtete mich hinein. Im Krankenhaus regelte er die Aufnahmeformalitäten, hielt meine Hand, während wir warteten, und blieb im Wartezimmer sitzen, während mein Kopf geröntgt wurde. Für Menschen, die einen Schädelbruch befürchten, gingen die Schwestern ziemlich rau mit mir um. Ich fragte mich, ob die wirklich ernsthaften Verletzungen beim Röntgen entstehen, war dann aber erleichtert, als gar keine Fraktur diagnostiziert wurde. Weder vom Couchtisch noch vom Röntgen.

Krankschreiben kann das Krankenhaus leider nicht, sodass Stefan mich anschließend auch noch zu meinem Hausarzt fuhr, der mich mitleidig ansah.

»Sie haben aber auch ein Pech«, sagte er.

Nicken konnte ich nicht, daher stöhnte ich zustimmend.

»Haben Sie das Auge nicht gekühlt?«

»Wieso?«

»Sie bekommen da ein Veilchen, das einem Boxweltmeister im Superschwergewicht zur Ehre gereichen würde.«

»Kann man da jetzt nichts mehr …«

»Nee, jetzt kann das Kühlen die Schmerzen lindern, aber das Veilchen können Sie nicht mehr verhindern. Das bleibt Ihnen zwei Wochen erhalten.«

Ich seufzte. »Für wie lange schreiben Sie mich krank?«, wollte ich wissen.

»Eine schwere Gehirnerschütterung ist auf jeden Fall für zehn Tage gut.«

Ich schloss die Augen. Eigentlich hätte ich ab Mittwoch wieder fliegen sollen. Und ich hatte mich, sehr zu meiner eigenen Überraschung, wirklich darauf gefreut. Das Unterwegssein fehlte mir. Die Kolleginnen fehlten mir. Die Ortswechsel, die fremden Sprachen, die Abwechslung fehlten mir. Ich hatte den Eindruck, dass mir mein Job, wenn ich ihn denn erst wieder erledigen dürfte, mehr Spaß machen würde als früher. Allerdings war mir auch dieser Spaß erst einmal verwehrt. Ich ließ den Tränen freien Lauf, obwohl Heulen echt wehtat.

»Lenk mich ab«, bat ich Stefan zu Hause, als er mich auf die Couch gebettet, mir ein Kissen untergeschoben und einen Beutel mit Eiswürfeln auf das rechte Auge gepackt hatte.

»Soll ich dir eine Gutenachtgeschichte erzählen, oder was?«

»Erzähl mir irgendwas. Wie war dein Wochenende?«

Er grinste. »Befriedigend.«

»Wer ist sie?«, fragte ich schlapp.

»Hörgeräteakustikerin.«

»Klingt ja wahnsinnig sexy.«

»Sie ist humorvoll, spontan und überhaupt nicht überspannt, wie die ganzen Weiber in der Modewelt, mit denen ich sonst zusammen bin.«

Ich überhörte die Kritik, weil mir nicht nach Problemen zumute war.

»Große Liebe?«

Er zuckte die Schultern. »Vielleicht.«

»Wann seht ihr euch wieder?«

»Freitagabend.«

»Erst?«

»Sie ist auf der Meisterschule und hat wenig Zeit. Muss man respektieren. Die Frau weiß, was sie will.«

»Hörgeräte anpassen.«

»Warum nicht?«

An der Stelle schlief ich ein.

Gegen Abend hatte ich genug Appetit, um ein Viertel von der Pizza zu essen, die Stefan für mich bestellt hatte. Nachdem er seine aufgegessen hatte, aß er auch noch den Rest von meiner. Liebe machte offenbar sehr hungrig. Vielleicht machte auch Liebemachen hungrig.

Nach dem Abendessen machte Stefan sich daran, die Fotos für sein Buchprojekt auszuwählen und zu bearbeiten, und mich zog es trotz Kopfschmerzen zum Laptop.

Millie's Magazine – 7. Juli
Ein Shoppingcenter an einem beliebigen Ort dieser Welt. Frauen bekommen glänzende Augen, wenn sie all die wunderschönen Dinge sehen, die Augen der Männer glänzen tränenfeucht. Kleider anprobieren (welches steht mir besser?), Schuhe dazu suchen (passen die denn farblich? Aber ich kann nicht drin laufen!), Handtasche (was

heißt hier, ich hätte schon zwanzig Taschen? Die passen nicht zum Kleid. Es muss eine Clutch sein). Und dann die Preise. Und wer zum Teufel ist dieser Manolo Blahnix?

In immer mehr Städten wird den armen Teufeln nun geholfen. »Männer-Horte« boomen. Die Kerle dürfen entweder Männerdinge tun (Autozeitschriften lesen, am Computer spielen oder mit anderen Kerlen über Fußball reden) oder am kostenlosen Kurs über Shopping-Vokabular und Fashion-Regeln teilnehmen. Und nachher wissen sie, was Peeptoes sind und warum Frauen nicht mit drei Paar Schuhen auskommen.

Auch das Bloggen lenkte mich nicht lange ab. Mein Entschluss, Kommissar Stahl auf die Verbindung von Funk zu meinem Vater zu stoßen, stand zwar fest, aber ich konnte ihn nicht einfach anrufen und sagen, der Mann auf dem Bild sei übrigens ein gewisser Señor Todos los Santes y Borbón, denn er würde sofort fragen, woher ich das wüsste. Dann musste ich eine gute Antwort parat haben. Und die richtige Antwort war in diesem Fall nicht geeignet.

Ich brauchte eine Ausrede dafür, dass ich ihm die Information erst jetzt gab, also würde ich ihm vorlügen müssen, dass ich den Ring erst jetzt erkannt und daran den Mann identifiziert hatte.

Ich suchte ein Foto meines Vaters, auf dem man ihn und den Ring erkennen konnte. Irgendwo hatte es solch ein Foto gegeben, denn sonst hätte ich selbst den Ring ja gar nicht gekannt.

Der Erfolg ließ auf sich warten, und ich wollte schon aufgeben und ins Bett gehen, als meine Suche endlich zum Ziel führte. Es war ein Bild, das während des Admiral's Cup in Valencia aufgenommen worden war. Mein Vater posierte auf einer Yacht, die Hände lagen locker auf dem riesigen Steuerrad. Dadurch befand sich seine Hand mit dem Ring direkt unter dem Kinn. Der Ring war deutlich zu erkennen.

Jetzt brauchte ich nur noch eine glaubwürdige Geschichte, wie ich das Wiedererkennen eines protzigen Schmuckstücks erklären sollte, dann könnte ich Stahl auf die Spur nach Barcelona setzen. Ich war sicher, dass die Angelegenheit Werner Funk dann in kürzester Zeit erledigt wäre.

Sollte ich darauf hoffen, dass Stahl um halb neun noch im Dienst war, oder am nächsten Tag anrufen? Nein, ich wollte diese Geschichte hinter mich bringen, und zwar so schnell wie möglich.

Ich wählte seine Handynummer und schwankte zwischen der Hoffnung, er möge antworten oder er möge nicht antworten.

Er antwortete.

»Stahl.«

»Äh, hallo, hier ist Lulu Martin.«

»Hallo.«

»Ich habe etwas herausgefunden, was Ihnen die Suche nach Werner Funk möglicherweise erleichtern könnte.«

»Und was ist das?«

Seine Stimme klang nicht unfreundlich, obwohl er so kurz angebunden war. Vielleicht war er schon zu Hause oder saß im Restaurant. Mit seiner Kollegin. Oder einer anderen Frau. Obwohl Stefan doch gesagt hatte, dass Stahl ganz allein in Düsseldorf …

»Sind Sie noch dran?«

»Äh, Entschuldigung, natürlich. Haben Sie auf dem Foto, das ich Ihnen heute Vormittag geschickt habe, die Hand auf Funks Schulter gesehen? Von dem Mann, der ihn am Flughafen begrüßt?«

»Ja.« Jetzt klang er interessiert. Vielleicht hatte er selbst bereits versucht, den Inhaber des Rings ausfindig zu machen.

»Ich konnte mich schwach erinnern, diesen Ring schon mal gesehen zu haben, wusste aber nicht mehr, wo. Daraufhin habe ich im Internet ein bisschen herumgesucht und bin auf den Träger gestoßen. Sein Name ist Juan Diego de Todos los Santes y Borbón.«

Eine ziemlich lange Zeit war es still.

»Der Name ist auch spanisch und ungefähr so lang wie Ihrer.«

Mist. Der Mann war nicht grundlos Kriminalkommissar, er schaltete ziemlich schnell. Diese Verbindung, die er da zog, war mir natürlich gar nicht recht, denn ich hatte definitiv nicht vor, Stahl von meiner Blutsverwandtschaft mit dem Ringträger zu erzählen.

»Äh, nein! Ich habe nur so viele Vornamen, weil meine Mutter damals einen Spanienfimmel hatte und auf Mallorca …«

»Ja? Was war auf Mallorca?«

»Da ist sie schwanger geworden.«

»Oh.«

Das war ihm peinlich, das konnte ich genau hören. Ziemlich unprofessionell für einen Kommissar.

»Was wissen Sie sonst noch über diesen, äh, können Sie mir den Namen noch mal diktieren?«

Seine Stimme klang inzwischen freundlich, interessiert, vielleicht sogar ein bisschen aufgeregt.

Ich diktierte den Namen. »Er ist Mitglied des spanischen Hochadels, irgendwie mit dem Königshaus verwandt. Ich kann Ihnen das Foto, auf dem er selbst und sein Ring gut zu erkennen sind, schicken, aber Sie finden es auch, wenn Sie seinen Namen eingeben und den Namen der Yacht, also ›Oveja Negra‹. Das heißt schwarzes Schaf.« Ich buchstabierte auch das.

»Ich suche es mir selbst raus. Wenn ich es nicht innerhalb der nächsten halben Stunde finde, kann ich Sie noch mal anrufen?«

»Klar.«

»Ich denke, ich fliege gleich morgen früh nach Barcelona.«

Das hatte ich mir schon gedacht. »Gute Reise.«

Stahl rief nicht mehr an, damit ich ihm das Foto schickte. Ich vermutete, dass er im Netz alles gefunden hatte, was er benötigte, und sicher noch eine ganze Menge mehr. Ich ging gegen neun schlafen, denn nachdem die Schmerzmittel, die ich im Krankenhaus bekommen hatte, nachließen, setzte ein pochender Kopfschmerz ein, der mich jedoch glücklicherweise nicht vom Schlafen abhielt. Ob die wilden Träume von Verfolgungsjagden und Prügeleien mit dem hoffentlich unmittelbar bevorstehenden Showdown in Sachen Werner Funk oder mit meinem schmerzenden Schädel zusammenhingen, konnte ich nicht beurteilen.

Am Dienstagmorgen gegen sieben Uhr weckte Stefan mich mit der schlichten Nachricht, die Polizei sei da und wolle dringend mit mir sprechen.

»Stahl?«, murmelte ich noch im Halbschlaf. »Aber der ist doch auf dem Weg nach Spanien …«

»Nicht Stahl. Normale Bullen.«

Ich kapierte erst mal gar nichts, und Stefan konnte mir nicht weiterhelfen, also ließ ich mir von ihm vorsichtig aus dem Bett helfen, wankte ins Bad, sparte mir die Dusche, aber wusch mir immerhin das Gesicht und erschrak, als ich es nach dem Abtrocknen im Spiegel sah. Mein rechtes Auge war der kleine, halb zugeschwollene Mittelpunkt einer riesigen, dunkelvioletten Verfärbung. Das Augenlid war etwas heller und dick wie die Lippen von Angelina Jolie, wodurch mein Sehvermögen stark behindert war. Ich sah grässlich aus. Unglücklicherweise ließ sich daran auch nichts ändern. Selbst das beste Make-up hätte bei dieser Katastrophe versagt, aber ich besaß noch nicht einmal eine deckende Grundierung. Ich würde den Polizisten entweder wie eine Göre aus der Gosse gegenübertreten müssen oder mit Sonnenbrille.

Beides war absolut peinlich.

Ich entschied mich für die Brille.

»Frau Martin?«, fragte die Frau in Zivil, die im Wohnzimmer auf der Couch saß. Stefan hatte sie und ihren kleinen, dicken glatzköpfigen Kollegen mit Kaffee versorgt.

»Ja.« Ich gab beiden die Hand.

»Könnten Sie wohl die Brille abnehmen?«, bat die Polizistin.

»Ungern. Das Licht tut mir in den Augen weh.«

Ich nahm die Brille trotzdem ab und lächelte Stefan dankbar an, der einen riesigen Milchkaffee vor mir auf dem Couchtisch abstellte.

»Das habe ich zu verantworten«, sagte er zerknirscht.

Die Polizistin sah ihn mit einer Mischung aus Überraschung und Abscheu an.

»Er kann nichts dafür«, entgegnete ich schnell, denn ich hatte die Befürchtung, dass ihre Überlegungen in eine ganz falsche Richtung gingen. »Er kam gestern Nachmittag herein, ohne dass ich ihn gehört hatte, und als er mich ansprach, habe ich mich erschreckt, bin über den Hund gestolpert und mit dem Auge auf den Couchtisch gefallen.«

Stefan wurde rot. »Was hatten Sie denn gedacht?«

Die Polizistin räusperte sich. »Nun, darum sind wir nicht hier.«

Der Kaffee schmeckte himmlisch.

»Sie wohnen nur vorübergehend hier?«, fragte sie mich.

Ich erklärte ihr das Arrangement mit Sabine Winterberg, der Besitzerin der Wohnung und des Hundes, den ich hier hütete, und nannte ihr meine normale Adresse.

»Genau dort wurde vergangene Nacht eingebrochen.«

»Waaas?«

Mein Ein-Zimmer-Apartment war die kleinste Wohnung in einem Haus, das auch von außen nicht so aussah, als würden dort furchtbar reiche Leute wohnen. Was genau den Tatsachen entsprach. »Ist in den anderen Wohnungen auch eingebrochen worden?«

»Nein. Ihre Nachbarin sagte uns, wo wir Sie finden können, denn Sie müssten sich den Schaden schon selbst ansehen und sagen, ob etwas fehlt.«

Ich fuhr mit den beiden zu meiner Wohnung und prallte in der Tür zurück. Ein derartiges Chaos hatte ich noch nie im Leben gesehen. Jede Schublade war aufgezogen, jede Schranktür geöffnet, alles herausgerissen: Klamotten, Bücher, meine Aktenordner, in denen ich Miet- und Arbeitsverträge, Versicherungspolicen und Korrespondenz mit Ämtern oder Krankenkassen verwahrte, lagen in einem vollkommenen Durcheinander am Boden. In einer Ecke bildete das Bettzeug einen Wust, mit dem Kissen als Sahnehäubchen obenauf. In der Küchenzeile häuften sich Besteck, zerbrochenes Geschirr und aufgeplatzte Pakete mit Spaghetti und Keksen, die ich immer als Notration im Haus habe. Die Jacken waren von der Garderobe genommen, die Schuhe lagen auf einem Haufen, selbst die Klorollen aus dem Bad fanden sich halb abgewickelt in der Wohnung verteilt. Der Deckel des Wasserkastens lag in der Dusche, wo sich auch alle Handtücher befanden.

»Haben Sie eine Ahnung, was der Einbrecher hier gesucht hat?«, fragte die Polizistin, die sich als Frau Becker oder Bäcker oder Bender oder so ähnlich vorgestellt hatte. Mir war gleich, wie sie hieß, ich stand unter Schock.

Ich schüttelte den Kopf.

»Haben Sie gerade Ärger mit jemandem? Mit einem Exfreund vielleicht?«

»Nein.«

Sie stellte weitere Fragen, die ich alle mit Nein beantwortete. Ich konnte mir nicht vorstellen, wer meine Wohnung derart auf den Kopf stellen sollte. Ich hatte mit niemandem Streit. Mir kam zwar kurz der Gedanke, dass dieser Einbruch mit der hektischen Suche nach Millies Identität zu tun haben könnte, aber den wollte ich keinesfalls äußern, zumal mir auch die Verbindung nicht sehr wahrscheinlich schien. Wie sollte jemand von Millie auf diese Wohnung kommen? Wenn es wirklich die Möglichkeit gab, Millie anhand des von ihr genutzten Computers zu überführen, dann landete man in Sabines Wohnung, nicht in dieser hier. Außerdem traute ich weder Susan Walker noch John Hunter zu, dass sie selbst oder jemand in ihrem Auftrag nachts in meine Wohnung einbrachen und ein derartiges Chaos hinterließen. Die beiden waren vielleicht lästig, Susan noch mehr als Hunter, aber bestimmt keine Kriminellen.

Ich fand einfach überhaupt keine Erklärung für diesen Vorfall.

Gegen Mittag war ich wieder in Sabines Wohnung, wo ich erschöpft auf die Couch sank. Frau Bäcker hätte es gern gesehen, dass ich gleich in meiner Wohnung blieb, alles einräumte und noch einmal ganz genau nachschaute, was eventuell fehlte, aber immer, wenn ich mich bückte, wurde mir schwindelig, und ich musste mich hinlegen. So kamen wir nicht weiter.

Die Spurensicherung hatte tausend Fotos gemacht, das aufgebrochene Schloss untersucht, etwas Dreck aus einer Fußspur gesichert und versprochen, alle Spuren so schnell wie möglich auszuwerten. Sie hatten sogar Fingerabdrücke genommen. Vermutlich alle von mir, aber das würde man eben erst in einigen Tagen genau wissen. Bis dahin würde ich auch meine Bestandsaufnahme gemacht haben. Vorher war eine zielgerichtete Untersuchung nicht möglich.

Stefan bemutterte mich den ganzen restlichen Tag. Er kochte Nudeln, holte später Kuchen vom Bäcker und flößte mir unendlich viel Wasser ein, weil der Arzt mir geraten hatte, viel zu trinken. Um Kaffee hingegen musste ich betteln. Ich lag auf der Couch und dachte über den Einbruch nach oder las in dem Ratgeber von Vanessa Goodheart. Inzwischen machte mir die Lektüre Spaß, denn ich war keine von diesen einsamen, frustrierten Frauen, die sich verzweifelt an die Briefkastentante wandten. Ich hatte ja Thomas.

Frage von Lisa C.: Mein Freund sagt, er liebt mich trotz meiner Fehler. Ich habe aber gar keine.

Antwort von Vanessa Goodheart: Warum wollen Sie perfekt sein? Das ist doch furchtbar anstrengend. Gönnen Sie sich das Recht, Fehler machen und Fehler haben zu dürfen. Fehler machen uns – in vernünftigen Grenzen – zu Menschen.

Frage von Wendy R.: Meine beste Freundin hat mir den Freund ausgespannt. Was soll ich tun?

Antwort von Vanessa Goodheart: An wem liegt Ihnen mehr – an dem Freund oder der Freundin? Davon hängt es ab, ob Sie Ihrer Freundin den neuen Mann gönnen und sich weiter mit ihr treffen, oder ob Sie die untreue Freundin zum Mond schießen und den Mann zurück in Ihr Bett locken. Verletzte Eitelkeit hilft hier jedenfalls nicht weiter.

Frage von Uli K.: Mein Mann hat eine sehr attraktive Kollegin. Er erzählt mir zwar, dass da nichts läuft, aber ich glaube ihm nicht. Was soll ich tun?

Antwort von Vanessa Goodheart: Warum glauben Sie ihm nicht? Weil er grundsätzlich lügt? Weil Sie ihn bereits früher der Untreue überführt haben? Weil es eindeutige Hinweise gibt? In dem Fall rate ich Ihnen: Engagieren Sie einen Detektiv.

Oder können Sie sich einfach nicht vorstellen, dass Sie das Glück eines treuen Ehemannes haben? Dann sollten Sie sich fragen, woher Ihr Pessimismus rührt. Haben Sie ein geringes Selbstbewusstsein? Finden Sie sich unattraktiv? Dann tun Sie etwas dagegen. Wenn Sie sich dumm fühlen: Lernen Sie dazu. Wenn Sie sich unsportlich fühlen: Treiben Sie Sport. Wenn Sie sich zu dick finden: Nehmen Sie ab. Gefällt Ihnen Ihr Äußeres nicht: Gehen Sie zum Friseur, zur Kosmetikerin, zur Style- und Make-up-Beratung. Menschen, die mit sich selbst im Reinen sind und sich attraktiv finden, wirken auch auf andere attraktiv. Das wird mit Sicherheit auch Ihr Mann bemerken und Ihnen ganz neue Aufmerksamkeit widmen.

Frage von Jenny Z.: Ist nach ein paar Jahren zwangsläufig aus jeder Beziehung die Luft raus?

Antwort von Vanessa Goodheart: Nein. Nur, wenn Sie (beide) das zulassen.

Abends rief Thomas endlich an. Ich erzählte ihm von meinem Sturz, von dem Einbruch und freute mich, als er anbot, vorbeizukommen und mich aufzuheitern. Trotzdem lehnte ich ab. Meine Kopfschmerzen waren immer noch galaktisch, und obwohl mir das Telefonat mit ihm Spaß machte, strengte es mich doch sehr an. Wir verabredeten uns für den nächsten Tag und legten mit in den Hörer geschmatzten Küsschen auf.

War ich verliebt?

Der Anruf aus Patagonien kam am Mittwoch gegen drei Uhr nachmittags. Zunächst war in der Leitung ein Nachhall meiner eigenen Stimme, dann sprach jemand so schnell und abgehackt, dass ich erst mal gar nichts kapierte. Dann sagte die Person, deren Stimme keinen Rückschluss auf ihr Geschlecht zuließ: »Hilf mir, Lulu.«

Ich zuckte zusammen. Einen derartig chaotischen Hilferuf hatte ich noch nie gehört, war ich doch selbst momentan in keiner guten Verfassung und tatsächlich wegen meiner entsetzlichen Kopfschmerzen und der entsprechenden Medikamente so watteköpfig, dass ich immer noch keine Ahnung hatte, wer da in der Leitung war – bis ich im Hintergrund eine barsche Männerstimme Spanisch sprechen hörte. Südamerikanisches Spanisch. Die Stimme sagte, dass die genehmigten zwei Minuten Telefongespräch gleich vorbei seien.

»Sabine?«, fragte ich fassungslos.

Sabine schluchzte los. Sie schluchzte! Sabine schluchzte nie – es musste ein furchtbares Unglück geschehen sein. Sie war tot – nein, sie rief ja gerade an. Holger war tot.

Irgendjemand war tot. Ganz bestimmt. Oder entführt worden. Aber hatte ich jemals von jemandem gehört, der in Patagonien entführt worden war? In Kolumbien, ja, da war das an der Tagesordnung.

Die Stimme im Hintergrund drängelte wieder. Um Himmels willen, jetzt nur nicht auflegen!

»Gib mir die Nummer, ich rufe zurück«, rief ich.

»... weiß nicht ... kann doch kein Spanisch ...«

»Gib mir den Mann«, sagte ich.

Super Idee, Lulu, dachte ich im gleichen Moment. Ich wusste ja noch nicht einmal, ob ich jetzt mit einem Rettungssanitäter, einem Schafhirten oder einem Entführer sprechen würde, aber Sabine war offenbar nicht zurechnungsfähig, und wenn sie jetzt auflegte, würde ich vielleicht nie erfahren, wie und wo und warum ihr Leben ein abruptes Ende ...

»*Digame.*«

Die Stimme war herrisch. Kein Rettungssanitäter. Und mit ziemlicher Sicherheit auch kein Schaffarmer, der einer armen, verirrten Touristin sein Telefon (trugen Schaffarmer Handys bei sich, mit denen sie verirrten Touristinnen Gespräche ans andere Ende der Welt gestatteten?) geliehen hatte.

»Guten Tag, mein Name ist Maria Luisa Rigoberta Martin«, sagte ich in fließendem Spanisch und einer Stimme, die hoffentlich genauso herrisch klang wie die am anderen Ende. Diese Stimme verwendete ich sonst nur, wenn ich völlig ausgerasteten Passagieren mit einer Notlandung in einem unbewohnten Landstrich eines fernen Landes unter feindseligem Regime drohte.

Sie wirkte.

»Buenos días, Señora. Sie sprechen mit Sargento Ronaldo, Carabineros de Chile.«

Sargento? Was war das wohl für ein Titel? Ein Unteroffizier? Oder ein Wachtmeister? Egal. Von einem Titel, den ich nicht einmal einordnen konnte, sollte ich mich nicht ins Bockshorn jagen lassen.

»Darf ich fragen, welches Problem Señora Winterberg in Ihre Obhut geführt hat?«, fragte ich vorsichtig. Mit der Formulierung hoffte ich, alle Eventualitäten abgedeckt zu haben. Außerdem lieben die Südamerikaner blumige Phrasen. Zumindest die, die ich kannte. Allerdings waren das eher Gastwirte oder Künstler in Buenos Aires, dem Paris Südamerikas. Militärangehörige oder Polizisten oder sonstige barsche Typen in einem der abgeschiedensten Landstriche der Welt im chilenischen Teil Patagoniens gehörten bisher nicht dazu. Das schien sich aber nun gerade zu ändern.

»Wir haben eine Information der deutschen Botschaft vorliegen, dass die deutsche Polizei Señora Winterberg sucht. Wir haben die Señora nun in unserer Obhut.«

Ich hatte den Eindruck, dass er meinen blumigen Ausdruck von eben etwas spöttisch wiederholte. Egal. Hauptsache, er redete mit mir.

»Haben Sie schon mit der deutschen Polizei gesprochen?«, fragte ich.

»Der Commissario ist nicht erreichbar unter der Telefonnummer, die ich habe, und niemand spricht dort Spanisch.«

»Bitte geben Sie mir Ihre Telefonnummer, damit ich einen Rückruf des zuständigen Kommissars arrangieren kann.«

Er gab mir seine Telefonnummer.

»Was machen Sie so lange mit Señora Winterberg?«, fragte ich.

»Wir halten sie fest.«

Siedend heiß fiel mir Holger ein. »Was ist mit ihrem Begleiter?«

»Sie ist ohne Begleiter.«

Ich spürte, wie mir das Blut aus dem Gesicht wich. Also doch eine Tragödie.

»Könnte ich noch mal kurz mit Señora Winterberg sprechen?«

»Rufen Sie unter der Nummer an, die ich Ihnen gerade gegeben habe.«

Dann war die Leitung tot.

Ich ließ mich auf den nächstbesten Stuhl sinken und atmete ein paarmal tief ein und aus. Zum Glück absolvierten Flugbegleiter regelmäßige Trainings für Krisensituationen wie Flugzeugentführungen, Notfall an Bord oder randalierende Passagiere. Die Situation selbst stand man meist einigermaßen durch, der Stress machte sich nachher bemerkbar, wenn die Anspannung nachließ. Jetzt allerdings durfte ich mir noch keinen Durchhänger erlauben, denn die Krise war noch nicht vorbei. Ich stand wieder auf, denn Stehen erhöht die Körperspannung und unterstützt die Konzentration.

Mit zitternden Fingern wählte ich die Nummer, wartete endlos, wie mir schien, und hatte endlich eine Verbindung. Der Hörer wurde an Sabine weitergereicht, dann erlaubte ich mir, mich hinzusetzen.

»Sabine, beantworte nur die folgenden Fragen, okay?«

Umgang mit Menschen unter Schock, Basislehrgang.

»Bist du verletzt?«

»Nein.«

»Wirst du bedroht?«

»Nein.«

»Hast du Angst um dein Leben?«

»Nein.«

Gut. Damit wären die drei wichtigsten Dinge geklärt. Weiter zu den weniger wichtigen.

»Ist Holger bei dir?«

Schluchzen.

»Ganz ruhig, Sabine. Ich bin bei dir, du bist nicht allein.«

»Okay.«

»Ist Holger bei dir?«

»Er … er … es ist, weil er doch diese Professur …«

»Sabine, sag einfach Ja oder Nein. Ist Holger bei dir?«

Schluchzen. »Nein.«

»Wann hast du ihn zuletzt gesehen?«

»Montag.«

Das war vorgestern. »Ging es ihm gut, als du ihn das letzte Mal gesehen hast?«

»Ja.«

»War er verletzt? Wurde er bedroht?«

»Nein.«

»Seid ihr aus freien Stücken getrennt?«

Ein tiefes Luftholen am anderen Ende. »Er hat sich verpisst, als ich von der Polizei abgeführt wurde.«

Oho, Holger hatte Sabine im Stich gelassen? Darum würden wir uns später kümmern. Zunächst war ich froh, dass Sabine das Wort »verpisst« benutzt hatte. Das zeugte von Wut. Wut war immer besser als Verzweiflung.

»Wo bist du jetzt?«

»Im Gefängnis. Wie der Ort heißt, weiß ich nicht.«

»Behandelt man dich gut?«

»Ja.«

»Durftest du duschen?«

»Sogar heiß.«

»Bekommst du zu essen?«

»Besser als die letzten Wochen.«

»Ist jemand zudringlich geworden?«

»Nein.«

»Hältst du es noch zwei Tage dort aus?«

Schweigen.

»Sabine, ich setze alle Hebel in Bewegung, damit du freikommst, aber das wird vermutlich nicht heute gehen.«

»Das ist okay. Aber du rufst wieder an, ja?«

Ich versprach es ihr, ließ mir den Polizisten noch einmal geben, versprach ihm, dass sich schnellstmöglich jemand vom Landeskriminalamt bei ihm melden würde, und legte den Hörer auf.

Okay, in Krisensituationen gilt es, das Problem zu analysieren, mögliche Lösungen zu bedenken, diese zu sortieren nach Schnelligkeit, Sicherheit und Endgültigkeit, dann die geeignete Lösung auszuwählen und die notwendigen Schritte in die Wege zu leiten.

Analyse: Sabine sitzt in einem südamerikanischen Knast, weil Kommissar Stahl nach ihr sucht.

Mögliche Lösung: a) Kommissar Stahl ruft unter der angegebenen Telefonnummer an, bekommt Sabine an den Apparat, erfährt von ihr, dass ich die Betreiberin des Blogs auf ihrem Server bin, gibt dem südamerikanischen Apparatschik die Anweisung, Sabine laufen zu lassen, und steckt stattdessen mich in den Knast, weil ich ihn schamlos belogen und noch dazu die polizeilichen Ermittlungen behindert habe.

Mögliche Lösung: b) Der patagonische Gefängnisaufseher bekommt einen Anruf von einer Frau, die sich als Assistentin des deutschen Kommissars ausgibt und ihm mitteilt, dass der Kommissar leider erst in zwei oder drei Tagen wieder erreichbar ist, und er bitte die deutsche Frau solange in Gewahrsam halten soll. Sie sei allerdings keine

Kriminelle, sondern nur eine wichtige Zeugin, man möge sie also gut behandeln.

Mögliche Lösung: c) Der patagonische Gefängnisaufseher bekommt einen Anruf von einer Frau, die sich als Mitarbeiterin des Landeskriminalamtes ausgibt und ihm für seine Hilfe dankt. Allerdings habe sich die Sache inzwischen geklärt, und er solle die deutsche Frau bitte laufenlassen.

Die dritte Lösung gefiel mir am besten – aber sie war natürlich vollkommen unrealistisch. Kein Beamter der Welt würde eine Frau, die er aufgrund einer schriftlichen Anweisung festgenommen hatte, nach einem nicht identifizierten Anruf wieder freilassen. Wenn der Gefängniswärter die auf dem Dokument angegebene Nummer des Landeskriminalamtes wählte und dort erfuhr, dass ein weiterer Gewahrsam nicht nötig war, würde er sich vielleicht darauf einlassen, aber auch dann würde er wohl nach einer schriftlichen Bestätigung fragen. Somit fiel diese Lösung aus. Die erste Lösung fiel auch aus, denn so gern ich Sabine aus dem Knast geholt hätte, so wenig gefiel mir die Vorstellung, dass ich selbst dort landete. Blieb also nur Lösung Nummer zwei.

Ich rief also wieder in Chile an, verstellte die Stimme, machte ein paar sprachliche Fehler, damit man mich nicht gleich wiedererkannte, und sagte mein Sprüchlein auf. Zusätzlich zu den wieder aufgeflammten Kopfschmerzen hatte ich jetzt auch noch ein schrecklich schlechtes Gewissen. Ich hoffte mehr denn je, dass Stahl mit dem gefassten Betrüger in Handschellen aus Barcelona zurückkäme. Falls nicht, würde Sabine wohl noch ein paar Tage in ihrem patagonischen Gefängnis aushalten müssen.

Zwölf

Meine Nervosität und das schlechte Gewissen trieben mich zu einem langen Spaziergang mit Sergeant Pepper an den Rhein. Zwar konnte ich nur langsam gehen und mich nicht bücken, um Stöckchen aufzuheben, aber die frische Luft tat mir gut. Außerdem linderte die Bewegung die Nervosität. Trotzdem stellte ich mir die ganze Zeit dieselben Fragen. Hatte Stahl in Barcelona meinen Vater getroffen? Hatte er Funk erwischt? Was mochte Sabine in einem Gefängnis am Ende der Welt durchmachen? Neben diesen quälenden Überlegungen war die Banalität der Frage, was ich heute Abend für Thomas anziehen würde, geradezu tröstlich.

Ich kaufte deckendes Make-up, um das Veilchen zu vertuschen, und entschied mich für einen Casual-Look im italienischen Stil. Jeans mit Stickereien und Strassbesatz, ein enges, langes, weißes Shirt mit großem Ausschnitt und ein breiter Gürtel. Dazu Ballerinas und eine Kette aus blau schimmernden Perlen. Die Haare ließ ich offen. Klammern oder Haargummis konnte ich im Moment sowieso nicht ertragen, weil jede Reizung der Kopfhaut den pochenden Schmerz verschlimmerte, der immer noch nicht vollständig abgeklungen war.

»Du siehst super aus«, raunte Thomas mir ins Ohr, als er endlich kam. In einem lässigen, hellblauen Sommeranzug mit schwarzem T-Shirt darunter. Er überreichte mir eine Flasche, die in Geschenkpapier eingewickelt war. Allein der Gedanke an Alkohol versetzte meinen Magen in Wellenbewegungen.

»Mach auf.«

Ich riss das Papier ab und – starrte fassungslos auf eine Flasche Rabenhorst-Saft. Wir prusteten gleichzeitig los. Der Mitbringsel-Klassiker für Krankenbesuche war ein heißer Anwärter für meinen nächsten Trend-Blog. Retro war in, und dieser Saft mit dem pausbäckigen Mädel auf dem Etikett war der Inbegriff des Damals-war-die-Welt-noch-in-Ordnung-Gefühls. Ich machte mir eine geistige Notiz, dieses Thema unbedingt aufzugreifen.

»Das Essen sollte jeden Moment fertig sein«, sagte ich, während ich Thomas zum gedeckten Tisch führte. »Es gibt was Italienisches. Möchtest du vorher ein Glas Prosecco?«

Ich stieß mit Mineralwasser an, und wir knabberten Grissini, bis es an der Tür klingelte. Der Pizzadienst.

Thomas lobte meine Kochkünste mit breitem Grinsen und futterte das letzte Viertel von meiner Pizza auch noch auf. Mein Appetit war schon wegen der Gehirnerschütterung noch nicht wieder auf der Höhe, außerdem war ich aufgeregt wegen unseres Rendezvous. Ich wollte Thomas auf keinen Fall enttäuschen.

Stefan hatte sich bereit erklärt, den Abend auswärts zu verbringen, und so waren wir ungestört. Thomas erzählte von seiner Arbeit, ich steuerte ein paar Anekdoten aus meinem reichen Schatz an absurden Erlebnissen über den Wolken bei und war rundum glücklich, als wir endlich im Bett landeten.

Diesmal schlief ich danach augenblicklich ein.

Als ich am Donnerstag aufwachte, war ich allein. Ein Blick auf die Uhr zeigte mir, dass es schon kurz nach neun war. So lange hatte ich schon ewig nicht mehr geschlafen und schob es auf die Gehirnerschütterung. Schlaf sei gut, hatte der Arzt betont, also machte ich mir keine Sorgen, sondern bedauerte nur, dass Thomas sich nicht verabschiedet hatte. Ich suchte auf meinem Nachttisch, an der Kaffeemaschine und auf dem Wohnzimmertisch, fand aber keine Notiz von ihm. Nun, das war vermutlich auch nicht zu erwarten. Notizen wurden nur von Männern in Frauenromanen hinterlassen.

Es klingelte an der Tür, als ich die Tasse mit Milchkaffee gerade auf den Tisch gestellt hatte. Ich drückte auf die Gegensprechanlage.

»Stahl. Machen Sie auf.«

Verdammt, was sollte das denn? Verzweifelt versuchte ich, mir eine Ausrede zu überlegen, aber mir fiel keine ein. Ich drückte den Türöffner.

Ungefähr eine halbe Minute später stand der Kommissar vor der Wohnungstür. Bis dahin hatte ich hektisch rekapituliert, was er wusste, was ich ihm verschwiegen hatte und was er auf keinen Fall erfahren durfte.

Langsam wurde die Sache wirklich sehr unübersichtlich.

»Funk ist mir entwischt.«

Er trug eine Jeans, ein weißes Hemd und ein helles Baumwolljackett. In der Sakkotasche steckte eine Sonnenbrille, die ich bis jetzt noch nicht an ihm gesehen hatte. Vielleicht nahm er sich ein Beispiel an den Spaniern, die zu jeder Gelegenheit Sonnenbrillen trugen. Vielleicht, um die Augen zu schützen, vermutlich aber eher, um cool zu wirken.

Trotz dieses modischen Accessoires strahlte Stahl leider kein bisschen südländische Lässigkeit aus. Seine Stimme war schon wieder eiskalt. Außerdem fand ich, dass sie vorwurfsvoll klang. Dabei hätte er mir dankbar sein müssen, immerhin hatte ich ihn auf eine heiße Spur gesetzt. Warum war er also sauer? Vielleicht hatte er eine Information, die er eigentlich nicht haben dürfte? Aber welche? Ich spürte, wie ich noch nervöser wurde. Jedes Wort konnte jetzt das falsche sein.

»Äh, das ist ja ärgerlich«, stammelte ich.

»Vor allem für Sie«, entgegnete Stahl.

Wir standen immer noch an der Wohnungstür, die Stahl allerdings inzwischen hinter sich zugezogen hatte. Er hatte die Hände in die Hosentaschen gesteckt und starrte mich mit einem durchdringenden Blick an.

Meine Knie begannen zu zittern. »Wie bitte?«

»Ich habe von dem Einbruch in Ihre Wohnung gehört.«

Das ging mir jetzt zu schnell. Hatten wir nicht gerade über Funk gesprochen? Jetzt also der Einbruch. Seit wann befasste sich das Landeskriminalamt mit …

»Es gab einen einzigen Fingerabdruck vom Täter an der Tür, vermutlich, bevor er sich die Handschuhe angezogen hat.«

Unter Stahls Blick wurde mir heiß, meine Ohren begannen zu rauschen.

»Er stammt von Werner Funk.«

»Scheiße.«

Ich hatte das Wort nur geflüstert, aber Stahl hatte es gehört.

»Ich glaube, wir sollten uns mal ausführlich unterhalten, was meinen Sie?«

Keinesfalls, wollte ich sagen. Je weniger wir reden, desto besser. Am allerbesten gehen Sie jetzt und sehen zu, dass Sie Werner Funk schnappen. Sie wissen, dass er vor drei Tagen in Düsseldorf war, um in meine Wohnung einzubrechen, also müsste seine Spur doch noch ganz frisch sein. Na los, worauf warten Sie? Schicken Sie die Spürhunde los!

Stattdessen nickte ich und schleppte mich zur Couch.

Stahl blickte sehnsüchtig auf meinen Kaffee, sagte aber nichts. Mir war der Appetit vergangen.

Er setzte sich auf die Kante des Sessels, machte es sich aber nicht bequem, sondern beugte sich mit aufgestützten Ellbogen vor. »Also, warum ist Funk ausgerechnet bei Ihnen eingebrochen?«

Was sollte ich darauf sagen? Ich hatte den Eindruck, dass meine Gedanken nicht schnell genug waren, um die Frage zu analysieren, abzuwägen, was Stahl wissen durfte und was nicht, und dann eine einigermaßen glaubwürdige Antwort zu produzieren, also stellte ich eine Gegenfrage. »Woher soll ich das …?«

Er verdrehte die Augen. »Frau Martin, ich kann Sie auch offiziell zu einer Befragung einladen.«

Ich schluckte, spürte, wie mir die Tränen in die Augen schossen.

Er fuhr sich mit den Fingern durch die Haare. »Also, fangen wir ganz von vorn an. Wer ist Millie?«

Ich schloss die Augen. »Ich.«

»Scheiße«, flüsterte Stahl fassungslos. »Sie haben mich die ganze Zeit angelogen.«

Ich nickte.

»Erzählen Sie. Von Anfang an. Und diesmal die Wahrheit.«

Ich erzählte ihm alles. Warum ich zunächst eher unabsichtlich nicht zugegeben hatte, Millie zu sein. Dass ich diese Lüge nachher nicht richtigstellen konnte, ohne mich zu blamieren, und wie die ganze Sache dann eskaliert war.

Stahl starrte mich mit weit aufgerissenen Augen ungläubig an.

»Und woher kommt nun diese Verbindung zwischen Funk und Ihnen? Warum ist er in Ihre Wohnung eingebrochen?«

Bis hierher war es schon peinlich gewesen, aber jetzt wand ich mich förmlich unter seinem stechenden Blick.

»Ich habe Juan Diego de Todos los Santes das Foto geschickt, auf dem sein Ring auf Funks Schulter zu erkennen ist.«

Er blickte mich an, als zweifele er an meiner geistigen Gesundheit. Was ich ihm nicht verdenken konnte. Es war sicher eher unüblich, dass eine notorisch lügende Stewardess einen direkten Draht zu einem international erfolgreichen Unternehmer hatte, der zum spanischen Hochadel gehörte.

»Er ist mein Vater.«

»Jetzt brauche ich wirklich einen Kaffee.«

Ich war froh, seinem starrenden Blick zu entkommen, sprang auf, machte Stahl einen doppelten Espresso und erzählte ihm derweil meine Familiengeschichte. Es war einfacher mit Blick auf die Kaffeemaschine, als wenn ich ihn dabei hätte ansehen müssen, aber auch so konnte ich seinen Blick in meinem Rücken deutlich spüren.

Er kippte den Espresso ohne Zucker hinunter, verzog das Gesicht und schüttelte sich. »Sie haben mich in eine wirklich üble Situation gebracht«, sagte er schließlich. »Ich habe Ihnen jedes Wort geglaubt, ohne Ihre Informationen zu hinterfragen. Zusätzlich habe ich Ihnen selbst Informationen gegeben, die ich nie hätte nach außen geben dürfen, weil ich dachte, dass Sie vertrauenswürdig sind und mir helfen wollten.«

Ich wurde rot.

»Wenn ich diesen ganzen Mist in meinen Bericht schreibe, kann ich mir meine Hoffnung auf eine Beförderung bis zum Sankt-Nimmerleins-Tag abschminken.«

»Es tut mir leid.« Ich war wieder den Tränen nahe.

»Das kann ich nur hoffen«, sagte Stahl und erhob sich. Knöpfte das Jackett zu. Drehte sich um. »Ich werde dann mal schauen, wie ich diese verfahrene Situation noch retten kann.«

»Äh, Herr Stahl, da wäre noch etwas …«, stammelte ich. »Sabine Winterberg wird in Patagonien von der Polizei festgehalten, weil Sie sie in Zusammenhang mit dieser Sache haben suchen lassen …«

Als er sich wieder zu mir wandte, lag nur noch Verachtung in seinem Blick. »Seit wann wissen Sie das?«

»Seit gestern.«

»Und Sie lassen sogar Ihre Freundin in einem südamerikanischen Knast schmachten, nur damit Ihre Lügen nicht auffliegen?«

Er riss mir den Zettel mit der Telefonnummer, den ich vom Tisch genommen hatte, förmlich aus der Hand und verließ die Wohnung.

Stefan fand mich heulend auf der Couch, als er gegen Mittag von seinem Übernachtungsbesuch bei einem Freund in Köln zurückkam. Er setzte sich zu mir und hörte sich an, wie ich stockend und schluchzend die Ereignisse der letzten beiden Tage zusammenfasste.

»Stahl regt sich schon wieder ab«, sagte er dann. »Und wenn nicht, ist es auch nicht schlimm, oder? Immerhin hast du nichts mehr mit ihm zu tun.«

Ich zuckte die Schultern. So ganz war ich davon noch nicht überzeugt. Vielleicht benötigte er noch ein schriftliches Geständnis?

»Und Sabine muss das alles gar nicht erfahren.«

Ich blickte ihn zweifelnd an.

»Von mir jedenfalls nicht.«

»Danke«, quetschte ich zwischen zwei trockenen Schluchzern hervor.

»Bitte«, sagte er grinsend. »Wir Kriminellen müssen zusammenhalten.«

Ha, ha, ha.

Meine Kopfschmerzen hatten sich durch den Stress oder die Blamage oder das Heulen dramatisch verschlimmert, und ich fühlte mich nicht in der Lage, irgendetwas Sinnvolles zu tun. Also ging ich mit Sergeant Pepper spazieren und schaute nachher bei Moritz vorbei. Zum Glück war die Kneipe halb leer, und von den üblichen Verdächtigen war noch niemand da.

»Du siehst schrecklich aus«, sagte Moritz zur Begrüßung. »Bist du krank oder unglücklich?«

»Beides.«

»Willst du was essen?«

»Was gibt es denn?«

»Paprikahühnchen oder Tagliatelle mit Lachs.«

Ich schüttelte den Kopf.

Moritz blickte mich nachdenklich an. »Okay, du bist in einer Verfassung, in der du etwas ganz Besonderes brauchst. Ich mache dir einen warmen Milchreis mit Zimt und Zucker.«

Ich starrte ihn an. Noch nie hatte ich einen Mann getroffen, der um die geheime Ich-bringe-die-Welt-wieder-in-Ordnung-Kraft von Milchreis wusste. Dabei besitzt warmer Milchreis tatsächlich diese Kraft. Er erzeugt ein Wohlgefühl im Bauch, das in den ganzen Körper einschließlich Kopf ausstrahlt und jeder Zelle mitteilt: Ich bin pappsatt und glücklich. So, wie man sich damals als Baby fühlte, zwischen Milch und Bäuerchen. Zimt und Zucker heben dieses archaische Urgefühl auf ein erwachsenes, zivilisiertes Niveau. Der Effekt bleibt derselbe. Warmer Milchreis macht glücklich.

Ich strahlte Moritz an. »Das würdest du tun?«

Er nickte. Grinsend, wenn mich sein Bart nicht täuschte.

»Ja, bitte«, bettelte ich. Tränen der Rührung stiegen mir in die Augen, die ich schnell wegblinzelte.

»Dauert ein bisschen«, brummte Moritz.

»Ich warte«, hauchte ich.

Mit einer Modezeitschrift verzog ich mich an den Tisch in der hintersten Ecke, blätterte die neuesten Trends durch, konnte mich aber nicht dafür begeistern. Mein schlechtes Gewissen drängte sich immer wieder in den Vordergrund.

Warum zum Teufel hatte ich Stahl nicht von Anfang an reinen Wein eingeschenkt? Rückblickend konnte ich mein Verhalten absolut nicht begreifen. Inzwischen wusste ich, dass Lügen nichts bringen außer Ärger. Besonders ärgerlich fand ich, dass ich wirklich zum ersten Mal in meinem Leben ein derartiges Lügengespinst gewoben hatte und gleich erwischt worden war. Stahl würde mich für eine notorische Lügnerin halten, dabei war ich normalerweise die Ehrlichkeit in Person.

Oder?

Na ja, ich hatte schon einige Male absichtlich zweideutige Bemerkungen fallen lassen, aus denen man schließen musste, dass ich mehr war als eine kleine Stewardess. Der Spruch »Ohne mich hebt der Flieger nicht ab« war ein Klassiker in meinem Repertoire, andere Formulierungen dienten demselben Zweck. Immer ging es darum, fremden Menschen gegenüber Eindruck zu schinden.

Warum tat ich das? War meine Herkunft der Grund dafür? Mein Gefühl, um ein Leben im spanischen Hochadel betrogen worden zu sein? Aber wäre ich da glücklicher?

»Wenn du so böse guckst, wird der Milchreis sauer, bevor du auch nur einen Löffel davon probiert hast«, sagte Moritz, als er den Teller abstellte.

Ich hatte ihn gar nicht bemerkt, so tief war ich in meinen Gedanken versunken, dabei hätte mindestens der Duft nach warmer Milch und Zimt seine Ankunft verraten können. Ich atmete tief ein. »Hmm.«

»Guten Appetit, Lulu.« Er tätschelte mit seiner riesigen Hand meine Schulter.

Die Geste brachte mich fast zum Heulen. »Danke, Moritz.«

Der Reis war cremig und zart, aber nicht matschig. Reichlich Zucker schmolz mit dem Zimt zusammen in den Brei und bildete Schlieren beim Verrühren. Mit jedem Löffel Milchreis entspannte ich mich etwas mehr. Die Tränen, die die ganze Zeit direkt hinter den Augenlidern gelauert hatten, verschwanden. Je mehr warmer Pamps in meinen Magen gelangte, desto wohler fühlte ich mich. Als der Teller leer war, war ich glücklich.

»Jetzt siehst du besser aus, Mädchen«, sagte Moritz, als er kam, um den Teller abzuholen.

»Das war himmlisch«, entgegnete ich mit einem vermutlich völlig dämlichen Grinsen.

»Den kriegst du hier jederzeit«, knurrte er sanft, dann war er weg.

Ich blinzelte ihm gerührt hinterher.

Auch am Nachmittag konnte ich mich nicht dazu aufraffen, den Laptop anzuwerfen und Millies Blog fortzuführen. Hätte ich es getan, hätte mich die Katastrophe ein paar Stunden früher ereilt. Stattdessen erholte ich mich von meiner Riesenblamage, indem ich Stefan bei seiner Arbeit am Fotobuch half. Es war grandios.

Alle großen Mode-Labels kamen darin vor mit Fotos von Shows, Backstage-Impressionen, die Designer im Porträt, aber auch in Schnappschüssen mit Models, mit ihren Kreationen oder in Gedanken versunken vor einem Spiegel. Fotos von den Gästen der Fashion-Shows, die sich aus Promis, Chefredakteurinnen und -redakteuren der wichtigsten Printmagazine und Bloggern zusammensetzten. Alle Fotos waren beschriftet, jedem Gesicht wurde ein Name zugeordnet. Alle wichtigen Gesichter und Namen waren vertreten, nicht zuletzt Karl, den Stefan in Paris in einigen wundervollen Momenten erwischt hatte.

Auf einem der Fotos war auch ich zu sehen. Besser gesagt Millie. Die Bildunterschrift lautete: Trendscout und Bloggerin Millie im Insider-Talk mit Karl.

Ich konnte mich unter der blau-silbrigen Perücke und hinter der Federbrille selbst nicht erkennen.

Um neun Uhr schaltete ich den Fernseher zur neuesten Folge von Headhunter ein. Thomas hatte Spätdienst, war also während der Sendung für aktuelle Recherchen und Hintergrundinfos zuständig und konnte sich deshalb nicht mit mir treffen. Wenn ich die Sendung sah, würde ich mich ihm wenigstens nahe fühlen.

Dachte ich.

Stattdessen traf mich der Schlag völlig unvorbereitet. John Hunter hatte Susan Walker zu Gast.

»Susan, wir haben diese Sendung über Jobs in der Modewelt lang geplant, allerdings erst für einen Sendetermin im kommenden Monat. Nun gibt es allerdings einen Skandal, den Sie selbst aufgedeckt haben, daher haben wir die Sendung aus aktuellem Anlass vorgezogen. Schön, dass Sie so spontan kommen konnten.«

»Danke für die Einladung, John.«

»In den letzten zwei Monaten haben wir ein Phänomen in der Modewelt erlebt, das es in dieser Art noch nicht gegeben hatte. Können Sie uns kurz darüber berichten?«

»Natürlich, John. Vor acht Wochen ging ein Blog online, der von einer Frau geführt wurde, die sich selbst als international tätiger Trendscout für ein großes Modemagazin bezeichnete. Der Blog wurde schlagartig bekannt und extrem beliebt, weil er den Eindruck erweckte, dass man bei der Entdeckung und Entwicklung von Trends ganz weit vorn dabei sein konnte.«

»Warum sagen Sie, dass er den Eindruck erweckte. Stimmte das denn nicht?«

»Nein, John. Auf diesem Blog ist schlichtweg alles gelogen. Die Frau, die diesen Blog schreibt, arbeitet nicht in der Modebranche. Sie ist Stewardess.«

Ich fühlte mich, als steckte mein Kopf in einem großen Luftballon. Die Sicht nach außen war verzerrt, auch Geräusche kamen nur gedämpft und verrauscht an mein Ohr. Nur Susan Walkers Stimme war klar und deutlich.

»Wie haben Sie das herausgefunden?«, fragte John Hunter.

Stefan ließ sich neben mir auf die Couch fallen und ergriff meine Hand.

Susan Walker grinste selbstgefällig. »Ach, John, das war nicht so schwer. Ihre Beiträge hatten nicht die Qualität, die man von einem Profi erwarten darf. Daher lag der Verdacht nahe. Und ein bisschen Recherche hat mich dann zu ihrer wahren Identität geführt.«

»Blöde Schlampe«, knurrte Stefan.

»Können Sie uns den Namen der Stewardess sagen?«, fragte Hunter.

Stefan drückte meine Hand so fest, dass ich aufschrie.

»Ich kenne ihren Namen, aber ich darf ihn leider im Moment nicht öffentlich machen.«

»Das ist ein echter Skandal, oder?«, fragte John Hunter.

»Nein«, sagte Susan mit breitem Lächeln. »Dazu war ihr Blog zu unbedeutend.«

John Hunter sagte noch etwas zu Susan, das ich nicht verstand, und drehte sich dann zu einer anderen Kamera, die sein Gesicht in Nahaufnahme zeigte. Mir schien, dass er das Thema wechselte. Stefan stand auf und schaltete den Fernseher ab.

»Warum hat Thomas mir nichts davon gesagt?«, flüsterte ich ungefähr zehn Minuten und zwanzig Liter heiße Tränen später.

»Warum sollte er?«, fragte Stefan. »Er weiß doch gar nicht, dass es um dich geht.«

Schlagartig versiegte auch die letzte Träne. Natürlich. Stefan hatte recht. Weder John Hunter noch Susan Walker hatten meinen Namen genannt. Thomas wusste nicht, dass ich Millie war. Für ihn hatte dieser Beitrag nichts mit mir zu tun. Es gab keine Verbindung. Er hatte keinerlei Veranlassung gehabt, mir etwas davon zu erzählen.

»Stimmt«, sagte ich und zog die Nase hoch. Stefan reichte mir ein weiteres Taschentuch.

»Und er darf auch nie erfahren, dass ich Millie war.«

Stefan zuckte die Schultern. »Dann hoffen wir mal, dass die Anwälte den beiden Herzchen davon abraten, den Namen öffentlich zu nennen.«

»Ja«, sagte ich. Meine Stimme klang wieder fester. »Das hoffe ich von ganzem Herzen.«

Erst als ich den ersten Schock, die erste Erleichterung über Thomas' Unwissenheit und die Hoffnung, dass mein Name nicht in der Öffentlichkeit auftauchen würde, überstanden hatte, wandte sich mein malträtiertes Gehirn der eigentlich ganz naheliegenden Frage zu: Wie hat Susan Walker meine Identität herausgefunden?

Es gab drei Möglichkeiten. Die unwahrscheinlichste war, dass sie es selbst irgendwie über die Computerverbindung herausgefunden hatte. Für so schlau hielt ich sie aber nicht. Die beiden anderen Möglichkeiten liefen darauf hinaus, dass jemand, der meine Identität kannte, es ihr gesteckt hatte.

Kommissar Frank Stahl wusste davon. Aber warum hätte er nur wenige Stunden, nachdem er es selbst herausgefunden hatte, einer ihm vermutlich unbekannten Susan Walker weitertratschen sollen? Viel wahrscheinlicher war, dass er sich ganz der Suche nach Werner Funk widmete, dessen Spur sich in der Nacht verlor, in der er bei mir eingebrochen war.

Außerdem wusste Jasmin, dass ich Millie war, aber ihr traute ich diesen Verrat nie im Leben zu.

Jake dagegen schon.

Er hatte es von Jasmin erfahren. Er kannte Susan Walker. Schrieb für ihr Magazin, wenn ich mich recht erinnerte. Jake hatte Jasmins Vertrauen ausgenutzt, um sich bei Susan Walker einzuschleimen.

Meine Abneigung gegen den Typ war von Anfang an berechtigt gewesen. Er war ein mieser, kleiner Scheißer, der die Freundin seiner Freundin verpfiff. Eine falsche Schlange. Eine Amöbe. Himmel, hoffentlich hatte er es nicht auch Thomas verraten!

Ich schlief nicht in dieser Nacht. Zwar versuchte ich es, aber die pochenden Kopfschmerzen und das ständige Grübeln über die mittelalterlichen Foltermethoden, die ich an Jake ausprobieren wollte, hielten mich davon ab. Gelegentlich sank ich in einen Dämmerzustand, in dem meine anerzogenen Hemmungen von mir abfielen und ich mit einem kalten Lächeln auf den Lippen Jake teerte, federte, vierteilte, auspeitschte, ihm die Zunge rausschnitt, ihn in eine eiserne Jungfrau steckte, auf der Streckbank in die Länge zog, an den Füßen aufhängte und ihn ohne Wasser und Brot mit einem Eisenring um den Hals stehend an eine nasse Kerkerwand fesselte.

Niemals hatte ich vermutet, dass ich zu solchen Fantasien fähig wäre. Ich war von mir selbst geschockt. Gerädert stand ich um acht Uhr auf, schaltete den Laptop ein und kontrollierte meinen Posteingang und den Blog.

Es gab vierundzwanzig E-Mails. Sieben Markenartikler, die ihre Werbeanfragen zurückzogen. Journalisten, die kein Interview mehr wollten. Journalisten, die jetzt erst recht ein Interview wollten. Eine Mail von John Hunter, der das Jobangebot zurückzog.

Die Kommentare auf dem Blog waren ebenfalls gemischt. Viele Beschimpfungen, aber auch einige Stimmen, die sich »trotz allem« für die wunderbaren Bilder und Anregungen bedankten. Es waren diese Mails, die mir die Tränen in die Augen trieben.

Ich schaltete den Laptop aus, ohne auch nur eine einzige Nachricht zu beantworten.

Jasmin rief gegen neun Uhr abends an.

»Es tut mir so leid«, sagte sie statt einer Begrüßung. »Wie geht es dir?«

»Das fragst du noch?«, keifte ich sofort los. »Bekommt

Jakedarling jetzt die Titelgeschichte? Oder mehr Zeilenhonorar? Oder was bietet Susan Walker als Gegenleistung dafür, dass er mich verpfiffen hat?«

Jasmin lachte zum ersten Mal, seit ich sie kannte, nicht über meinen zickigen Tonfall. Im Gegenteil. Sie holte tief Luft, dann sprach sie mit einer Stimme, die verletzt klang. »Er hat dich nicht verraten, Lulu.«

»Pah!« All meine Verachtung lag in diesem einen Wort.

»Wie kommst du überhaupt auf die Idee, dass er es war?«

»Er wusste es doch, oder?«

»Natürlich.«

»Natürlich? Ich habe dir gesagt, dass du es niemandem verraten darfst!«

»Aber das bezieht sich doch nicht auf Jake.« Ihr Ton war eine Mischung aus Naivität und Entrüstung.

»Besonders auf ihn«, brüllte ich.

»Lulu, wir werden heiraten.«

Mir stiegen die Tränen in die Augen. »Das verzeihe ich dir nie.«

»Lulu, jetzt hör mir doch mal zu …«

»Hat er Thomas etwa auch davon erzählt?«

»Er hat es überhaupt niemandem erzählt, Lulu. Glaub mir! Ich schwöre bei allem, was mir heilig …«

»Dir ist nichts heilig, und du hast dein Wort schon gebrochen, als du Jake davon erzählt hast«, schrie ich mit überschnappender Stimme.

»Das ist nicht wahr.« Jetzt klang selbst Jasmins Stimme ein bisschen ärgerlich. »Jake ist absolut vertrauenswürdig. Besonders in dieser Beziehung …«

»Erzähl den Scheiß jemand anderem.«

Ich legte auf.

Stefan war bei seiner Hörgeräteakustikerin, konnte mich also auch nicht trösten, daher starrte ich noch eine Stunde lang in die Glotze, ohne etwas wahrzunehmen, und wankte dann ins Bett. Aus reiner Erschöpfung schlief ich diese Nacht besser, fühlte mich aber am Samstagmorgen beim Aufwachen wieder nicht erholt. Ich ging mit Sergeant Pepper spazieren, holte Croissants und frühstückte ausgiebig. Zum ersten Mal seit der Gehirnerschütterung hatte ich wieder Appetit. Immerhin etwas.

Alle zehn Minuten kontrollierte ich mein Handy. Es war eingeschaltet, der Akku hatte volle Leistung, und es hatte Empfang, aber Thomas rief nicht an. Warum nicht? Hatte er keine Zeit? Oder keine Lust? Oder doch irgendwie erfahren, dass ich Millie war?

Sollte ich abwarten? Oder ihn anrufen? Was sagte denn Vanessa Goodheart dazu? Ich suchte den Ratgeber und blätterte darin herum. Ich war sicher, dass darin auch das Wer-ruft-wen-an-Thema kommentiert werden würde, und ich hatte recht.

Frage von Sandra O.: Ich habe einen Mann kennengelernt, und wir sind mehrmals ausgegangen, aber jetzt meldet er sich nicht mehr. Was soll ich tun?

Antwort von Vanessa Goodheart: Das kommt darauf an, was Sie erreichen wollen. Wenn Sie wissen wollen, wie wichtig Sie ihm sind, rufen Sie nicht an. Wenn Sie ihn sehen wollen, rufen Sie ihn an. Wir leben im einundzwanzigsten Jahrhundert. Frauen dürfen Berufe ausüben, Eigentum besitzen, wählen gehen, ihren Ehepartner auswählen, die Pille nehmen und Schwangerschaften abbrechen. Was soll im Gegensatz dazu die Ziererei, wenn es darum geht, wer anruft, wer eine Einladung ausspricht oder wer den ersten Schritt zum Sex macht? Wollen Sie eine partnerschaftliche Beziehung auf gleicher Augenhöhe? Dann benehmen Sie sich so.

Jawoll, dachte ich. Recht hat sie. Warum soll ich wie Rapunzel in meinem Turm sitzen und darauf warten, dass mich jemand erhört?

Ich wählte Thomas' Handynummer. Er meldete sich nicht. Ich schrieb ihm eine SMS, dass ich ihn gern sehen würde. Heute oder morgen, wann immer es ihm passte. Dann machte ich mir noch einen Milchkaffee in der Hoffnung, bald eine Nachricht zu bekommen, mit einer Uhrzeit und einem Treffpunkt. Aber nichts geschah.

Irgendwann sah ich ein, dass ich es mir nicht leisten konnte, hier untätig herumzusitzen. Meine Wohnung war nach dem Einbruch noch nicht aufgeräumt, dabei würde ich bald wieder dort wohnen, denn ich nahm an, dass Sabines Rückkehr unmittelbar bevorstand. Ich sollte also meine Bude in Ordnung bringen, damit ich jederzeit Sabines Penthouse verlassen konnte. Eine tolle Beschäftigung für das schlimmste Wochenende meines Lebens.

Sabine kam am Montagmorgen um neun Uhr dreißig in Düsseldorf an. Stefan und ich standen am Ankunftsgate. Er hatte dunkle Ringe unter den Augen von seinem Liebeswochenende mit der Akustikerin, ich hatte immer noch ein Veilchen, das inzwischen in allen möglichen Grüntönen schillerte. Die anderen Wartenden hatten uns interessierte Blicke zugeworfen, sich mit den Ellbogen angestoßen und gegrinst. Irgendwann wurde es Stefan zu blöd. Er wies auf mein Veilchen und sagte laut: »Das habe ich ihr verpasst. Wer will noch eins?« Nach einigen gezischten Verwünschungen war dann endlich Ruhe. Stefan grinste zu mir hinunter, ich zu ihm hinauf.

Er war schon ganz okay. Er würde mir fehlen.

»Lulu!«, gellte es plötzlich durch die Halle.

Da stand sie: Sabine. Sie war abgemagert, die Klamotten schlotterten um ihre klapprigen Schultern und die dünnen Beine. Die Haut war tief gebräunt, das Haar an den Spitzen platinblond, am Ansatz halb dunkel, halb grau (!) nachgewachsen und verfilzt. Ihre Augen schwammen in Tränen.

»Und Stefan!«

Sie fiel uns beiden gleichzeitig um den Hals, ließ ihren Gepäckwagen einfach mitten im Weg stehen, die anderen Reisenden mussten ihn zur Seite schieben, um durchzukommen.

»Mein Gott, ist das schön, endlich wieder zu Hause zu sein«, schluchzte sie.

Stefan schulterte ihren Rucksack, der vor zehn Wochen brandneu gewesen war und jetzt aussah, als wäre er die letzten zwei Wochen an einem langen Strick hinter einem Trecker hergezogen worden. Wir packten sie links und rechts und dirigierten sie zum Ausgang, zum Taxi, auf die Rückbank, Stefan daneben, ich setzte mich nach vorn. Sie ließ alles mit sich geschehen und blickte mit riesigen Augen umher oder lehnte sich mit geschlossenen Augen an Stefans starke Schulter. Geredet hatte sie seit der Begrüßung nicht mehr. Kein einziges Wort. Ich machte mir ernsthafte Sorgen um sie.

Stefan kochte Nudeln, die Sabine hinunterschlang, als wäre sie verhungert. Genauso sah sie auch aus. Sie nahm drei Espressi, aß eine ganze Packung Schokoladenplätzchen und trank einen halben Liter Orangensaft. Dann ging sie duschen.

Stefan und ich saßen auf der Couch und warteten. Ängstlich. War Sabine traumatisiert? Ernsthaft unterernährt? Hatte man sie im Gefängnis doch noch misshandelt?

Sie erschien mit einem glücklichen Lächeln im Gesicht. »Eine warme Dusche!«

Mir klappte der Unterkiefer herunter.

»Und ein dickes, flauschiges Handtuch, aus dem man nicht erst diverse Krabbeltiere herausschütteln muss.«

Jetzt war Stefans Unterkiefer dran.

»Und Toilettenpapier.«

»Keine Details, bitte«, rief Stefan.

Damit war das Eis gebrochen. Sabine erzählte von ihrem Trekking-Trip, der sie in weitgehend unberührte Landschaften geführt hatte, in der sie alle paar Tage auf eine einsame Farm oder einen Trupp Cowboys trafen, die ihre Vorräte ergänzten. Sie hatten sich Blasen an den Füßen gelaufen, die Haut an den Innenseiten der Oberschenkel aufgerieben, waren von unzähligen Mücken und anderen Insekten gestochen oder gebissen worden und hatten Schafdung oder Butter auf die Stiche geschmiert, je nachdem, welchen Tipp die Einheimischen ihnen gaben oder welches Hilfsmittel verfügbar war. Sie hatten Wasser aus dem Bach abgekocht und getrunken, dann nicht abgekochtes Wasser getrunken und Durchfall bekommen. Sie hatten nachts in einen Himmel geblickt, der von Millionen Sternen übersät war und das Heulen wilder Tiere gehört. Und sie hatten anfangs viel geredet und dann geschwiegen. Manchmal tagelang.

Irgendwann hatte Holger angefangen, Fleisch zu essen, dann nach einer Dusche zu jammern. Dann wollte er zurück in die Zivilisation. Sabine nicht. Sie hatten sich gestritten. Eines Morgens kam ein Viehlaster über eine Sandpiste geholpert, und Holger beschwatzte den Fahrer, sie mitzunehmen. Drei Tage hockten sie auf der Ladefläche. Sabine wehmütig, Holger ungeduldig. In der nächstgrößeren Stadt wurde Sabine festgenommen. Holger verschwand.

»Was wirst du ihm antun?«, fragte Stefan interessiert.

»Antun?«, fragte Sabine mit dem verklärten Lächeln, das sie während des ganzen Berichts schon auf dem schmalen Gesicht gehabt hatte. »Wozu? Er hat erkannt, dass er schwach ist, das ist Strafe genug.«

»Und du bist stark«, sagte Stefan leise und irgendwie beeindruckt.

»Ja«, entgegnete Sabine ruhig. »Das habe ich dort festgestellt. Es ist ein gutes Gefühl.«

Mir kamen die Tränen. Weil ich meine Freundin nicht wiedererkannte. Und vor Neid.

Ich hatte den Großteil meiner Klamotten bereits am Wochenende in meine Wohnung gebracht, nun half Stefan mir mit dem Rest. Montagabend war ich wieder in meinem Ein-Zimmer-Apartment in Oberkassel angekommen. Das Türschloss, das der Einbrecher beschädigt hatte, war ausgetauscht, die Wohnung geputzt und die Nachbarin mit einem großen Blumenstrauß und einer Riesenschachtel Pralinen beschenkt. Ich versuchte, mich mit der Lektüre von Modemagazinen zu beschäftigen, konnte mich aber nicht darauf konzentrieren. Sergeant Pepper fehlte mir, Stefans lockere Art fehlte mir, und Thomas fehlte mir auch. Er hatte eine SMS geschickt, dass er vier Tage in München sei und sich bei seiner Rückkehr melden würde. Dann allerdings würden wir uns wieder nicht sehen, denn ich wäre, nach endlosen Wochen am Boden, endlich wieder unterwegs.

Dreizehn

Von Dienstag bis Freitag flog ich Kurz- und Mittelstrecken, bediente Nette, Nörgler und Neurotiker, schlief in fremden Hotelbetten und flanierte über Prachtboulevards. An jeder Ecke fiel mir ein ausgefallenes Styling auf, das ich gut für meinen Blog hätte nutzen können, aber ich fotografierte keins davon. Ich war nicht mehr Millie. Mein Blog war tot. Ich war zum Gespött der Nation geworden.

Dieses Wissen belastete mich mehr als das Zerwürfnis mit Jasmin, die glücklicherweise einen anderen Flugplan hatte. Ich sah sie diese Woche überhaupt nicht. Auch Maike war auf Langstrecke unterwegs, was der Arzt mir noch untersagt hatte. Ich war froh darüber, denn das Fliegen war noch sehr anstrengend nach der Gehirnerschütterung. Erst gegen Ende der Woche ließen die leichten Kopfschmerzen ganz nach.

»Kommst du zum Essen am Freitagabend?«, simste Sabine mir auf dem Rückflug.

Ich sagte liebend gern zu. Die Aussicht auf einen einsamen Abend in meinem dunklen Apartment hatte mir schon den ganzen Tag auf der Seele gelegen, denn Thomas kam erst Samstagabend von einer Fortbildung in England und flog am Sonntag wieder rüber. Ich vermisste ihn schrecklich.

Ich war um halb acht da, wie vereinbart. Ich brachte Sabine Pralinen aus Brüssel, einen Seidenschal aus Rom und eine Kerze aus Kopenhagen mit. Sie freute sich, aber ich konnte sehen, dass diese Dinge für sie genau das waren: Dinge. Anders als früher. Da wäre sie mir um den Hals gefallen, hätte sich von jedem Mitbringsel erzählen lassen, wo ich es gekauft hatte und welche Erinnerungen ich damit verband. Die persönliche Verbindung interessierte sie jetzt immer noch, der Rest nicht mehr. Seltsam.

Stefan begrüßte mich in einer Schürze, nahm mein Gesicht in die Hände, betrachtete das fast nicht mehr sichtbare Veilchen mit einem halb zerknirschten, halb zufriedenen Gesichtsausdruck und sagte: »Man kann es kaum noch sehen. Du bist wunderschön.«

Mein Gott, waren denn plötzlich alle Menschen um mich herum zu wahrhaftigen Gutmenschen mutiert?

»Kommt die Akustikerin auch?«, fragte ich, um die Unterhaltung wieder auf eine handfestere Ebene zu bringen. Der Tisch war für vier gedeckt.

Die Türklingel erübrigte eine Antwort. »Ich gehe schon«, bot ich an, ging zur Tür, öffnete sie und – zuckte zurück.

»Was willst *du* denn hier?«, knurrte ich Jake an.

Er schob sich mit einer Flasche Rotwein in der Hand an mir vorbei, steuerte zielstrebig auf Sabine zu und gab ihr rechts und links ein Küsschen. »Danke für die Einladung, liebe Nachbarin.«

Ich wusste nicht, ob ich heulen oder schreien sollte.

»Du Schlange«, zischte ich, als Jake sich zu mir umwandte. »Du wagst es …«

»Pssst«, zischte er zurück. »Halt die Klappe, bevor du dich noch mehr blamierst. Ich habe dich nicht verpfiffen.«

»Na, was gibt es da zu tuscheln?«, fragte Sabine.

»Dürfen wir mal deinen Laptop benutzen?«, fragte Jake.

Ich starrte ihn an. Erst feindselig, aber dann zunehmend verunsichert. Er machte einen ehrlichen Eindruck. Keine Ahnung, wieso ich das dachte, ob es an seinem offenen Blick lag oder an dem völligen Ernst, mit dem er mich betrachtete. Keine Spur von dem Spott, der üblicherweise in seinem Blick lag.

»Na klar. Ich wollte sowieso mal sehen, ob Lulu während meiner Abwesenheit die Software ausprobiert hat.«

Das hatte Sabine noch nicht getan? Das wäre vor ihrem Trip undenkbar gewesen. Wenn sie früher von einer Reise nach Hause gekommen war, machte sie erst das Licht im Wohnzimmer an, dann die Kaffeemaschine und dann den Rechner. Manchmal auch zuerst den Rechner.

Sabine klappte den blauen Laptop auf, tippte ein bisschen darauf herum und fand natürlich sofort den Zugang zum Blog.

»Ist es das, was du während meiner Abwesenheit gemacht hast?«, fragte sie erstaunt. »Du warst aber sehr fleißig.«

Sie wechselte die Ansicht zu den statistischen Daten. »Du liebe Güte, du hattest über zweihunderttausend Klicks?«

Ich nickte.

»Sieh dir die letzten Kommentare an«, sagte Jake.

Er stand dicht neben mir und hatte mir seine Hand auf die Schulter gelegt.

Ich hatte den Blog nie offiziell geschlossen – ich hätte auch gar nicht gewusst, wie ich das hätte anstellen sollen. Nach den Kommentaren, die ich noch gelesen hatte, waren ungefähr fünfzig weitere eingegangen. Zunächst überwogen die enttäuschten oder verärgerten Kommentare, die ich überflog, bis mein Blick an einem Namen hängenblieb, den ich nur allzu gut kannte. Vanessa Goodheart hatte einen Kommentar geschrieben.

Worüber regt ihr euch eigentlich auf, liebe Leute? Darüber, dass eine Frau, deren Blog ihr mit Begeisterung gelesen habt, nicht den Beruf ausübt, den sie gern hätte? Und den sie – da sind wir uns doch wohl einig – sehr wohl verdient hätte? Millie versteht es, mit offenen Augen durch die Welt zu gehen und Dinge zu entdecken, über die wir alle hinwegsehen. Das Blumenkind. Der Gentleman mit dem Regenschirm. Jeder wird weitere Beispiele finden, die unser Herz berührt haben.

Was macht es da aus, wie sie ihr Geld verdient?

Ich bitte Millie hiermit in aller Form, ihren Blog wiederaufzunehmen. Schenk uns mehr Anregungen, wie die Welt ästhetischer, bunter und individueller werden kann. Bitte, Millie, mach weiter!

Ich war sprachlos, genau wie Stefan. Sabine, die das ganze Drama ja gar nicht mitbekommen hatte und auch nicht wusste, wer Vanessa Goodheart war, lächelte huldvoll.

»Sehr nette Worte«, sagte sie. »Und sehr wahr.«

»Quatsch«, sagte ich. »So toll war das nicht, was ich geschrieben habe.«

»Doch«, entgegnete Jake ernst. »Du hast unvergleichlich eindrucksvolle Bilder gefunden für Entwicklungen, die wir alle spüren, die uns alle ärgern oder uns Angst machen und die wir gern ändern würden, ohne zu wissen, wie. Die Entfremdung von der Natur, die Verrohung der Gesellschaft, das sind universelle Themen, denen du das

Blumenmädchen oder den Gentleman entgegengesetzt hast. Vielleicht hast du das nicht bewusst gemacht, aber es ist das Geheimnis deines Erfolgs. Ich vermute, dass es die Erfahrung und die Menschenkenntnis aus deinem Job sind, aus denen du schöpfen kannst. Die hätte ein echter Trendscout vielleicht gar nicht. Jedenfalls bietet dein Blog etwas, das all die anderen, die sich nur mit Modetrends beschäftigen, eben nicht haben. Ich kann es nicht benennen, aber sieh dir die Reaktionen der Leute an. Du bist einfach echt gut.«

»Da hat er recht«, sagte Sabine.

Stefan schaute mich mit einem geradezu verträumten Blick an und nickte heftig.

Ich schluckte. Dann kam mir der Ausgangspunkt meines Streits mit Jake in den Sinn. »Und was, bitte schön, soll mir diese Lobhudelei von Vanessa Goodheart jetzt in, äh …«, ich suchte nach einer unverfänglichen Formulierung, »… unserer Diskussion beweisen?«

Ich fand mich sehr erwachsen und rücksichtsvoll, dass ich vor Sabine, die ihren neuen Nachbarn ja noch nicht in seiner ganzen selbstherrlichen Arroganz kannte, seinen Verrat nicht plakativer formulierte.

»Ich bin Vanessa Goodheart«, sagte Jake. Todernst. Ohne das schiefe Grinsen oder das spöttische Zwinkern, das er meist im Gesicht trug.

»Wie bitte?«, stammelte Stefan entgeistert. »Die mit dem Ratgeber? Beziehungsweise, äh, der mit dem …«

»Genau.« Jake sah immer noch ausschließlich mich an. »Ich weiß genau, was es heißt, unter einem Pseudonym zu arbeiten und eine heimliche Existenz zu führen. Bei mir war es ähnlich wie bei dir. Ich hatte meinen Ratgeber geschrieben, aber kein Verlag nimmt einen Frauenratgeber von einem Mann. Oder überhaupt einen Beziehungs-, Liebes- oder Sexratgeber. Also musste ich mir einen falschen Namen und einen falschen Lebenslauf zurechtlügen, und seither versucht Susan Walker, Vanessa Goodheart in ihr Magazin zu bekommen.«

»Sie weiß nicht, dass du das bist?«, fragte ich fassungslos.

Jake schüttelte den Kopf. »Um Himmels willen, nein. Sie würde mich sofort bloßstellen, um selbst gut auszusehen.« Er machte eine wegwerfende Handbewegung. »Sie hält mich für einen eher mittelmäßigen Schreiberling, der gelegentlich psychologische Artikel für ihr Magazin schreibt. Warum Diäten auf Dauer nichts bewirken, warum uns der Lichtmangel im Winter depressiv werden lässt, welcher Unterwäsche-Typ du bist, solchen Scheiß.« Er lächelte entschuldigend.

»Und woher kannte Susan Walker dann Millies wahre Identität?«, fragte ich dickköpfig.

Jake zuckte die Schultern. »Ich habe wirklich keinen blassen Schimmer.«

Die Nudeln waren während unserer Diskussion zu einer klebrigen Pampe zerkocht, aber Stefan und Jake behoben das Problem mit männlichem Heimwerker-Pragmatismus: Sie gossen das Wasser ab, pressten die Nudeln zu einer Art Spanplatte, schnitten diese in Würfel und brieten sie in Olivenöl, Knoblauch und Chili. Es schmeckte himmlisch.

Der Abend wurde einer der vergnüglichsten meines Lebens. Sabine verlor nach einigen Gläsern Rotwein ein wenig von ihrer weltentrückten Weisheit, woraufhin Stefan seine Akustikerin aus dem Gedächtnis verlor, Jake verlor sein herablassendes Grinsen und ich mein Misstrauen ihm gegenüber. Spätestens als er mich zum Abschied fest umarmte und mir mit etwas schleppender Zunge ins Ohr raunte: »Ruf Jasmin an. Bitte«, war ich mit ihm versöhnt. Und ich glaubte ihm. Was einerseits erfreulich war, andererseits aber erneut die Frage aufwarf, wer – wenn überhaupt jemand – mich verraten hatte.

Den ganzen Samstagvormittag grübelte ich über die Identität des Verräters. Dann wurde ich von Jasmin abgelenkt, die auf meine nächtliche SMS mit einem Anruf antwortete.

»Ich habe gehört, ihr habt euch vertragen. Das ist super, denn ich will dich als Brautjungfer!«

»Du heiratest kirchlich?«, fragte ich, sobald ich meine Sprache wiedergefunden hatte.

»Natürlich. Das gehört ja wohl dazu.«

Ich schwieg. Keine Ahnung, ob die Formulierung, dass das ja wohl dazugehöre, sich auf die Show im weißen Kleid oder auf eine religiöse Überzeugung bezog, aber es war mir auch egal. Wenn Jasmin es schaffte, in unschuldigem, jungfräulichem Weiß vor dem Traualtar zu erscheinen, wollte ich sie sicher nicht daran hindern.

»Können wir uns sehen? Ein bisschen planen? Immerhin bin ich in der glücklichen Situation, den wichtigsten Trendscout zu kennen, der bei meiner Hochzeitsplanung hilft.«

»Ich bin kein …«, begann ich, aber Jasmin schnitt mir das Wort ab.

»Für mich schon.«

Wir trafen uns zu dritt am Rhein. Jake brachte Sergeant Pepper mit, und ich freute mich riesig, ihn zu sehen. Ich hatte den Eindruck, dass er meine Begeisterung teilte. Wir schlenderten gemütlich hinter ihm her, warfen abwechselnd Stöckchen und nahmen die Verschmutzung unserer Hosen bis in Kniehöhe gleichmütig hin. Ich hatte mir zu diesem Zweck schon vor Wochen eine Sergeant-Pepper-Jeans auserkoren, die beliebig dreckig werden durfte. Ich freute mich geradezu, sie und die dicken Schuhe wieder anzuziehen, nachdem ich die ganze Woche in Uniform und High Heels herumgestöckelt war.

Wir plauderten über Jasmins Hochzeitsvorstellungen, die sich als diametral entgegengesetzt zu denen von Jake herausstellten. Sie wollte kitschig, pompös und kirchlich heiraten, Jake am liebsten ganz allein nur auf dem Standesamt. Jasmin plante eine Feier mit dem erweiterten Kreis ihrer Großfamilie und allen Freunden, Jake würde am liebsten nur mit vier oder fünf Leuten gemütlich essen gehen. Sie lachten über ihre unterschiedlichen Vorstellungen, neckten sich, und ich war mir sicher, dass zu guter Letzt alles so laufen würde, wie Jasmin es wollte.

Die Diskussion wurde durch das Klingeln meines Handys unterbrochen. Beschwingt meldete ich mich mit: »Hier ist Lulu, wer ist da?«

»Frank Stahl.«

Ach, du Scheiße, dachte ich. Was will der denn noch?

»Entschuldigen Sie, dass ich Sie am Wochenende störe …«

Ich schwieg.

»Wir haben Funk gefasst.«

Mir fiel ein Stein vom Herzen. Trotzdem fragte ich mich, ob diese Nachricht so wichtig war, dass Stahl mich samstags deswegen anrief.

»Ich schreibe gerade den Bericht, und da, also, ich habe da ein kleines Problem.«

Ich würde ihm sicher nicht beim Tippen helfen.

»Es geht um das Foto, das Sie diesem Juan Diego de, äh, …«

»Todos los Santes y Borbón«, half ich ihm aus.

»Genau. Dazu bräuchte ich leider eine Aussage von Ihnen.«

Eine Aussage? Meine Knie wurden weich. Vermutlich wurde ich auch blass, denn Jasmin blickte mich plötzlich besorgt an und griff nach meinem Ellbogen.

»Wissen Sie, ich habe versucht, Sie da ganz rauszuhalten, aber ich bekomme den Bericht nicht rund ohne diese Information. Es funktioniert einfach nicht. Und deshalb, also, es tut mir wirklich leid, aber – würden Sie vielleicht vorbeikommen?«

»Jetzt?«, fragte ich matt.

»Wenn sich das irgendwie machen ließe …«

Ich ließ mir beschreiben, wo ich hinkommen sollte, und verließ Jake und Jasmin, die mir ihre Begleitung anboten. Ich lehnte ab. Mir war es lieber, dieses peinliche Kapitel meines Lebens ohne einen größeren Zeugenkreis abzuschließen.

Ich nahm die Straßenbahn und bemerkte erst beim Aussteigen, dass ich vollkommen unpassend angezogen war. Die dicken Schuhe mit den schlammigen Sohlen und die dreckige Jeans passten irgendwie nicht zu einem offiziellen Besuch im Landeskriminalamt. Oder anders ausgedrückt: Wie sollte ich einigermaßen sauber aus der Sache herauskommen, wenn ich doch ganz offensichtlich Dreck am Stecken hatte? Ich musste über meinen plötzlichen Anflug von Galgenhumor grinsen und wunderte mich. Selbstironie hatte bisher nicht zu meinen Stärken gehört.

»Vielen Dank, ich weiß das wirklich sehr zu schätzen«, sagte Stahl und deutete auf einen Stuhl an seinem Schreibtisch.

»Möchten Sie einen Kaffee?«

Er war um einiges verbindlicher als bei unserem letzten Treffen, sodass ich keine Ahnung hatte, woran ich mit ihm war.

»Unser Automatenkaffee schmeckt natürlich nicht so toll wie der Espresso, den Sie mir angeboten haben, aber er ist erträglich. Besonders die Sorte Cappuccino.«

»Gern«, sagte ich, um das Unabwendbare noch ein wenig hinauszuzögern.

Stahl sprang auf, eilte mit langen Schritten an mir vorbei und erschien zwei Minuten später mit zwei Plastikbechern. Er stellte einen vor mich hin, setzte sich auf seinen Stuhl, drehte seinen Becher zwischen den Händen und blickte mir endlich ins Gesicht. »Erst mal möchte ich mich entschuldigen, dass ich bei unserem letzten Treffen so unhöflich zu Ihnen war.«

Wie bitte?

»Ich war sehr frustriert, weil Funk mir schon wieder entwischt war und ...«

»Aber Sie hatten allen Grund, sauer zu sein. Ich hätte Sie nicht anlügen und das Foto nicht an meinen Vater schicken sollen.«

Zum Teufel, was lief hier ab? Jetzt hatte ich mich selbst entschuldigt, obwohl ich doch eigentlich rasend wütend auf den blöden Kommissar war. Lag das an dem Kaffee? Allerdings war die Vorstellung, der Kaffee im LKA würde mit bewusstseinsverändernden Drogen aufgepeppt, wirklich zu lächerlich. Ich musste ein Grinsen unterdrücken. War das ein beginnender hysterischer Anfall? Der ging doch oft mit unangemessener Heiterkeit einher, oder? Ich räusperte mich.

Stahl räusperte sich ebenfalls. »Das war sicher nicht sehr hilfreich, aber doch verständlich. Vorausgesetzt, Sie kannten die besondere Beziehung zwischen Herrn Funk und Ihrem Vater nicht«, sagte Stahl. Dabei sah er mich mit einem durchdringenden Blick aus seinen braunen Augen an.

»Besondere Beziehung?«

»Erzählen Sie mir von Ihrer Beziehung zu Ihrem Vater.«

Ich trank noch einen Schluck Cappuccino. Er schmeckte wirklich nicht schlecht. »Es gibt eigentlich keine, das habe ich Ihnen ja schon bei unserem letzten Gespräch gesagt. Dieses Telefongespräch und das Foto waren der erste und letzte direkte Kontakt, den ich zu ihm hatte.«

Stahl nickte langsam. »Dann wissen Sie auch nicht, dass Ihr Vater und Funk, äh, Geschäftspartner waren?«

»Geschäftspartner?« Ich kapierte nicht, was er damit sagen wollte.

»Ihr Vater hat Funk in die bessere Gesellschaft eingeführt und dafür Provision kassiert.«

»Provision?« Langsam kam ich mir wie ein lächerlicher Papagei vor, aber noch immer hatte ich nicht verstanden, worauf diese Sache hinauslief.

»Ihr Vater hat mit dem Betrüger Werner Funk gemeinsame Sache gemacht. Die spanischen Kollegen haben ihn festgenommen. Er und Funk belasten sich gegenseitig. Was für uns ganz prima ist, weil jeder detailliert auspackt. In der Schnittmenge der beiden Aussagen liegt dann irgendwo die Wahrheit über diese sehr lohnende Zusammenarbeit.«

Mir fiel der Unterkiefer herunter. Mein Vater war ein Betrüger? Das glaubte ich nicht. Er war reich, gut aussehend und verkehrte in den besten Kreisen. Verdammt noch mal, er war doch ein Mitglied des Hochadels!

»Ihr Vater hatte sich verspekuliert«, sagte Stahl, der meinen vermutlich absolut dämlichen Gesichtsausdruck offenbar richtig deutete. »Mit diversen Immobilien, an der Börse, das ganze klassische Programm. Sein Lebensstil war wahnsinnig teuer, seine Unternehmen kämpften genau wie alle anderen mit der Krise, er brauchte Geld. Da kam ihm Funk gerade recht.«

Ich war unfähig, etwas zu erwidern. Meine ganze Welt fiel in sich zusammen. Jahrelang hatte ich davon geträumt, Kontakt zu meinem Vater aufzunehmen, und als es endlich so weit war, stellte er sich als Betrüger heraus.

»Es tut mir leid«, sagte Stahl zum wiederholten Mal.

Er legte mir ein Blatt Papier vor, auf dem meine Aussage bereits vorformuliert war. Alles, was er nicht unbedingt für seine Ermittlungsberichte benötigte, hatte er weggelassen, sodass es kein Geständnis über eine gefälschte Identität oder meine unablässigen Lügen war, sondern nur die Aussage über das Foto, auf dem ich den Ring meines Vaters erkannt und an ihn weitergeleitet hatte. Ich nahm den angebotenen Kugelschreiber und unterschrieb.

»Danke.«

Ich nickte.

»Übrigens, sehr schade, was mit Ihrem Blog passiert ist.«

Ich starrte ihn an.

Stahl wurde rot. »Ich habe den Blog natürlich verfolgt, nachdem das Foto von Funk dort aufgetaucht war. Aus beruflichem Interesse. Es hat mir aber wirklich sehr gefallen. Schade, dass Sie ihn nicht mehr weiterführen.«

Da fiel es mir wie Schuppen von den Augen. Stahl hatte meine Identität verraten. Ob bewusst oder unbewusst, wusste ich nicht, aber die Sache lag eindeutig auf der Hand.

»Mir tut es auch leid«, sagte ich bitter. »Aber wenn wir schon bei den Geständnissen sind«, ich deutete auf das

Blatt Papier, das ich gerade unterzeichnet hatte, »dürfen Sie mir jetzt erzählen, wem Sie den Tipp gegeben haben.«

»Welchen Tipp?«, fragte Stahl. Sein verwirrter Blick wirkte täuschend echt.

»Donnerstags haben Sie von mir das komplette Geständnis bekommen, und Sie waren sauer, das war nicht zu übersehen. Und freitags wurde ich öffentlich bloßgestellt. Jetzt erzählen Sie mir nicht, dass das ein Zufall war.«

Stahl schüttelte den Kopf. »Das ist eine sehr dürftige Beweisführung. Eine gewisse zeitliche Nähe und der Mangel an alternativen Verdächtigen. Entschuldigen Sie, wenn ich das so sage, aber nach einer ordentlichen Ermittlung sieht das nicht aus.« Er grinste. »Aufgrund dieser windigen Indizien werden Sie sicherlich keinen Haftbefehl bekommen.«

»Sehr witzig«, sagte ich schnippisch.

»Zumal der einzige Verdächtige vehement leugnet«, fuhr Stahl in reichlich unangemessener Heiterkeit fort. »Ich war sauer, das gebe ich zu. Aber ich hatte ganz andere Probleme, als mich an Ihnen zu rächen, indem ich Sie verpfeife.« Er machte eine kleine Pause. »An wen übrigens?«

»Susan Walker.« Ich spuckte den Namen förmlich aus.

Stahl zog einen Notizblock heran und schrieb den Namen auf. »Erzählen Sie mir alles, was Sie wissen.«

Ich starrte ihn verständnislos an.

»Ich finde heraus, wer Sie verpfiffen hat.«

»Warum sollten Sie das tun?«, fragte ich.

Er zuckte die Schultern. »Sie haben mich zwar zwischendurch ein bisschen verarscht, aber letztlich bin ich Funk nur dank Ihres Fotos und Ihrer Hinweise auf die Spur gekommen. Ich wurde belobigt und habe Aussicht auf eine Beförderung. Und wenn ich nun herausfinde, wer

Sie verpfiffen hat, kann ich mich ein bisschen erkenntlich zeigen, oder?«

Ich erzählte ihm die Geschichte meines Blogs, die Beziehung zwischen Susan Walker und John Hunter, verschwieg aber, dass der Verlobte meiner Freundin Vanessa Goodheart war und Susan Walker kannte, weil ich von seiner Unschuld inzwischen völlig überzeugt war. Stahl notierte mit konzentriertem Gesichtsausdruck.

»Okay, dann sehe ich mal, was ich herausfinden kann.«

Ich trank den letzten Schluck Cappuccino. »Das ist nett, aber eigentlich nützt es gar nichts mehr. Der Blog ist tot und die Chance, daraus einen Beruf zu machen, leider auch.«

»Einen Beruf?« Er starrte mich mit großen Augen an. »Hätten Sie das gewollt?«, fragte er.

Ich zuckte die Schultern. »Keine Ahnung. Ich weiß nur, dass ich keinen Bock mehr darauf habe, ständig unterwegs zu sein.«

»Aber das ist sicher sehr spannend, man kommt viel herum …«

»Klar kommt man viel herum. Aber … « Ich zögerte, biss mir auf die Lippen. Ich war nahe daran, ihm zu erzählen, dass mir erst in den Wochen meines Zwangsurlaubs aufgefallen war, dass ich außer Sabine nie echte Freunde gehabt hatte. Jetzt waren immerhin Jasmin, Stefan und Jake dazugekommen. Dass ich mich nirgendwo zu Hause fühlte, was sicher auch an meinem ungemütlichen Apartment lag. Dass sich der Reiz der hippen Orte dieser Welt abnutzte, wenn man kein Zuhause hatte, zu dem man zurückkehren konnte. Ich wollte fliegen, ja, aber nicht immer. Vielleicht war das die Lösung?

Stahl erzählte ich von all dem nichts mehr. Ein Landeskriminalbeamter, der mir immer noch mit einem einzigen

Wort gegenüber seinen Vorgesetzten riesige Probleme bereiten konnte, war wohl kaum der richtige Ansprechpartner für eine Lebensbeichte.

Ich musste mich beeilen, um rechtzeitig in meine Wohnung zu kommen und mich umzuziehen, sodass ich nicht viel Zeit hatte für meine Aufregung, Thomas wiederzusehen. Zwar wusste er nichts von meinem virtuellen Absturz, aber trotzdem gab es eine wenig vorteilhafte Veränderung in meinem Leben: Ich wohnte wieder in meinem dunklen Ein-Zimmer-Apartment statt in Sabines großzügigem Penthouse.

Eigentlich hoffte ich, dass ihn diese Äußerlichkeiten nicht sonderlich beeindruckten, aber ganz sicher war ich mir nicht. Besser also, ihm meine Wohnung nur kurz zu zeigen und dann auszugehen. Zurückkommen konnten wir ja später immer noch.

Wir kamen nicht zu mir zurück, sondern fuhren zu ihm. Seine Wohnung hatte ich nur noch verschwommen in Erinnerung, und selbst daran wollte ich eigentlich gar nicht mehr denken. Die Situation, nackt in seinem Bett aufzuwachen, nachdem er mich sturzbesoffen dort hineingelegt hatte, eignete sich nun wirklich nicht für romantische Erinnerungen. Oder wenn, dann sicher erst viel später. Unseren Kindern oder Enkeln könnten wir darüber berichten – wenn wir jemals welche hätten.

Ausschließen mochte ich das jedenfalls nicht. Thomas war beim Eintreffen in meiner Wohnung erst sehr zurückhaltend und still gewesen. Ich konnte nicht herausfinden, ob sein reserviertes Verhalten an der Wohnung lag, oder ob er mit den Gedanken woanders war, aber nach einiger Zeit taute er dann doch auf.

Er hatte sich auf dem Weg vom Flughafen in die Stadt noch mit Jake und Jasmin verabredet, und so beeilten wir uns, zu dem vereinbarten Steakhouse zu kommen. Der Abend war entspannt und fröhlich, und ich war in bester Stimmung, als Thomas mich leise fragte, ob wir uns verdrücken sollten.

Ich sah ihn fragend an.

»Ich habe eine Flasche Sekt im Kühlschrank und eine ziemlich gute Espressomaschine.«

Ich nickte.

Jasmin warf mir eine Kusshand zu, und Jake setzte mal wieder sein anzügliches Grinsen auf, als wir uns verabschiedeten. Ich seufzte. An dieses Grinsen würde ich mich wohl gewöhnen müssen – Jasmin zuliebe. Ich konnte ihrem Demnächst-Ehemann ja nicht jedes Mal eine runterhauen, wenn er mich so ansah.

Das zweite Mal Aufwachen in Thomas' Bett war deutlich angenehmer als das erste. Erstens wusste ich sofort, wo ich war, und die Erinnerung an unseren leidenschaftlichen Sex war durchaus angenehm. Zweitens zog ein herrlicher Kaffeeduft durch die Wohnung, dicht gefolgt vom Duft frischer Brötchen. Ich genoss das Gefühl, umsorgt zu werden, und blieb noch ein paar Minuten gemütlich liegen. Erst als Thomas mir zurief, er wisse genau, dass ich wach und der Milchkaffee jetzt fertig sei, bequemte ich mich aus dem Bett.

Es gab Kaffee, frisch gepressten Orangensaft, Obstsalat, Brötchen, Honig, Marmelade, Käse, Aufschnitt und Nutella. Ich liebe Nutella am Sonntagmorgen.

Wir frühstückten in aller Seelenruhe, Thomas erzählte von seiner Fortbildung in England, die sich vorwiegend mit Rechercheproblemen beschäftigte. Er betonte mehrfach, dass es eine Auszeichnung war, an diesem Seminar teilnehmen zu dürfen, und beobachtete meine Reaktion. Ich freute mich für ihn, was ihn zu erleichtern schien. Warum auch nicht? Ich gehöre nicht zu den Frauen, die selbst die ganze Woche in der Weltgeschichte herumgondeln, sich aber bei ihrem Liebsten darüber beschweren, dass er keine Zeit für sie hat. Obwohl ich traurig war, dass er gegen elf Uhr schon wieder zum Flughafen musste.

Gegen Abend rief Stefan an. »Ich verschwinde morgen wieder nach München. Kommst du Abschied feiern?«

Natürlich kam ich. Stefan hatte ein himmlisches Risotto gekocht, Jake und Jasmin brachten selbst gemachtes Tiramisu mit, das allerdings höllisch scharf war, weil Jake aus Versehen das von ihm selbst zusammengemischte Winter-Kakao-Pulver erwischt hatte, das mit Cayenne-Pfeffer und gemahlenem Ingwer verfeinert war. Wir saßen mit tränenden Augen am Tisch und lachten über sein verstörtes Gesicht.

»Bist du jetzt nicht mehr auf der Flucht?«, fragte ich endlich, als ich wieder Luft bekam.

Stefan schüttelte den Kopf. »Ich habe einen Vorschuss auf meinen Bildband bekommen, das Geld direkt an das Finanzamt überwiesen und bin daher fürs Erste aus dem Schneider. Außerdem hat der Detektiv meine Exfreundin aufgespürt und sie der Polizei übergeben. Ich kann wieder in meine Wohnung, ohne befürchten zu müssen, dass der Gerichtsvollzieher mit zwei netten Polizeibeamten und einem Haftbefehl vor der Tür steht.«

»Ich wäre dich aber im Knast besuchen gekommen«, sagte Jake grinsend. »Und vielleicht hätte ich dann einen Ratgeber …«

Stefan warf mit seinem Löffel nach ihm, traf aber nicht Jake, sondern eins von Sabines Kristallgläsern, das in tausend Stücke zersprang.

»Also doch Knast«, kommentierte Jake trocken. »Wegen Androhung schwerer Löffelgewalt und Randalierens mit Glasbruch.«

Stefan saß auf seinem Platz wie ein Häuflein Elend. »Tut mir so leid, Sabine, deine guten Gläser ...«

Ich hielt die Luft an, denn ich wusste, was jedes dieser wahnwitzig exklusiven Stücke gekostet hatte.

»Kein Problem«, säuselte die neue Sabine. »Man soll sein Herz sowieso nicht an Dinge hängen.«

»Du bist mir richtig unheimlich«, murmelte ich.

»Weil du noch nicht weißt, was ich von Stefan als Wiedergutmachung fordere«, entgegnete sie mit einem überhaupt nicht mehr entrückten Blick. Sabine wandte sich mit einem breiten Grinsen an Stefan. »Ich verpflichte dich hiermit als künstlerischen Berater für den Bildband, den ich über Patagonien machen werde. Ich habe ungefähr zwanzigtausend Fotos geschossen ...«

Stefan stöhnte laut auf, aber sein leuchtendes Gesicht strafte diese Äußerung Lügen.

»Wie das denn?«, fragte Jake. »Hattest du etwa tausend Batterien dabei?«

»Nein, aber eine Solar-Ladestation für den Akku. Habe ich im letzten Moment in Buenos Aires am Flughafen gekauft. Das war der erste Streitpunkt zwischen Holger und mir.«

Jasmin schüttelte den Kopf. »Was wohl aus dem geworden ist?«

Sabine zuckte die Schultern. »Keine Ahnung. Ich jedenfalls bin ihm dankbar, dass er mir dieses Abenteuer verschafft hat. Aber jetzt will ich sehen, wie ich daraus Gewinn ziehen kann. Und dafür brauche ich Stefans Erfahrung als Profifotograf.«

Mir fiel ein Stein vom Herzen. »Dem Himmel sei Dank, meine Sabine ist wieder da«, rief ich.

»Amen«, entgegnete Jake. »Wer will noch Tiramisu?«

Ich flog Montag, Dienstag und Mittwoch, war Donnerstag zu Hause, flog Freitag bis Mittwoch, war Donnerstag und Freitag dienstfrei in Paris und arbeitete Samstag bis Dienstag am Stück. Dadurch sah ich weder Thomas noch Jake oder Sabine, nur Jasmin hatte den letzten Trip mit mir gemeinsam. Sie schwelgte in Hochzeitsvorbereitungen, quetschte Maike, unsere Dritte im Bunde, nach den Geheimnissen einer guten Ehe aus und gab auf dem Flug München–Ibiza einem Passagier eine Ohrfeige, weil er ihr an den Po fasste. Früher hätte sie ihm ihre Visitenkarte zugesteckt. Maike und ich blickten uns wissend an und nickten vielsagend. Wir waren soeben Zeugen geworden, wie eine Ära unwiderruflich zu Ende ging. Wir gönnten es Jasmin von ganzem Herzen.

Thomas hatte mir ungefähr fünfzig SMS geschickt. Zunächst aus England, danach aus Frankfurt (Fortbildung in juristischen Fragen) und von der Criminale (das größte deutschsprachige Krimiautorentreffen mit Sondersendung über Berufe rund um Schriftstellerei und Verlagswesen). Er vermisste mich, wollte mich so schnell wie möglich wiedersehen, sehnte sich nach mir in allen denkbaren Formulierungsvarianten. Einschließlich der erotischen.

Ich ging selbstverständlich davon aus, dass auch die SMS, die ich kurz nach der Landung auf dem Heimatflughafen Düsseldorf erhielt, von ihm kam.

Aber sie war nicht von Thomas, sie war von Kommissar Stahl. HABE NEUIGKEITEN. RUFEN SIE AN. Dahinter eine Handynummer, die ich nicht kannte. Sein Privathandy?

Ich versuchte, ihn zu erreichen, aber die Mailbox sprang an. Ich hinterließ keine Nachricht.

Thomas stand direkt hinter dem Ausgang mit einer roten Rose in der Hand. Ich warf mich in seine Arme, er nahm meinen Koffer, und gemeinsam, Hand in Hand, schlenderten wir zum Ausgang. Nahmen ein Taxi. Fuhren zu ihm.

Der Sekt war eiskalt, er stieg mir sofort zu Kopf.

»Ich bestelle uns eine Pizza, damit du wieder einigermaßen nüchtern wirst«, flüsterte Thomas in mein Ohr. Ich nickte kichernd. Während er die Bestellung aufgab, klingelte mein Handy. Ich hätte es einfach ausschalten sollen, aber ich bin furchtbar neugierig.

Ich meldete mich.

»Hallo, hier Stahl.«

»Hi«, kicherte ich.

»Äh, ist es gerade ungünstig?«, fragte er zögernd.

»Nein, nein«, ich räusperte mich. »Was haben Sie denn für Neuigkeiten?«

»Ich habe herausgefunden, wer Ihre wahre Identität aufgedeckt hat.«

Mein Gott, das hatte ich fast völlig vergessen. War das wirklich noch wichtig? Ich hatte mich wieder so ans Fliegen und die damit verbundenen Annehmlichkeiten gewöhnt, dass ich von meinem eigenen Entschluss, mir einen anderen Job zu suchen, nicht mehr recht überzeugt war. Der Blog war Geschichte, aber vermutlich sollte ich wenigstens Stahl zuliebe Interesse an der Identität des Verräters heucheln.

»Ach«, sagte ich bemüht begeistert. »Wer ist es denn?«

»Er heißt Thomas Danner. Er arbeitet in der TV-Redaktion von diesem Headhunter, und er hat sich in den Server gehackt, auf dem der Blog liegt.«

Ich glaubte mich verhört zu haben. Mein Blick verschwamm kurzzeitig. »Moment, das kann nicht …«

»Ganz sicher«, sagte Stahl. »Wenn man erst Zugang zu diesem System hat, kann man sehen, von welcher Adresse die Blogeinträge kommen. Wie er dann genau auf ihren Namen gekommen ist, weiß ich nicht, aber das war vermutlich nicht so schwierig. Allzu viele Parteien leben ja nicht in dem Haus.«

»Nein«, stammelte ich. Mein Kopf fühlte sich an, als wäre er mit Schwarzpulver gefüllt, das jeden Moment explodieren würde.

»Kennen Sie den Kerl?«, fragte Stahl.

Ich blickte Thomas an, der gerade telefonierte und meine Lieblingspizza bestellte. Meeresfrüchte mit Salami und ganz viel Chili- und Knoblauchöl.

»Äh, ich glaube schon.«

»Ist Ihnen nicht gut?«, fragte Stahl. Sein Tonfall klang besorgt. »Ich hätte Ihnen das vielleicht schonender beibringen …«

Thomas legte den Hörer auf und drehte sich lächelnd zu mir um.

Mein Kopf wurde plötzlich ganz klar. »Nein, danke, es ist alles in Ordnung.«

Ich legte auf.

»Was ist?«, fragte Thomas irritiert. »Du guckst so komisch.«

»Ich gucke nicht komisch, ich gucke wütend«, entgegnete ich. Schnippisch vermutlich. »Oder zumindest verwirrt? Fassungslos? Ungläubig?«

Thomas runzelte die Stirn.

»Du hast meinen Blog kaputt gemacht und mich in der Öffentlichkeit bloßgestellt«, sagte ich. Zu meiner eigenen Überraschung zitterte meine Stimme nicht.

Thomas schüttelte den Kopf. »Ich habe nur die Spur verfolgt …«

»Bis zu Sabines Adresse«, sagte ich. »Und dann?«

Jetzt wurde er rot. »Wer sollte unter dieser Adresse schon einen Trendblog führen? Der Hausmeister? Oder Jake? Es war ja irgendwie klar, dass nur du infrage …«

Ich erinnerte mich an den Donnerstagmorgen, als Thomas ohne Nachricht verschwunden war. Er war aufgestanden, während ich noch schlief, und dann heimlich gegangen.

»Ich bin sicher, dass du dich vergewissert hast, bevor du John Hunter meinen Namen verraten hast.«

Er nickte. »Dein Laptop stand ja auf dem Tisch, und da habe ich halt …«

Ich musste schlucken, weil sich mein Magen mit dem Sekt drin hob. »Nachdem wir das erste Mal miteinander geschlafen haben, richtig?«

Jetzt nahm sein Gesicht einen trotzigen Ausdruck an. »Richtig.«

»Und dann hast du dich heimlich verdrückt, anstatt mit mir darüber zu reden.«

»Was soll der Scheiß?« Sein Ton war eindeutig genervt. »Du hast mit den Lügen angefangen, als du dir für deine ach so dummen Leser einen wichtigen Job als Trendscout zusammenfantasiert hast.«

»Aber du hast mit mir geschlafen«, meine Stimme kiekste kurz, ich räusperte mich, »hast mein Vertrauen ausgenutzt, hinter meinem Rücken in meinem Computer spioniert und mich noch nicht einmal vorgewarnt, dass du meine wahre Identität deinem Boss verrätst.« Jetzt war meine Stimme doch etwas lauter geworden, aber sie war immer noch fest. Kalt. Schneidend.

»Na und?«, entgegnete Thomas. Er stand mit verschränkten Armen und hochgerecktem Kinn vor mir. »Das ist mein Job.«

»Und deine Loyalität gilt deinem Arbeitgeber, nicht der Frau, mit der du ins Bett gehst«, stellte ich fest.

»Ich habe damals nicht geglaubt, dass das mit uns wirklich was werden würde.«

»Wird es auch nicht«, sagte ich, griff nach meiner Tasche und ging zur Tür.

»Warte doch mal«, sagte Thomas genervt. »Es tut mir ja leid …«

Ich öffnete die Tür.

»Stell dich doch nicht so an«, rief er hinter mir her. »Die Sache ist sowieso gegessen. Dein Name ist nie öffentlich genannt worden …«

»Warum eigentlich nicht?«, fragte ich über die Schulter. »Juristische Probleme?«

Aus dem Augenwinkel sah ich, wie er nickte.

Ich zog die Tür hinter mir zu, setzte mich auf die Treppe und wartete. Ich nahm dem Pizzaboten die Marinara mit extra Salami, Knoblauch und Chili ab und schickte ihn mit der Calzone und der Rechnung in den dritten Stock. Er warf mir einen seltsamen Blick zu, als er mich auf dem Rückweg immer noch auf den Treppenstufen sitzend vorfand. Aber Pizza ist nun mal frisch und heiß am leckersten.

Erst im Taxi kamen die Tränen.

Vierzehn

In den nächsten drei Wochen leistete ich meine Flugdienste ab, verbrachte meine Freizeit nach Möglichkeit nicht in Düsseldorf, aber wenn ich dort war, besichtigte ich Wohnungen. Ich fand eine sehr gemütliche Zwei-Zimmer-Wohnung in der Nähe von Sabine und Jake. Ich zögerte, ob ich sie mieten sollte, und rief Sabine an, damit sie sich die Wohnung mit mir gemeinsam ansah.

»Gut, dass du anrufst, komm doch heute Abend zu mir zum Essen.«

Wir vereinbarten einen Wohnungsbesichtigungstermin für sechs Uhr, Sabine feilschte mit dem Vermieter um die notwendige Renovierung des Badezimmers, und um sieben Uhr klingelte sie an ihrer Wohnungstür.

Der Türdrücker wurde betätigt.

»Seit wann hast du Personal?«, fragte ich gut gelaunt. Ich war so gut wie entschlossen, die Wohnung zu nehmen. Mit einem neu gefliesten Badezimmer war sie praktisch ideal für meine Bedürfnisse und meinen Geldbeutel geeignet, und ich würde ganz in Sabines Nähe sein. Ich konnte ein bisschen menschliche Wärme gut gebrauchen.

»Du liegst gar nicht so weit daneben«, antwortete Sabine grinsend.

Sie hatte nichts mehr von dem entrückten Seelchen, das sie nach ihrer Rückkehr aus Patagonien gewesen war, aber sie war auch nicht wieder die Sabine von vorher geworden. Das war schon an der Kleidung zu sehen. Hatte sie früher nur Schwarz getragen, tobte sie sich jetzt in einem wahren Farbenrausch aus. Außerdem arbeitete sie wesentlich weniger als früher und ging dafür jeden Tag mindestens zwei Stunden mit Sergeant Pepper spazieren. Sie hatte Jake als kleinen Bruder adoptiert und lernte von ihm kochen. Ich vermutete also, dass Jake der Türöffner war, wurde aber wieder einmal überrascht.

Stefan grinste mir vom Herd entgegen.

»Was macht die Kunst?«, fragte ich, als ich ihn vorsichtig umarmte. Er rührte in einem vor sich hin blubbernden Topf.

»Darüber wollen wir ja mit dir reden«, war die kryptische Antwort.

Zunächst aßen wir Ziegeneintopf mit Bohnen, und erst, als die Teller abgeräumt waren, wurde meine Geduld belohnt.

»Ich habe deinen Blog in den letzten drei Wochen beobachtet«, eröffnete Sabine mir.

Stefan brachte den Espresso zum Tisch.

»Obwohl er abgeschaltet ist, hattest du neuntausend Klicks. Auch auf anderen Blogs und in diversen Social Networks taucht der Name des Blogs jeden Tag hundertfach auf. Die Leute wollen Millie wiederhaben.«

Ich holte Luft, aber Sabine winkte ab.

»Des Weiteren sind zwölf ernsthafte Anfragen für Produktwerbung eingegangen, und drei Fernsehsender wollen Interviews. Mit dir. Also mit der echten Lulu, die als Millie Furore gemacht hat.«

Stefan zwinkerte mir zu.

»Wir haben uns also überlegt, das Ganze auf eine professionelle Basis zu stellen«, schloss Sabine ihren Bericht ab.

Stefan übernahm. »Sabine übernimmt den technischen Part, also die Gestaltung und Betreuung der Plattform, die Einbindung der Werbung und die ganze Verwaltung, angefangen von der Korrespondenz mit den Werbekunden bis zur Rechnungsstellung und alles dazwischen. Ich mische ein bisschen auf der künstlerischen Seite mit. Stelle Bilder von den wichtigen Events oder Shootings zur Verfügung. Du übernimmst deinen angestammten Part: die Trends.«

Ich blickte von Stefan zu Sabine und wieder zurück.

»Stefan kann seinen Part von München aus erledigen. Da du ja auch meist unterwegs bist, richten wir dir natürlich eine Möglichkeit ein, den Blog von überall auf der Welt zu führen. Per Handy oder Laptop, wie es dir am liebsten ist«, fügte Sabine hinzu.

Ich war vollkommen überfordert. Diese Entwicklung kam zu plötzlich, zu unerwartet. In einem Moment, in dem ich eigentlich mit diesem ganzen Bloggingkram völlig abgeschlossen hatte.

Oder doch nicht?

Ich spürte das Kribbeln in den Fingerspitzen, unter den Haarwurzeln und im Bauch, und es war nicht unangenehm. Es war sogar verdammt angenehm. Ich spürte, wie mein Gesicht anfing zu glühen, wie mein Mund sich zu einem breiten Grinsen verzog, und wäre am liebsten aufgesprungen.

»Soll das ein Hobby werden oder ein Beruf?«, fragte ich möglichst cool.

»Beruf«, sagten Sabine und Stefan wie aus einem Mund.

»Wir rechnen mit einem Werbeumsatz von ungefähr

vierzigtausend«, präzisierte Sabine. »Davon gehen natürlich Kosten und Steuern und alles Mögliche ab …«

»Macht ungefähr zehntausend brutto pro Nase«, murmelte ich. »Nicht riesig viel …«

»Bestimmt mehr, als eine Stewardess im Monat kriegt, oder?«

Ich starrte Stefan an. »Im Monat?«, stammelte ich.

Die beiden nickten.

Sabine lachte. »Was hast du denn gedacht?«

Ich sprang auf und fiel erst Sabine, dann Stefan um den Hals.

»Hol doch mal den Sekt«, forderte Sabine Stefan auf.

»Ach was, lasst uns feiern gehen«, rief er und hob mich hoch.

Ich kreischte.

»Mädels, die Nacht gehört uns!«

Sabine bestand darauf, den Ort unserer Firmengründungsfeier zu bestimmen, und führte uns zur Kneipe an der Ecke. Moritz nickte uns freundlich zu.

»Dreimal Sekt für den Beginn einer wundervollen Partnerschaft«, orderte Stefan mit leuchtenden Augen.

»Wenn du dich da mal nicht übernimmst«, brummte Moritz.

Stefan schaute ihn verdutzt an.

»Geschäftspartnerschaft«, rief Sabine lachend.

»Ach so«, entgegnete Moritz. Sein Bart zuckte verdächtig. »Na dann: Prost!«

Wir stießen an, tranken, ließen uns die Kohlensäure in die Nase und den Sekt zu Kopfe steigen und malten uns den Erfolg unseres Modetrend-und-Lifestyle-Blogs in den schillerndsten Farben aus.

»Fliegst du weiter?«, fragte Stefan irgendwann nach dem zweiten Glas Sekt und dem dritten Kaffee.

Die Frage hatte ich mir auch schon gestellt, und ich war auf eine ziemlich geniale Idee gekommen. »Ich glaube, ich werde eine Teilzeit-Stewardess. Auf die Weise komme ich immer noch in der Welt herum, was dem Blog sicher guttut, kann aber auch endlich irgendwo heimisch werden.«

»Und wo?«, fragte er.

»Hier«, entgegnete ich voller Überzeugung. »Hier habe ich Freunde.«

Sabine umarmte mich, Moritz, der unsere Unterhaltung mitbekommen hatte, zwinkerte mir zu, und ich war froh über alle beide, aber meine Gedanken gingen in eine ganz andere Richtung. Ich sah auf die Uhr. Zwanzig nach zehn an einem Donnerstagabend. Normalerweise rief ich nur gute Freunde um diese Uhrzeit an, aber hier und jetzt hatte ich genug Mut, um die Nummer zu wählen, die ich mir seit drei Wochen immer wieder im Display angesehen und doch nie gewählt hatte.

Er meldete sich nach dem zweiten Klingeln. »Stahl.«

»Hallo, hier ist Lulu Martin. Entschuldigung, dass ich so spät anrufe …«

»Ist etwas passiert?« Er klang schon wieder besorgt.

»Ja. Aber nichts Schlimmes. Vielmehr, äh, …«

Stefan und Sabine starrten mich an, ich warf ihnen eine Kusshand zu und verließ die Kneipe. Auf der Straße war es auch deutlich ruhiger.

»Sie hatten doch meinen Blog gelobt, und da wollte ich Ihnen Bescheid sagen, dass er demnächst wieder online geht …«

Mein Gott, was war das für eine Nachricht? Dafür rief ich mitten in der Nacht einen praktisch fremden Mann an? Ich biss mir auf die Lippen.

»Das ist toll«, sagte Stahl. Seine Stimme klang wirklich begeistert.

»Ja, also, wir feiern das gerade, und da wollte ich fragen, ob Sie nicht Lust haben ...«

»Wo?«

Ich gab ihm die Adresse.

»Zwanzig Minuten.«

»Okay.«

Um Punkt zwanzig vor elf ging die Tür auf und Frank Stahl trat ein. Stefan erkannte ihn und warf mir einen überraschten Blick zu. »Sind Cordjacketts jetzt doch in?«

»Ich werde es ihm einfach ausziehen,« murmelte ich und zwinkerte ihm zu.

Stahl hatte uns inzwischen entdeckt und kam auf uns zu.

»Wer ist das?«, fragte Sabine neugierig.

Ich stand auf und ging ihm mit weichen Knien entgegen.

»Gut, dass du angerufen hast«, sagte Frank, als er mich in die Arme nahm. »Ich habe nie den Mut aufgebracht.«

»Als Feigling hast du den falschen Beruf«, murmelte ich.

Er grinste. »Okay, dann kommt jetzt die mutige Tat des Tages.«

Es wurde ein langer, heldenhafter Kuss.